LINDA HOWARD
Pasiones culpables

Editado por Harlequin Ibérica.
Una división de HarperCollins Ibérica, S.A.
Núñez de Balboa, 56
28001 Madrid

Mackenzie's Magic © 1996 Linda Howard.
A Game of Chance © 2000 Linda Howington.
Todos los derechos reservados.
PASIONES CULPABLES, N° 25 - 1.6.06
Publicadas originalmente por Silhouette® Books.
Estos títulos fueron publicados originalmente en español en 1997 y 2001.

Editor responsable: Luis Pugni

Todos los derechos están reservados incluidos los de reproducción, total o parcial. Esta edición ha sido publicada con permiso de Harlequin Enterprises II BV.
Todos los personajes de este libro son ficticios. Cualquier parecido con alguna persona, viva o muerta, es pura coincidencia.
™ TOP NOVEL es marca registrada por Harlequin Enterprises Ltd.
®™ son marcas registradas por Harlequin Enterprises Limited y sus filiales, utilizadas con licencia. Las marcas que lleven ™ están registradas en la Oficina Española de Patentes y Marcas y en otros países.

I.S.B.N.: 84-671-3923-4
Depósito legal: B-21369-2006

ÍNDICE

NAVIDADES MÁGICAS 7

SU ÚNICA OPORTUNIDAD 99

NAVIDADES MÁGICAS

1

Le dolía la cabeza.

El dolor golpeaba el interior de su cráneo, centrado sobre sus ojos, y su estómago se revolvía como si la conmoción lo hubiera despertado.

—Me duele la cabeza –dijo con cierto asombro, en voz baja.

Maris Mackenzie nunca sufría de jaquecas. A pesar de su apariencia frágil, disfrutaba de la dura constitución de todos los miembros de su familia. La extrañeza por su estado la había empujado a hablar en alto.

No abrió los ojos, ni se molestó en mirar el reloj. La alarma no había sonado, así que no debía ser hora de levantarse. Pensó que el dolor de cabeza podía desaparecer si volvía a conciliar el sueño.

—Te traeré una aspirina.

Maris abrió los ojos, y el leve movimiento hizo que sintiera una fuerte punzada.

Era una voz masculina. Y por sorprendente que fuera, había sonado justo a su lado. Tan cerca que apenas se había tratado de un murmullo, y aún podía notar el cálido aliento en su oreja. La cama se hundió un poco cuando el hombre se sentó.

Pudo oír el sonido del interruptor de la lámpara de noche, y la súbita luz la cegó. Rápidamente volvió a cerrar los ojos, pero no antes de que pudiera ver la ancha espalda de un hombre desnudo, de pelo corto, oscuro y fuerte.

Una mezcla de pánico y confusión la dominó. No sabía dónde se encontraba. Y aún peor, no sabía quién era. No estaba en su dormitorio; una simple mirada a su alrededor bastó para que lo comprendiera. La cama en la que yacía era bastante cómoda, pero no era su cama.

Cuando el hombre encendió la luz del cuarto de baño, se puso en marcha lo que parecía un ventilador. Maris no quiso arriesgarse a volver a abrir los ojos, pero intentó orientarse de todos modos. Supuso que debían estar en un motel. Y el extraño sonido que acababa de oír seguramente lo había provocado el motor del aire acondicionado.

Había dormido en muchos moteles, pero nunca hasta entonces con un hombre. Sin embargo, seguía sin saber qué estaba haciendo en aquel sitio, en lugar de encontrarse en su agradable y pequeña casa, junto a los establos. Sólo dormía en moteles cuando viajaba, después de terminar un trabajo o cuando se disponía a empezar otro, y desde que se había establecido en Kentucky, dos años atrás, sólo había salido para volver a casa y visitar a su familia.

Le costaba pensar. No encontraba una sola razón que explicara su presencia en un motel, con un hombre desconocido.

Empezó a dominarla una intensa frustración. No había hecho nunca nada parecido, y se sentía muy disgustada por haberlo hecho ahora, en circunstancias que no recordaba y con un hombre que no conocía.

Sabía que debía marcharse, pero no tenía energías para levantarse y escapar. Aunque «escapar» no era el término más adecuado. Podía marcharse cuando quisiera, si conseguía moverse. Su cuerpo no quería obedecer, pero a pesar de todo tenía que hacer algo, aunque no supiera qué. Además del dolor de cabeza se encontraba bastante mareada y no conseguía pensar con claridad.

El colchón volvió a hundirse cuando el hombre regresó y se sentó a su lado, esta vez por el extremo más cercano a la pared. Maris se arriesgó a abrir los ojos, pero sólo un poco; en esta ocasión, el gesto no resultó tan doloroso. Pudo ver a un hombre alto y grande, que estaba sentado tan cerca de ella que su calor traspasaba la sábana que la cubría.

Estaba mirándola. Ahora podía ver algo más que su espalda, y fue suficiente para que empezara a comprender.

Era él.

Tomó la aspirina que le ofrecía y se la llevó a la boca. Hizo una mueca de desagrado, tanto por el sabor amargo de la aspirina como por su propia estupidez. Ya no le extrañaba que su voz le hubiera resultado familiar. Si se había acostado con él resultaba evidente que habrían estado hablando antes, aunque no pudiera recordarlo, ni recordar el lugar donde se encontraban.

El hombre le dio un vaso de agua. Maris intentó incorporarse lo suficiente para beber, pero sintió una punzada tan fuerte que volvió a tumbarse y se llevó una mano a la frente. No sabía qué le ocurría. Nunca enfermaba. El repentino y extraño estado de su cuerpo la alarmaba.

—Deja que te ayude.

El desconocido pasó un brazo por debajo de sus hombros y la ayudó a sentarse, sosteniendo su cabeza en el hombro. Olía bien, era fuerte y cálido. Maris deseó acercarse más a él, y el deseo la sorprendió. Nunca había sentido nada parecido por un hombre. Llevó el vaso de agua a sus labios y bebió con ansiedad. Cuando terminó, dejó que se tumbara. Maris lamentó no seguir sintiendo su contacto.

Lo observó mientras daba la vuelta a la cama, para volver al cuarto de baño. Era alto y sus músculos denotaban con claridad que no se pasaba el día sentado en un despacho. Llevaba unos calzoncillos grises, hecho que causó en ella cierto alivio y un grado no despreciable de decepción; tenía vello en el pecho y la sombra de la barba oscurecía su mandíbula. No podía decirse que fuera guapo, pero resultaba muy atractivo. Tanto como para haber llamado su atención, dos semanas atrás, cuando estaba trabajando en el granero.

La reacción ante su visión había sido tan intensa que Maris había hecho lo posible por olvidarlo. Siempre era muy simpática con todos sus compañeros de trabajo, pero en este caso se empeñó en no hablar con él cuando sus caminos se cruzaban. Era un hombre peligroso, que conseguía que se sintiera amenazada.

De todas formas, sabía que también él la había estado observando. De vez en cuando lo descubría y notaba el masculino calor de su atención, por mucho que disimulara. Había llegado al rancho en busca de un trabajo temporal, de un sueldo de dos semanas que poder llevarse al bolsillo; en cambio, ella era la experta en doma de la granja Solomon Green House. Un trabajo prestigioso, especialmente tratándose de una mujer. Su reputación con los caballos la seguía a todas partes, hasta el punto de haberla convertido en una especie de celebridad, por mucho que le disgustara. Prefería trabajar con los caballos antes que ponerse algún vestido caro para asistir a fiestas y demás eventos sociales, pero los Stonicher, los dueños de la granja, requerirían a menudo su asistencia. Maris no era ninguna esnob. Sin embargo, no tenía más remedio que aceptar.

Había notado que aquel hombre sabía mucho de caballos. Se encontraba cómodo con ellos y parecía gustar a los animales, lo que llamó aún más su atención. No quería fijarse en lo bien que le quedaban los vaqueros, pero lo hacía. No quería admirar sus fuertes brazos cuando estaba trabajando, pero lo hacía. Y lo mismo ocurría con la inteligente expresión de sus ojos azules. Tuviera las razones que tuviera para buscar trabajos temporales en el campo, resultaba evidente que podía llevar una vida mucho más estable cuando quisiera.

Nunca había tenido tiempo para un hombre, ni le había interesado particularmente. Había centrado su vida en los caballos, en su carrera. Pero en la intimidad de su cama, cuando caía la noche, no había tenido más remedio que admitir que aquel hombre había despertado algo en su interior; un hombre que sólo pretendía quedarse unos días en la granja. Y había decidido que, en tales circunstancias, era mejor ignorarlo.

Pero estaba bien claro que no lo había conseguido.

Se tapó los ojos con una mano para protegerse de la luz mientras su misterioso acompañante llevaba el vaso al cuarto de baño. Sólo entonces notó que no estaba desnuda. Llevaba las braguitas y una camiseta que le quedaba muy grande. La camiseta de aquel hombre.

Se preguntó si la habría desnudado él, o si lo habría hecho ella misma. La primera hipótesis bastó para que se quedara sin respiración. Quería recordar lo sucedido; necesitaba recordarlo, pero no podía. Pensó que podía levantarse y vestirse, pero no podía. No tenía más remedio que seguir allí, tumbada, soportando a duras penas su terrible dolor de cabeza.

Cuando el hombre regresó, la miró con intensidad y preguntó:

—¿Te encuentras bien?

—Sí —mintió.

Por alguna razón, no quería que fuera consciente de su lamentable estado. Una vez más admiró su cuerpo y se preguntó si habría hecho el amor con él. No podía encontrar otra razón que explicara su presencia en un motel. Pero en tal caso resultaba inexplicable que los dos llevaran ropa interior.

Entonces se fijó en sus calzoncillos. Eran unos típicos calzoncillos de boxeador. Le resultó bastante extraño, porque la mayor parte de los hombres que trabajaban en el campo, en aquella zona, tenían gustos mucho más tradicionales.

Antes de tumbarse en la cama, apagó la luz. Se puso de lado, mirándola, y luego posó una mano sobre su estómago. Una posición íntima, que parecía calculada: era cálida pero no excesiva.

Por enésima vez intentó recordar su nombre. Sin éxito.

Se aclaró la garganta. Supuso que le sorprendería que se lo preguntara, pero no podía soportar aquella situación. Preguntar era lo más inteligente que podía hacer.

—Perdóname, pero no recuerdo tu nombre... Ni siquiera recuerdo cómo he llegado aquí.

El hombre se quedó helado. Hasta pudo notar la tensión de su brazo. Durante unos segundos permaneció inmóvil. Después se sentó, volvió a encender la luz, se inclinó sobre ella y empezó a tocar su cabeza con suavidad.

—Maldita sea —dijo, en un murmullo—. ¿Por qué no me has dicho que te habías hecho daño?

Maris no sabía a qué se estaba refiriendo, pero contestó, de todas formas:

—Porque no lo sabía.

—Debí imaginarlo. Estabas pálida y no comiste casi nada, pero pensé que era simple estrés.

Sus dedos se detuvieron sobre un punto en su cabeza, que le dolía particularmente, y lo examinó.

—Vaya, tienes un buen chichón.

—Me alegro —bromeó—. Ya puestos, que sea grande.

—Es evidente que tienes una conmoción cerebral. ¿Sientes náuseas? ¿Ves con claridad?

—La luz me molesta, pero veo bien.

—¿Y en cuanto a las náuseas?

—Sí, creo que sí.

—Y pensar que he dejado que durmieras... deberías estar en un hospital.

—No —espetó, alarmada—, estoy más segura aquí.

No quería ir a ningún hospital. Su instinto le decía que debía evitar los lugares públicos.

—Yo me encargaré de la seguridad. Pero tiene que verte un médico.

Una vez más la asaltó una extraña sensación de familiaridad que no podía explicar. No obstante, tenía otras cosas de las que preocuparse. Una conmoción cerebral podía ser un asunto muy serio y podía necesitar asistencia médica. Le dolía la cabeza y sentía náuseas. En cuanto a su memoria, podía recordarlo todo; hasta cierto punto. Recordó que había estado comiendo y que luego se había dirigido a los establos, pero no recordaba nada de lo sucedido después.

—Me pondré bien, no te preocupes —dijo Maris—. Pero me gustaría que contestaras un par de preguntas... ¿Cómo te llamas? ¿Y qué hacemos juntos en esta cama?

—Me llamo MacNeil —contestó, observándola con atención.

MacNeil. Maris recordó el apellido casi de inmediato. Y con él, también el nombre.

—Es cierto, lo recuerdo. Alex MacNeil.

Recordó que su nombre le había llamado la atención porque era el nombre de uno de sus sobrinos, Alex Mackenzie, uno de los hijos de su hermano Joe. Y no sólo tenían el mismo nombre, sino que el «Mac» del apellido indicaba claramente que compartían ascendencia irlandesa.

—En cuanto a tu segunda pregunta —continuó—, supongo que quieres saber si hemos hecho el amor. Pues bien, la respuesta es no.

Maris suspiró aliviada antes de fruncir el ceño y preguntar:

—Entonces, ¿qué estamos haciendo aquí?

El misterioso hombre se encogió de hombros.

—Al parecer hemos robado un caballo.

Maris no podía creerlo. Parpadeó asombrada, como si hubiera dicho algo en un idioma que desconociera. Le había preguntado por el motivo de su presencia en aquella cama y él había contestado que habían robado un caballo. No sólo era ridículo que ella hubiera hecho tal cosa, sino que no veía ninguna relación entre robar caballos y acostarse con Alex MacNeil.

Pero entonces recordó algo. Recordó haber corrido hacia el establo que se encontraba en mitad de las caballerizas, empujada por una extraña sensación de urgencia. Sole Pleasure era un caballo bastante gregario, al que le gustaba mucho la compañía. Lo habían puesto allí para que tuviera caballos a ambos lados. También recordaba que estaba muy enfadada. Más enfadada que en toda su vida.

Alex notó su preocupación y preguntó:

—¿Qué ocurre?

—El caballo que se supone que hemos robado... ¿no será Sole Pleasure?

—Exacto. Y si toda la policía del estado no está buscándonos en este momento, lo estará pronto. Por cierto, ¿qué pensabas hacer con él?

Era una buena pregunta. Sole Pleasure era el caballo más

famoso del país en aquel momento, y perfectamente reconocible por cualquiera: era un animal negro, con una estrella blanca en la cabeza y una mancha de idéntico color en la pata derecha. Había salido en las portadas de las mejores revistas de deportes, ganado un premio al mejor caballo del año y obtenido más de dos millones de dólares en su corta carrera, antes de que lo retiraran a los cuatro años. Los Stonicher aún estaban considerando la posibilidad de venderlo. Aún era joven y podía dar mucho dinero.

Maris miró el techo, intentando recordar. No sabía por qué había robado aquel caballo. No podía venderlo, ni montarlo. Además, robar algo, cualquier cosa, era algo que no estaba en su naturaleza. Sólo podía imaginar un motivo: que el animal estuviera en peligro. Siempre la había sacado de quicio que se intentara hacer daño a un ser vivo.

O que intentaran matarlo.

La idea de que alguien deseara matar al animal la asustó tanto que lo recordó todo.

Se incorporó, como empujada por un resorte, y de inmediato sintió una fuerte punzada en la cabeza. Perdió la visión durante unos segundos y cayó hacia delante, pero Alex la sostuvo.

MacNeil volvió a tumbarla. Casi se había colocado encima de ella, con una pierna sobre sus muslos, un brazo bajo su cuello y sus anchos hombros bloqueando la luz. Rozó sus senos y Maris se estremeció; pero después subió hacia su cuello. Sintió que sus dedos se detenían, intentando tomar su pulso, y acto seguido comprobó su temperatura. Apenas podía respirar, y su corazón latía desbocado.

Pero no podía dejar de pensar en Sole Pleasure. Abrió los ojos y lo miró.

—Iban a matarlo. Ahora lo recuerdo. ¡Iban a matarlo!

—Y lo robaste para salvarle la vida.

Maris asintió, consciente de que la frase de Alex había sido una afirmación, no una pregunta. Alex MacNeil parecía estar muy tranquilo. No demostraba inquietud alguna, ni indignación, ni ninguna de las respuestas emocionales que cabía esperar en semejante situación. Puede que ya lo hubiera adivinado, y que sus palabras sólo hubieran confirmado lo que sospechaba.

Era un hombre que estaba de paso en aquel lugar, que no quería sentar la cabeza, y sin embargo se había involucrado para ayudarla. Su situación era bastante problemática; si no podía demostrar que habían intentado matar al caballo la encerrarían en la cárcel. Pero no recordaba quién era el responsable.

Entonces pensó en Chance y Zane, sus hermanos, y se animó. Sólo tenía que llamar a Zane y él se encargaría de todo. Supuso que ése habría sido su plan original, aunque lo sucedido durante las últimas doce horas aún fuera un misterio para ella. Imaginó que habría salvado la vida del caballo con la intención de ponerse en contacto con Zane y esconderse hasta que pasara el peligro.

Miró al techo, intentando recordar algo más, cualquier detalle que fuera de ayuda.

—¿Sabes si llamé a alguien anoche? ¿Comenté si había llamado a uno de mis hermanos?

—No. No tuvimos oportunidad de llamar a nadie hasta que llegamos aquí, y te quedaste dormida en cuando te tumbaste en la cama.

La respuesta de Alex no contestaba a una de las preguntas que más la inquietaban. Seguía sin saber si se había desnudado sola o si la había desnudado él.

Aún la observaba con atención. Notaba que la estaba analizando, y eso la incomodaba. Estaba acostumbrada a que la gente le prestara atención; a fin de cuentas era la jefa. Pero aquello era muy distinto. Tenía la impresión de que nada escapaba a aquella mirada.

—¿Pensabas llamar a algún familiar para que te ayudara? —preguntó.

—Supongo que tenía intención de hacerlo. Es lo más lógico. Creo que llamaré ahora mismo, de hecho.

Zane sería el más fácil de localizar; a fin de cuentas, Barrie y sus hijos lo mantenían cerca de casa. Y siempre podría ponerse en contacto con Chance, aunque seguramente no se encontraba en el país. De todas formas, no importaba. Si los necesitaba, sabía que toda su familia se movilizaría y descendería sobre Kentucky como una horda de vikingos asaltando una aldea medieval.

Intentó incorporarse para alcanzar el teléfono, pero Alex se lo impidió, para su sorpresa.

—Me encuentro bien —alegó—. Si me muevo despacio podré arreglármelas. Tengo que llamar inmediatamente a mi hermano, para que pueda...

—No puedo permitirlo.

—¿Cómo? —preguntó, asombrada.

El tono de Alex era educado, pero firme.

—He dicho que no puedo permitir que lo hagas —sonrió—. ¿Qué piensas hacer? ¿Despedirme?

Maris hizo caso omiso de la pregunta. Si no podía demostrar que Sole Pleasure estaba en peligro, ni él ni ella tendrían que preocuparse por su puesto de trabajo durante mucho tiempo. En todo caso consideró las implicaciones de aquella situación. Por alguna razón, Alex parecía muy seguro de sí mismo. No quería que pidiera ayuda, lo que significaba que estaba involucrado en el robo, de alguna manera. Hasta cabía la posibilidad de que él fuera la persona que había intentado matar al caballo. Volvió a sentirse en peligro, pero esta vez de un modo muy distinto. Ya no era algo sensual. Un simple vistazo a su acompañante la convenció de que aquel hombre sabía lo que era la violencia. Hasta podía llegar a matar.

Sole Pleasure podía estar muerto. La idea la emocionó tanto que sus ojos se llenaron de lágrimas. Obviamente no sabía si se equivocaba con MacNeil o si estaba en lo cierto, pero no podía arriesgarse.

—No llores —murmuró él, con voz suave—. Yo me encargaré de todo.

Maris decidió actuar, aunque sabía que cualquier gesto brusco le dolería. Su padre la había enseñado a defenderse, a hacer daño cuando fuera necesario. Wolf Mackenzie había enseñado a sus hijos cómo ganar una pelea.

MacNeil estaba demasiado cerca, pero debía hacer algo. Y el primer golpe era esencial.

Sin pensárselo dos veces, intentó darle un buen golpe en la nariz. Pero Alex se movió con la velocidad de un rayo y bloqueó el golpe con el brazo. El impacto fue tan fuerte que Maris se estremeció. Quiso intentarlo de nuevo, esta vez con un golpe en el pecho. Pero una vez más bloqueó su puño, y esta vez la inmovilizó. Se colocó sobre ella y agarró con fuerza sus brazos.

La escena apenas había durado dos o tres segundos. Si hubiera habido otra persona en la habitación, probablemente ni siquiera se habría dado cuenta. Pero Maris era consciente de lo que había pasado, por extraño que fuera. Su padre era un gran luchador, y todo lo que sabía lo había aprendido de él. Por si fuera poco, había observado tantas veces a Zane y a Chance que sabía lo que debía hacer en determinadas circunstancias. Había hecho lo que habría hecho un profesional. Y había perdido.

Alex la miraba con expresión fría y distante. No le hacía daño. Pero, cuando intentó moverse, comprobó que no podía.

—¿A qué diablos ha venido eso? —preguntó.

Entonces lo comprendió. Reconoció su autocontrol, su confianza, su tranquilidad. Había observado la misma actitud en sus propios hermanos y no era de extrañar que hubiera algo tan familiar en él. Zane hablaba como él, como si pudiera arreglar cualquier problema y salir ileso de cualquier situación. MacNeil no le había hecho daño, aunque ella lo había intentado. La mayor parte de los delincuentes no se habrían andado con remilgos. Todas las pruebas estaban allí, delante de sus ojos. Hasta sus calzoncillos de boxeador. Alex no era ningún vagabundo.

—Dios mío —dijo—. Eres policía.

Alex MacNeil la miró con más frialdad y preguntó:
—¿Por eso me has atacado?
—No —respondió, con voz ausente—. Acabo de darme cuenta. He intentado golpearte porque no dejabas que llamara a mi familia, y temí que fueras una de las personas que había intentado matar al caballo.

Maris lo miraba como si no hubiera visto un hombre en toda su vida. De hecho estaba tan sorprendida como si así fuera. Acababa de ocurrir algo y no estaba segura de qué se trataba. Una sensación parecida a la que había sentido la primera vez que lo vio; pero más intensa, más primaria y excitante.

—¿Intentabas librarte de mí? —preguntó, furioso—. Tienes una conmoción cerebral. ¿Realmente has creído que podrías hacerlo? ¿Y quién te ha enseñado a luchar de ese modo?

—Mi padre. Nos enseñó a todos en realidad. Y habría ganado, por cierto, si hubieras sido un hombre normal y corriente. Pero tú... reconozco a un profesional cuando lo veo.

—¿Piensas que soy policía porque sé pelear?

Maris estuvo a punto de hablar sobre sus hermanos, pero no lo hizo. No eran policías, aunque le recordaran a él. Zane trabajaba para el servicio de espionaje; y Chance, para el ministerio de justicia.

—No. Lo supe por tus calzoncillos.

—¿Por mis calzoncillos? —preguntó, anonadado.

—No son blancos, como los que lleva casi todo el mundo por aquí.

—¿Y eso te ha hecho pensar que soy policía? —preguntó, sin salir de su asombro.

—No sólo eso. Digamos que ha sido un detalle añadido.

Maris no mencionó que pensaba que le quedaban muy bien. En otras circunstancias, ni siquiera habría sacado a colación semejante tema. Había notado perfectamente su reacción física, su erección; la relativa lejanía que mantenían minutos antes se había transformado ahora en algo mucho más íntimo. Y no se trataba sólo de su aparente excitación. Tenía la impresión de que su tentativa de ataque había provocado en él una reacción intensamente masculina. Respiró a fondo, excitada. La agarraba de tal modo que se estremeció.

—Un detalle dudoso —comentó él—. No todos policías llevan calzoncillos como los que yo llevo, ni mucho menos.

Al parecer, el comentario sobre los calzoncillos lo había incomodado. Maris sonrió, encantada ante la novedosa experiencia de haber excitado a un hombre. A fin de cuentas era virgen.

—Si tú lo dices... no había visto a un policía medio desnudo hasta ahora. ¿En qué departamento trabajas, por cierto?

Alex la observó durante unos segundos. Acto seguido, contestó:

—No trabajo para la policía, sino para el FBI. Soy un agente especial.

—¿Eres un federal? No sabía que el robo de caballos fuera un delito federal.

—No lo es —declaró, casi sonriendo—. Si te suelto, ¿prometes no intentar volver a matarme?

—Lo prometo. Además, no intentaba matarte. Y aunque lo hubiera intentado eres mucho mejor que yo. Así que no debes preocuparte.

—Me siento mucho más seguro —dijo con ironía.

MacNeil la soltó, pero no se quitó de encima. Se limitó a apoyarse en sus codos. El cambio de posición hizo que sus caderas entraran directamente en contacto, y Maris se vio obligada a abrir las piernas. Notaba, sin lugar a dudas, que el interés de Alex había aumentado de forma considerable. Pero resultaba evidente que se estaba controlando y que no le incomodaba, de ningún modo, su erección.

Maris respiró profundamente, encantada por el simple gesto de frotar sus senos contra su duro pecho. Era algo maravilloso. Le habría gustado seguir en sus brazos sin hacer nada. Pero habían robado un caballo y presumiblemente los seguía alguien que también pretendía matarlos a ellos.

En cualquier caso, su primer problema era el animal que habían escondido. Así que intentó concentrarse en ello.

—¿Y qué hacía un agente federal en mis caballerizas?

—Intentando descubrir quién se dedica a matar caballos para cobrar los seguros, jefa.

Alex añadió la última palabra con una ironía evidente, como burlándose por haberse referido a la granja Solomon Green como si fuera suya.

Maris hizo caso omiso del sarcasmo; su propia familia se burlaba de ella por asuntos semejantes. Lo miró con escepticismo y preguntó:

—¿Desde cuándo se dedican a investigar esos casos los agentes federales?

—Desde que incluyen rapto y asesinato en varios estados.

Maris se estremeció. Había acertado; alguien intentaba matarlos.

—¿Y qué hacías en Solomon Green?

El agente sonrió. Maris estaba tan cerca de él que pudo ver las líneas que se formaron en las comisuras de sus labios.

—Era una simple tapadera. Algo bastante habitual en nuestro trabajo.

—Así que creías que Sole Pleasure estaba en peligro... ¿Por qué no me lo dijiste? Habría vigilado un poco sin llamar la atención. No tenías derecho a arriesgar su vida.

—Todos los caballos están asegurados. Cualquiera podía ser el objetivo. Es más, me extraña que quisieran matar precisamente a ese animal, siendo tan conocido. Su muerte levantaría sospechas —declaró, mirándola con intensidad—. Y por si fuera poco, estabas en mi lista de sospechosos hasta ayer por la noche.

—¿Y qué te ha hecho cambiar de opinión? —preguntó—. ¿Qué ocurrió?

Maris se sentía terriblemente frustrada por haber perdido parcialmente la memoria.

—Que me ayudaste. Estabas asustada, y tan enfadada que apenas podías hablar. Dijiste que había que sacar a Sole Pleasure de allí, y estabas dispuesta a hacerlo sola si no te echaba una mano.

—¿No dije quién intentaba matarlo?

—No. Como acabo de decir, apenas podías hablar. No contestaste a mis preguntas. Pensé que estabas demasiado asustada y decidí darte un poco de tiempo antes de interrogarte. Luego noté que estabas muy pálida. Insististe en continuar, pero decidí que nos quedáramos aquí. Y en cuanto entraste en la habitación te quedaste dormida.

Una vez más se preguntó quién la había desnudado. Además, la irritaba la arrogancia de aquel hombre, que daba por sentado que podía obligarla a hacer lo que quisiera. Y su intento de agresión lo demostraba. Se había deshecho de ella sin grandes problemas.

Frunció el ceño, molesta consigo misma. Se sentía demasiado atraída por Alex MacNeil; tanto que apenas conseguía concentrarse en lo verdaderamente importante. La vida de Sole Pleasure, y tal vez las suyas, dependían de lo que pudiera hacer para ayudar al agente federal.

–Los Stonicher –dijo Maris, lentamente–. Son los únicos que podrían beneficiarse de su muerte. Pero tenían intención de venderlo como semental, así que no sería lógico que quisieran matarlo.

–Una razón más para que pensara que ese caballo no estaba en peligro. En realidad me concentré en los otros. La prima del seguro no es tan elevada, pero no levantarían tantas sospechas.

–¿Cómo te encontré? ¿Fui a tu habitación? ¿Te llamé? ¿Nos vio alguien? ¿Viste a alguien?

Alex había estado durmiendo en una de las habitaciones de la estrecha edificación donde vivían los trabajadores temporales de los Stonicher. Maris vivía en una cabaña propia, de tres habitaciones. El capataz también tenía sus propias habitaciones, en la parte superior de las caballerizas, desde donde observaba todo lo que sucedía con un sistema de cámaras. Siempre había gente en aquel lugar. Alguien tenía que haberlos visto.

–No estaba en mi habitación. Estaba en el segundo granero, echando un vistazo, cuando entraste con Sole Pleasure. Estaba oscuro, así que pensé que no me habías visto, pero te detuviste y me pediste que te ayudara. Lo subimos a un remolque que estaba vacío y nos marchamos. Si alguien nos vio, dudo mucho que notara que el caballo iba en el remolque. Y mucho menos que reconociera a Sole Pleasure.

Maris pensó que era bastante posible. El segundo granero sólo lo utilizaban para las yeguas. En diciembre se hacía de noche muy pronto, y los trabajadores estarían cenando en aquel momento. Ni el remolque ni la camioneta pertenecían a la granja; además, todo el mundo sabía que habían llevado una yegua aquella misma tarde, y no se habrían extrañado al ver que se marchaban. Excepto el conductor de la camioneta, que se había quedado a pasar la noche. Sole Pleasure era un caballo muy obediente, y no habrían tardado más de un par de minutos en subirlo al remolque y ponerse en camino.

—No tuve oportunidad de llamar a mi familia... ¿Has llamado a alguien mientras estaba dormida?

—Sí, llamé al departamento para que supieran lo que había sucedido. Intentarán facilitarnos las cosas, pero no pueden actuar abiertamente porque pondrían en peligro la operación. Aún no sabemos quiénes son los responsables... a menos que hayas recordado algo más en los últimos minutos.

—No. No recuerdo nada de lo sucedido desde ayer por la tarde. Sé que me dirigía a los establos después de comer, pero tampoco recuerdo la hora exacta. Sólo recuerdo mi enfado y mi miedo, y que corrí a buscar a Sole Pleasure.

—Si recuerdas algo más, por insignificante que te parezca, dímelo de inmediato. Al llevarnos el caballo nos hemos puesto en peligro. Es una excusa perfecta para matarlo y para culparnos del robo, porque no saben que soy un agente del FBI. Seguramente habrán salido a buscarnos, y necesito saber a quién, o a quiénes, nos enfrentamos.

—¿Dónde está el caballo? —preguntó, alarmada.

Maris puso las manos en sus hombros y empujó, intentando librarse de él. Quería levantarse, vestirse e ir a buscarlo. Siempre había sido una mujer muy responsable en las cuestiones laborales; sabía que MacNeil sabía cuidar a un animal, pero en última instancia la responsabilidad era suya.

—Tranquilízate, está bien —declaró, obligándola a permanecer en la cama—. Lo escondí en el bosque. Nadie lo encontrará. No podía dejarlo en el aparcamiento, donde podría haberlo visto cualquiera. Si quieren dar con él, tendrán que localizarnos.

—De acuerdo –dijo, más tranquila–. ¿Qué vamos a hacer ahora?

—Pensaba averiguar lo que sabías y dejarte en algún lugar donde estuvieras a salvo hasta que todo pasara.

—¿Y dónde pensabas dejarme? ¿En el remolque, con Sole Pleasure? –preguntó con ironía–. Pues lamento que tu plan haya fallado. No recuerdo nada, y necesitas tenerme a tu lado por si recobro la memoria. Me temo que estamos juntos en esto, MacNeil, así que no me dejarás en ninguna parte.

—Sólo hay un sitio donde me gustaría que estuvieras –declaró, lentamente–. Y ya estás en él.

Teniendo en cuenta las circunstancias, no resultó una sorpresa para Maris.

Alex MacNeil era muy posesivo. Se notaba en su actitud, en su cuerpo, y en aquellos ojos azules que la observaban con intensidad.

Sabía muy bien que no había malinterpretado aquella mirada. Su padre siempre miraba a su madre de aquel modo; había notado a lo largo de los años cómo se acercaba a ella, cómo la tocaba, con una sutil tensión en cada uno de sus músculos. Por si fuera poco también lo había contemplado en sus cinco hermanos. Primero con sus novias y más tarde con las esposas de cuatro de ellos. Era una mirada de deseo, cálida y potente.

Resultaba una sensación excitante y aterradora al tiempo. Pero de algún modo había sabido, desde el principio, que existía algo entre los dos y que más tarde o más temprano tendría que vérselas con ello.

Lo sabía, así que había intentado evitarlo en el trabajo; no quería mantener una relación con él, ni tener que enfrentarse a las habladurías de los empleados. Había salido con algunos hombres con anterioridad, pero siempre se alejaba de ellos cuando demostraban un interés excesivo. Su carrera siempre había sido lo primero.

De hecho nunca había permitido que la tocaran, salvo los miembros de su propia familia. Tenía la habilidad de vivir sola sin problema alguno, algo bastante común en los Mackenzie; sus propios hermanos habían demostrado un grado de independencia nada desdeñable hasta que se casaron, con excepción de Chance. Y desde luego lo habían hecho por amor. A Maris le gustaba vivir sin demasiadas complicaciones, y había decidido seguir sola hasta que apareciera el amor de su vida.

No podía negar que entre MacNeil y ella había algo muy intenso. Podía notar la prueba de su excitación entre sus piernas; la perspectiva de hacer el amor con él resultaba muy tentadora, lo que demostraba que ella también lo deseaba. Sabía que debía apartarse, pero no lo había hecho. Su cuerpo no quería obedecerla.

Contempló su rostro y observó el deseo que había en aquellos ojos azules, antes de preguntar:

—¿Qué piensas hacer?

—No mucho —contestó—. Tienes una conmoción cerebral y un terrible dolor de cabeza. Y nos están persiguiendo. Así que debería concentrarme en el problema que tenemos en lugar de pensar en tus braguitas. Aunque quisieras hacer el amor conmigo, me negaría. El golpe puede haberte causado una incapacidad mental transitoria.

—La cabeza me duele menos que antes —dijo—. Y desde luego soy perfectamente consciente de mis actos.

—Oh, Dios mío —gimió él.

Maris puso las manos sobre sus hombros y Alex se tensó. Esperaba que se apartara de él; era lo más razonable. Pero no lo hizo. Acarició su cuello y luego bajó hasta su pecho. Podía notar los fuertes latidos de su corazón.

Estaba algo sorprendida, y asustada, por el deseo que sentía. Más que deseo era pura necesidad. Maris no había hecho el amor en toda su vida, pero había contemplado muchas veces la atracción sexual, incluso a un nivel tan primario como el de los animales; además, sus familiares siempre habían sido bastante apasionados. Así que no subestimaba en absoluto el poder del sexo. Lamentablemente no lo había sentido nunca en carne propia; no había sentido ni el calor ni aquella urgencia, ni el vacío que sólo podía llenarse con la satisfacción final. Siempre había creído que sólo podía sentirse algo semejante estando enamorada. Pero ahora comprendía que tal creencia era un error. Conocía a Alex MacNeil, pero no sabía qué tipo de persona era y no podía estar enamorada de él, en modo alguno. Se sentía atraída, nada más.

Sin embargo, una de sus cuñadas, Barrie, le había contado que se había enamorado de Zane a primera vista. Eran perfectos desconocidos, pero un cúmulo de circunstancias extraordinarias los habían colocado en una situación bastante íntima y obligado a conocerse en mucho menos tiempo de lo habitual.

Maris analizó su propia situación, tumbada en una cama con un hombre que apenas conocía, y se preguntó por lo que había averiguado de él en apenas unos minutos, desde que había recobrado la consciencia.

No la estaba presionando. La deseaba, pero no la presionaba. Las circunstancias no eran las más adecuadas, así que se limitaba a esperar. Era un hombre paciente, o al menos un hombre que sabía ser paciente cuando era preciso. No podía dudar en modo alguno de su inteligencia, porque lo había observado durante los últimos días. Por otra parte, había oído que los agentes del FBI debían estudiar derecho. Además tenía ciertos conocimientos de medicina, los suficientes para saber que padecía una conmoción cerebral. Obviamente era capaz de obligarla a hacer cualquier cosa, sobre todo en su estado, y sin embargo la estaba cuidando. Y por si todo ello no fuera suficiente, no se había aprovechado sexualmente de ella aunque estaba medio desnuda y entre sus brazos.

Era una lista bastante grande. Un hombre paciente, inteligente, educado, con carácter, cariñoso, honorable y muy carismático. Un hombre con un tono de voz autoritario y tranquilo, lleno de confianza. Se parecía mucho a sus hermanos, sobre todo a Zane y a Chance, y eso que eran dos de los hombres más peligrosos que conocía.

Siempre había sabido que una de las razones por las que no se enamoraba de nadie era que cedía a la tentación de comparar a todo el mundo con los hombres de la familia; y la comparación no resultaba nunca demasiado ventajosa para sus pretendientes. Se había concentrado en su carrera, pero Alex MacNeil era diferente. Por primera vez en toda su vida, corría el riesgo de enamorarse.

Miró sus ojos, profundos como los de un océano, y lo supo de repente.

—Tengo que hacerte una pregunta muy importante —dijo con suavidad.

—Adelante.

—¿Estás casado? ¿O sales con alguien?

Alex sabía muy bien por qué lo preguntaba. Habría estado ciego si no hubiera notado la tensión que había entre ellos, y su propio deseo no admitía dudas.

—No, no mantengo ninguna relación con nadie.

Sin embargo, no le preguntó lo mismo a ella. Durante el tiempo que había permanecido en la granja había averiguado mucho sobre su vida; sabía que estaba soltera, sin compromiso, y que no salía con nadie. Sus preguntas habían levantado las sospechas de sus compañeros, algunos de los cuales habían empezado a tomarle el pelo diciendo que Maris le gustaba. Era verdad. Y para complicar las cosas, había considerado la posibilidad de aprovecharse de la situación para afianzar su coartada.

Maris respiró profundamente y sonrió.

—Si aún no has pensado en casarte conmigo, será mejor que te acostumbres a la idea.

MacNeil la miró con frialdad. No quería que notara lo sorprendido que estaba. Ni siquiera la había besado y aquella mujer ya estaba pensando en el matrimonio.

Cualquier persona en su sano juicio habría huido de ella y se habría concentrado en el terrible problema que tenían. De ningún modo habría continuado allí, abrazándola.

No podía negar que la deseaba. Estaba familiarizado con el deseo desde los catorce años, y sabía cómo controlarse cuando las circunstancias lo requerían. Sobre todo si podía interferir en su trabajo, al que se dedicaba en cuerpo y alma. Siempre había controlado sus relaciones; siempre las rompía cuando iban demasiado lejos o cuando le pedían más de lo que podía dar. Permitir que alguien se hiciera falsas esperanzas era injusto, de modo que siempre rompía las relaciones antes de que llegaran al punto de las recriminaciones y las lágrimas.

Pero Maris Mackenzie era diferente.

Alex no se levantó de la cama. Su súbita proposición de matrimonio ni siquiera provocó que estallara en una carcajada, ni que comentara que definitivamente no estaba en sus cabales. Además, no quería herir sus sentimientos. Era pequeña, incluso frágil, y deseaba abrazarla, protegerla, mantenerla a salvo de cualquier peligro, excepto de sí mismo. Deseaba que se ofreciera a él, que estuviera a su merced. Quería hundirse en sus misteriosos ojos negros y olvidarlo todo salvo la fiebre que lo consumía.

Intentó convencerse de que sólo estaba algo descentrado por el súbito giro de los acontecimientos. Hasta la noche anterior, Maris sólo había sido una sospechosa más. Había hecho lo posible por controlar la atracción que sentía en cualquier momento, no sólo cuando la veía; su memoria lo asaltaba muchas veces a lo largo del día y rompía su sueño por la noche.

Maris era una mujer con mucho carácter, tan concentrada en su trabajo como él mismo, hasta el punto de que en más de una ocasión había pensado que para ella no existía como persona, y mucho menos como hombre. La idea lo había molestado tanto que en lugar de apartarse deseaba ponerse en su camino para que no tuviera más remedio que fijarse en él. Noche tras noche había pensado en ella, irritado por su falta de disciplina mental y por el aparente desdén con el que Maris lo trataba. Quería que su deseo fuera recíproco.

La atracción que lo dominaba era tan intensa que lo sacaba de quicio. Prácticamente no había nada que no lo atrajera en aquella mujer; y resultaba bastante sorprendente, porque su actitud no era demasiado sensual. Sólo parecía interesarse en el trabajo. No coqueteaba jamás; no hacía comentarios sugerentes, ni hacía nada en absoluto para resultar atractiva. Aunque, por otra parte, no era necesario que lo hiciese. No la habría deseado más si hubiera aparecido desnuda ante sus ojos.

Mil veces se había fijado en lo bien que le quedaban los vaqueros; y mil veces había deseado acariciar sus caderas. Había estudiado una y otra vez la forma de sus senos, bajo las camisas que llevaba, y desde luego no había dejado de imaginar lo que se sentiría haciendo el amor con ella. Pensamientos muy normales en una atracción sexual, pero mezclados con una extraña admiración. Su piel era tan clara que podía ver las venas de sus sienes y tan cuidada como si no pasara horas a la intemperie. Miraba su larga melena de pelo castaño, que a veces parecía rubio cuando estaba al sol, e imaginaba que sentía su tacto sedoso. Y sus ojos, negros como la noche, evocaban profundidades misteriosas.

Casi era un milagro que pudiera abrazarla de aquel modo

sin hacer nada, aunque apenas llevara encima unas braguitas y su propia camiseta, tan grande que se deslizaba hacia los lados dejando ver uno de sus hombros.

Aquello sobrepasaba el simple deseo. No había experimentado nada tan intenso en toda su vida, ninguna necesidad tan perentoria. Y sin embargo, no había intentado satisfacerla. Hasta la noche anterior ni siquiera se había permitido el lujo de hablar con ella, aunque sabía que debía hacerlo para averiguar algunas cosas, puesto que al fin y al cabo era una sospechosa más. Por extraño que pareciera había tenido la impresión de que ella también lo evitaba, aunque mostraba una naturalidad absoluta en el trato con los demás trabajadores. Poseía un talento especial para los caballos y sabía cómo hacerse obedecer, pero todas las personas de las caballerizas, e incluso los propios jinetes, la adoraban.

Su obsesión por evitarlo había hecho que sospechara desde el principio. A fin de cuentas su trabajo consistía en sospechar de todo el mundo y en notar cualquier cosa que se saliera de lo normal. Y el comportamiento de Maris lo había puesto en guardia. Estaba familiarizado con los caballos, razón por la cual había elegido trabajar en los establos como tapadera. Pero su entrenamiento lo había cambiado, y una persona perceptiva podía notar cosas que los demás no habrían notado. Podía descubrir sus rápidos reflejos, su estado de permanente alerta, su inclinación a colocarse en posiciones que pudiera defender.

Maris se había dado cuenta de todo ello, y sabía lo que significaba. A MacNeil no le había gustado nada que adivinara su profesión, y no le habría gustado aunque los acontecimientos de la noche anterior no lo hubieran convencido de que no estaba relacionada con la investigación. Sus ojos negros veían demasiado, y en aquel instante lo observaba como si pudiera llegar a su alma.

De todas formas, la honestidad le pudo. La deseaba y no quería romper la magia de aquel instante, tumbado sobre ella, pero apretó los dientes y dijo lo que tenía que decir.

–¿Casarme? Debes haber recibido un golpe más fuerte de lo que imaginaba. Estás delirando.

Maris no se ofendió. En lugar de eso pasó los brazos alrededor de su cuello y sonrió de manera muy femenina.

–Lo comprendo. Necesitas tiempo para acostumbrarte a la idea, y tienes un trabajo que hacer. Lo nuestro puede esperar. De momento, tienes que detener a esos malditos asesinos de caballos.

Necesitaba aclarar sus ideas; necesitaba tiempo, lejos de él, para tranquilizarse. Maris empujó ligeramente sus hombros. Alex dudó, pero se apartó de ella, librándola de su peso. La ausencia de su contacto resultó tan dolorosa para ella que a punto estuvo de pedirle que volviera a la posición anterior. Una simple mirada a sus calzoncillos bastó para que comprendiera que no podía tentarlo otra vez sin llegar más lejos. Pero tenía una conmoción cerebral y por si fuera poco alguien quería matar a Sole Pleasure y de paso eliminarlos a ellos.

Se sentó en la cama, intentando no hacer movimientos bruscos. La aspirina la había ayudado bastante; aún le dolía la cabeza, pero ya no era insoportable.

Al verla, Alex se levantó de la cama y se puso de pie.

—¿Qué estás haciendo? Tienes que descansar todo lo que puedas.

—Voy a ducharme y a vestirme. Si alguien quiere matarme, prefiero estar despierta y vestida cuando ocurra.

La visión del cuerpo de Alex resultó tan atrayente para Maris que deseó abrazarse a él. Era un hombre muy atractivo, de hombros anchos y poderosos, y fuertes brazos y piernas. Pensó que se había comportado como una tonta al evitarlo durante semanas y sintió haber perdido el tiempo. No comprendía que no se hubiera dado cuenta hasta entonces de la verdadera dimensión de su deseo.

Quería pasar el resto de su vida con aquel hombre. Con su trabajo había visitado muchos lugares distintos, pero su hogar siempre había estado en una montaña de Wyoming. Sin embargo, Alex MacNeil podía cambiarlo todo. Su hogar estaría donde estuviera él, aunque sabía que a un agente del FBI podían enviarlo a cualquier parte del país. Incluida una ciudad, donde no podría trabajar con caballos. Y por primera vez, su carrera había pasado a un segundo plano.

Los dos se poseían mutuamente. Eran el uno del otro. Pero el peligro los rodeaba y debía estar preparada.

Entonces Alex la tomó por la cintura y la atrajo hacia sí.

—Olvida lo que estés pensando. No tienes que hacer nada, salvo mantenerte apartada del camino.

Su cercanía resultaba demasiado tentadora. Maris apoyó la cabeza en su pecho.

—No te dejaré solo en esto.

Su pezón estaba a escasos milímetros de la boca de Maris, y la tentación resultó demasiado poderosa. Se movió lo suficiente y lo lamió.

Alex se estremeció y la apretó con fuerza. Pero estaba decidido a resistirse.

—Es mi trabajo —dijo, con voz implacable—. Eres una civil y podrías resultar herida. Lo mejor que puedes hacer para ayudarme es mantenerte lejos.

—Si me conocieras mejor no dirías eso —sonrió con ironía.

Maris siempre había sido ferozmente protectora con todo lo que amaba, y la idea de dejarlo solo ante el peligro la aterrorizaba. Por desgracia, el destino la había unido a un hombre que se encontraba muy a menudo en situaciones problemáticas. No podía pedirle que dejara su trabajo, del mismo modo que su familia no podía exigirle a ella que dejara de domar caballos salvajes. Alex era lo que era, y amarlo significaba que no debía intentar cambiarlo.

—De todas formas voy a ducharme y a vestirme. No quiero enfrentarme a nadie con una camiseta y unas bragas. Excepto a ti.

Alex respiró profundamente, y Maris notó que estaba a punto de tocarla de nuevo. Pero la mujer se apartó de la tentación y recogió su ropa. Cuando había llegado a la puerta del cuarto de baño, se hizo una pregunta que no se había hecho antes. No se le había ocurrido que MacNeil podía estar trabajando con alguien. Zane y Chance nunca hablaban de sus misiones, pero discutían en ocasiones sobre las técnicas de sus oficios y Maris tenía buena memoria. Que un agente del FBI trabajara sin apoyo resultaba muy poco usual.

—Supongo que tu compañero estará bastante cerca. ¿Me equivoco?

Alex arqueó las cejas, sorprendido. Pero enseguida sonrió.

—Sí, está en el aparcamiento. Llegó una hora después que nosotros. Nadie nos pillará por sorpresa.

Maris comprendió entonces que Alex no se habría arriesgado a relajarse tanto si su compañero no estuviera allí, cubriéndole las espaldas. Sin embargo, casi estaba segura de que no había dormido en toda la noche.

—¿Cómo se llama? ¿Qué aspecto tiene? Puede que necesite saber quién está de nuestra parte.

—Se llama Dean Pearsall. Es alto, delgado, de pelo y ojos oscuros y un poco calvo. Es de Maine. Tiene un acento tan fuerte que no podrías confundirte.

—Ahí afuera hace bastante frío. Debe estar helado.

—Acabo de decirte que es de Maine. Esto no es nuevo para él. Tiene un termo con café y está dentro del coche, con los limpiaparabrisas funcionando para que no se congele el cristal y pueda ver en todo momento lo que sucede en el exterior.

–¿No llamará la atención de nadie? Seguramente es el único coche cuyo parabrisas no está cubierto de hielo.

–Sólo resultaría sospechoso si alguien supiera cuánto tiempo lleva allí, y no es un detalle en el que caigan demasiadas personas –dijo, mientras se ponía los pantalones–. ¿Por qué has pensado en eso?

Maris sonrió con dulzura.

–Lo comprenderás cuando conozcas a mi familia.

Entonces entró en el cuarto de baño y cerró la puerta.

Su sonrisa desapareció en cuanto se quedó a solas. Era lo suficientemente inteligente como para no pretender interferir en el trabajo de dos federales, pero sabía que sus planes podían fallar, y que alguien podría resultar herido. Si tal cosa llegaba a suceder, no importaba lo cuidadoso o bueno que se fuera. A Chance lo habían herido varias veces; siempre intentaba que su madre no lo supiera, pero de algún modo Mary lo intuía. Y ella misma. Podía sentirlo en lo más profundo de su ser. Casi se había vuelto loca cuando Zane estuvo a punto de morir asesinado a manos de un grupo de mafiosos, a pesar de ser un gran profesional. De hecho, lo era entre otras cosas porque estaba preparado para cualquier contingencia y siempre se guardaba un as en la manga.

Calculó las posibilidades que tenía. Sabía defenderse, era una buena tiradora y conocía muy bien las técnicas de supervivencia y ataque, algo que, en principio, nadie podía esperar. Pero su pistola estaba en la cabaña, y estaba desarmada a menos que Alex le proporcionara otra arma, cosa que dudaba. Además sufría una leve conmoción cerebral y ni siquiera era capaz de recordar lo sucedido durante las últimas horas.

No sabía quién la había golpeado. Tal vez alguien que intentaba matar a Sole Pleasure.

Se metió en la ducha, con cuidado de no mojarse el pelo, e intentó recordar. Todo estaba normal cuando volvió a las caballerizas, después de comer. Se había encontrado con MacNeil cuando ya era de noche, a las seis o seis y media. De modo que habían pasado cinco horas, más o menos, entre tanto. De algún modo había averiguado que pretendían matar al caballo, y hasta era posible que se hubiera enfrentado al supuesto agresor y que éste la hubiera golpeado en la cabeza.

Por irracional que pudiera parecer, los únicos beneficiados con la muerte de Sole Pleasure eran los Stonicher. Sabía que tenían intención de utilizarlo como semental, pero cabía la posibilidad de que no fuera posible, por alguna razón que desconocía.

Desde luego, no se trataba de un problema de salud. Sole Pleasure se encontraba perfectamente; era un caballo fuerte, de fácil trato y lleno de energía. Un verdadero atleta sin ninguna mala costumbre. Maris amaba los caballos, pero aquel era especial. No podía creer que alguien pretendiera matarlo.

Lo único que podía explicar semejante desatino, la única razón que podía haber empujado a alguien a intentar cobrar el seguro, era que las pruebas hubieran demostrado que no era fértil.

Pero en tal caso, sus dueños podrían haberlo presentado de nuevo en las carreras. Sin embargo las lesiones eran bastante frecuentes, y cualquiera sabía que el más pequeño problema podía dar al traste con un buen purasangre. No era la primera vez que ocurría, ni sería la última. Así que entraba dentro de lo posible que los Stonicher se hubieran decidido por la solución más fácil: matarlo y cobrar el seguro.

Pero no quería pensar en semejante posibilidad. Joan y Ronald Stonicher siempre le habían parecido una pareja encantadora, aunque no de la clase de personas con quienes podía entablar una amistad. Eran típicos ricos de Kentucky, aunque a Ronald le interesaban particularmente las carreras de caballos, porque a fin de cuentas la granja era su herencia. Joan montaba muy bien, mejor que su marido, pero era una mujer fría y poco emotiva que prefería las reuniones sociales a los establos.

No podía pensar en ninguna otra persona que pudiera beneficiarse de la muerte del caballo, de modo que ellos eran los únicos sospechosos.

No obstante, imaginaba que no lo harían personalmente. Habrían contratado a alguien. Y tenía que ser una persona a la que veía todos los días, alguien que no llamara la atención si se acercaba a los caballos. Podía ser cualquiera. Al fin y al cabo, unos miles de dólares siempre resultaban tentadores para una persona que no tuviera demasiados escrúpulos.

Cerró el grifo y salió de la ducha, sin dejar de pensar en el asunto. Cuando terminó de vestirse ya había llegado a una conclusión: MacNeil sabía quién intentaba matar a Sole Pleasure.

Abrió la puerta y estuvo a punto de darse de bruces con él. Alex estaba apoyado en uno de los muebles, con los brazos cruzados, esperando. También se había vestido, y estaba increíblemente atractivo con vaqueros, camisa de franela y botas.

—Sabes quién es, ¿verdad? —preguntó, apuntándolo con un dedo.

El agente federal la observó, divertido.

—¿Qué te hace pensar eso?

Maris comprendió de inmediato que pretendía intimidarla. Lo había observado muchas veces en sus propios hermanos.

—Dijiste que una pista te había llevado a Solomon Green. Resulta evidente que el FBI trabajaba en el caso desde hace tiempo, y estoy segura de que tienes una lista de sospechosos. Uno de ellos está trabajando en la granja, ¿verdad? Y ahora que lo pienso, ¿por qué dijiste que yo también era sospechosa si sabías de sobra que...?

—Espera un momento. Lo dije porque era cierto. Desconfiaba de todo el mundo. Tengo un sospechoso principal, pero no trabaja solo, ni mucho menos.

A Maris no le agradaba pensar que alguna persona de las que conocía pudiera estar involucrada, pero debía admitir que resultaba bastante probable.

—Así que seguiste a tu sospechoso y estabas vigilándolo para atraparlo en el momento preciso, cuando tuvieras pruebas. ¿Habrías permitido que matara a uno de los caballos, sólo para poder incriminarlo?

—No pretendíamos que las cosas llegaran tan lejos —contestó, mirándola—. Pero siempre cabía esa posibilidad.

Maris no se dejó engañar con su lenguaje eufemístico. Tal vez no tuviera intención de permitir que mataran a ningún animal, pero habría permitido que lo hicieran de no haber encontrado otras pruebas.

Se enfadó tanto que estuvo a punto de intentar golpearlo de nuevo. Pero Alex MacNeil lo notó, porque la agarró por la muñeca y la atrajo hacia su pecho.

—No puedo permitir que dejéis que muera un caballo. Ni uno solo.

—Yo tampoco quiero que eso ocurra. Pero no podemos detener a nadie hasta que no tengamos pruebas sólidas que podamos presentar ante un tribunal. Y deben ser muy sólidas, porque de lo contrario desestimarían el caso y varios delincuentes quedarían en libertad. Además, no se trata sólo de un fraude a las aseguradoras. Un chico de dieciséis años fue asesinado. Debió descubrir lo que estaban haciendo, en una granja de Connecticut, pero no tuvo tanta suerte como tú. Encontraron un caballo muerto en los establos, y una semana más tarde descubrieron el cadáver del chico en Pensilvania.

Maris lo miró y dejó de sentir lástima por los Stonicher. Si se habían asociado con criminales, no merecían su conmiseración.

El rostro de MacNeil parecía de piedra.

—No pienso poner en peligro la investigación actuando a la ligera. Voy a atrapar a esos canallas, cueste lo que cueste. ¿Entendido?

Maris lo había entendido perfectamente. Sólo quedaba una cosa por hacer.

—Por supuesto. No quieres que el caso se te escape de las manos, y yo no quiero que hagan daño a Sole Pleasure. Lo que significa que tendrás que utilizarme como cebo.

—En absoluto —dijo, con firmeza—. De ninguna manera.
—Tendrás que hacerlo.
Alex la miró, entre divertido y cansado.
—Has sido jefa durante tanto tiempo que ya no sabes obedecer órdenes. Pues bien, yo soy el que llevo este caso, y harás lo que te diga y cuando te lo diga. De lo contrario te esposaré y te encerraré con tu bonito trasero en un armario, hasta que todo esto termine.
Maris parpadeó y dijo, coqueta:
—Así que te parece que tengo un bonito trasero, ¿no?
—Tan bonito que es posible que le pegue un buen mordisco. Pero no importa lo bella que seas ni lo bien que muevas tus pestañas. De todas formas no conseguirás que cambie de opinión.
—Me necesitas —espetó, cruzándose de brazos—. No sé qué pasó ayer, ni quién me golpeó. Pudo ser uno de los Stonicher, o alguna persona que hayan contratado. Pero no saben que he perdido la memoria, ni saben nada de ti, así que yo soy su mayor amenaza.
—Razón de más para que permanezcas al margen. Si uno de los Stonicher te amenaza, puede pasar cualquier cosa. Casi prefiero a un asesino profesional, que sabe lo que hace. Las

personas normales se ponen nerviosas y pueden hacer cosas realmente estúpidas, como dispararte delante de un montón de testigos.

—Probablemente les sorprenderá que aún no haya llamado a la policía. Habrán pensado que el golpe me dejó fuera de combate, o que no los he denunciado porque no tengo pruebas suficientes. En cualquier caso, es evidente que me perseguirán. Pueden matarme, prepararlo todo para que parezca que fui yo y luego eliminar al caballo. Hasta es posible que obtengan más dinero del seguro. Así que no creo que duden en asesinarme en cuanto me vean.

—Maldita sea —dijo, negando con la cabeza—. Ves demasiadas películas.

Maris lo miró, indignada. Su argumentación era perfectamente lógica, y Alex lo sabía aunque no le gustara. Pero era un hombre muy protector, y bastante obstinado.

—Cariño... —empezó a decir el federal.

Alex acarició sus hombros, intentando encontrar las palabras adecuadas para convencerla de que dejara aquel asunto en sus manos y en las manos de Dean. Era su trabajo, y estaban entrenados para situaciones similares. No podía permitir que se pusiera en peligro; además, tener que preocuparse por ella lo volvería loco. Resultaba evidente que se creía muy fuerte, pero estaba pálida y apenas podía moverse. Aunque no era una mujer frágil; la había visto muchas veces, montando caballos salvajes que ningún hombre se había atrevido a montar. Y también era valiente, pero no sabía si sus nervios soportarían la tensión.

—Míralo desde otro punto de vista —lo interrumpió Maris—. Mientras no sepan dónde se encuentra el caballo estaré a salvo. Me necesitan para localizarlo.

MacNeil no discutió con ella, no intentó convencerla. Se limitó a mover la cabeza en gesto negativo y decir:

–No.

Maris le dio un golpecito en la frente. Alex retrocedió, sorprendido.

–¿Qué diablos estás haciendo?

–Comprobar si tu cabeza está hecha de madera –contestó ella–. Estás dejando que tus emociones interfieran en tu trabajo. Soy tu mejor cebo, así que debes utilizarme.

MacNeil no se movió. No habría estado tan sorprendido si lo hubiera tomado en brazos y lo hubiera arrojado por la ventana. No podía creer lo que acababa de oír. Era un gran profesional, entre otras cosas porque no permitía nunca que sus emociones lo dominaran. Siempre mantenía la calma, en cualquier situación. Cuando terminaba una misión a veces no podía conciliar el sueño, pero mientras trabajaba era frío como el hielo.

Además, no era lógico que sintiera nada por ella. Aunque debía admitir que le había gustado desde el principio. Y, desde luego, había aprendido muchas cosas sobre aquella mujer desde la noche anterior. Era inteligente, tenía sentido del humor y conseguía sacarlo con cierta facilidad de sus casillas. Y por si fuera poco reaccionaba ante el más ligero contacto por su parte; su suave cuerpo se fundía con el suyo y conseguía que el deseo se le subiera a la cabeza.

Frunció el ceño. En realidad, le habría hecho el amor si no hubiera sufrido una conmoción cerebral. No le habría importado que los persiguiera un asesino, ni habría pensado en el rastro que había dejado, no demasiado evidente, para que pudiera encontrarlos. Sabía que la noche anterior había cometido un error cuando se quitó la ropa. Pero quería sentir su cuerpo, así que se metió en la cama con ella. Había pensado que Dean lo llamaría si ocurría algo, aunque sabía de sobra que no debía desvestirse. Tenía que estar preparado para cualquier contingencia. Pero en lugar de eso se había tumbado sobre ella, entre sus piernas, convencido de que se libraría de los asaltantes en cinco segundos y de que después podría hacer el amor con Maris.

En todo caso, sólo se trataba de puro y simple deseo. Sin embargo, Maris no parecía pensar lo mismo. Había pasado la mayor parte del tiempo durmiendo, y a pesar de todo se le había ocurrido la locura de decir que iban a casarse. Pero Alex no estaba dispuesto en modo alguno, por mucho que lo excitara.

La idea de utilizarla como cebo le parecía completamente fuera de lugar. Pero intentó convencerse de que su rechazo no se debía a emoción alguna, sino al simple sentido común.

—Te han dado un buen golpe y se supone que no deberías moverte. Eres más una molestia que una ayuda. Ahora tengo que cuidar de ti, además de mí mismo.

—Entonces dame un arma —dijo con seguridad.

—¿Un arma? —preguntó, incrédulo—. Dios mío... ¿Crees que voy a dar un arma a un civil?

Maris se apartó de él y lo miró con frialdad.

—Puedo manejar una pistola tan bien como tú. O, tal vez, mejor.

No estaba exagerando. Alex había contemplado aquella expresión muchas veces, en sus propios compañeros e incluso en sí mismo. Hasta comprendía que algunas mujeres se asustaran de él cuando notaban su aspecto más peligroso.

Ahora sabía que Maris estaba hecha de acero puro, aunque pareciera delicada.

Pensó que utilizarla como cebo no era tan mala idea. Como profesional debía evitar en lo posible que ningún civil se involucrara en un caso, aunque lo hacían demasiadas veces sin que pudiera evitarlo. Maris tenía razón. Era un magnífico cebo y comprometería los resultados de su investigación si no utilizaba todos sus recursos. Tenía que olvidarse de sus sentimientos y dar prioridad a su trabajo.

Alex se dio la vuelta y recogió sus chaquetas. Se puso la suya, y ayudó a Maris a ponerse la otra.

—Muy bien. Tenemos poco tiempo, así que actuaremos con rapidez. En primer lugar vamos a sacar al caballo para esconderlo en otro sitio. Dejaremos el remolque en algún lugar donde puedan verlo, pero sin que puedan imaginar que el animal no se encuentra dentro. Luego volveremos al motel. Tú conducirás la camioneta, y yo iré escondido detrás, tapado con alguna manta o algo así —declaró, mientras caminaban hacia la puerta—. Dean se quedará en la carretera, escondido, para que nos avise cuando lleguen. En cuanto nos vean, nos seguirán.

MacNeil apagó la luz antes de salir y sacó un pequeño transmisor del bolsillo.

—¿Está libre el camino? —preguntó—. Vamos a salir.

—¿Qué? —preguntó su compañero, al que obviamente había sorprendido—. Sí, está libre. ¿Qué ocurre?

—Te lo contaré enseguida.

Alex guardó el transmisor, miró a Maris y preguntó:

—¿Estás segura de que quieres hacerlo? Si te duele demasiado la cabeza será mejor que me lo digas antes de que vayamos más lejos.

—Tengo que hacerlo —se limitó a contestar.

—Muy bien. Entonces, vámonos.

Abrió la puerta y una ráfaga de aire frío los golpeó. Maris se estremeció aunque llevaba una chaqueta bastante ancha. Recordó que el hombre del tiempo había dicho que estaba a punto de llegar un frente frío. Había visto el telediario el día anterior, a la hora de comer, lo que explicaba que llevara aquella chaqueta, en lugar de la ligera prenda que se había puesto por la mañana. En cualquier caso, se alegraba de haberse cambiado.

Miró a su alrededor. La recepción del motel se encontraba

a su derecha. MacNeil la tomó del brazo y la llevó hacia la izquierda, rodeando una camioneta bastante moderna, la que habían utilizado para tirar del remolque.

—Espera un momento —dijo él.

Alex la dejó y caminó hacia la portezuela del conductor. Después abrió y entró en el vehículo. En aquel instante, Maris recordó algo de lo sucedido el día anterior.

Recordó haberle ocultado el lamentable estado en el que se encontraba. Tenía miedo de que supiera que estaba muy débil, de que fuera consciente de su vulnerabilidad. Creía que Alex sólo la estaba ayudando porque la deseaba, y que se aprovecharía de ella si llegaba a notar su debilidad.

Estaba obsesionada por la seguridad del caballo y se había decidido a pedir ayuda a MacNeil aunque ni siquiera sabía si podía confiar en él. Era un gran riesgo, pero MacNeil había aceptado de inmediato. En aquel momento, sin embargo, no podía pensar con claridad. Había recibido un golpe demasiado fuerte.

Por ironías del destino, se había despertado exactamente en el mismo punto que temía. En una cama. Y sin embargo, Alex no había hecho nada. No había intentado aprovecharse de ella. Se había limitado a conseguir que se enamorara de él.

Alex volvió a salir del vehículo y sin dejar de mirar a su alrededor, vigilante, dijo:

—Vamos.

La mañana era bastante oscura, y tan fría que el vaho de su respiración formaba pequeñas nubes. Segundos más tarde, empezaron a caer unos copos de nieve. Un viento helado golpeó las piernas de Maris, que se estremeció.

Alex la llevó hacia un viejo coche que estaba aparcado entre el letrero de entrada al motel y otro vehículo. Maris caminaba con cuidado, intentando que su dolor de cabeza no se incrementara.

El agente federal la ayudó a entrar antes de dar la vuelta para dirigirse al asiento del conductor. Dean Pearsall era tal y como MacNeil lo había descrito, alto y delgado.

—¿Qué está pasando? —preguntó su compañero.

Alex le contó, brevemente, lo que habían planeado. Pearsall miró a Maris, dubitativo.

—Puedo hacerlo —dijo ella con serenidad.

—Tendremos que actuar con rapidez —comentó MacNeil—. ¿Puedes encargarte del equipo de vídeo?

—Claro —contestó el hombre—. Pero estoy seguro de que están cerca.

—En tal caso, no perdamos el tiempo.

MacNeil abrió la guantera y sacó un arma. Comprobó que estaba cargada y se la dio a Maris.

—Es un treinta y ocho milímetros, un revólver de cinco balas.

Maris asintió y comprobó personalmente el arma. Alex sonrió mientras la observaba. Él tampoco se habría fiado de otra persona.

—Hay un chaleco antibalas en el asiento, a tu lado. Te estará demasiado grande —continuó MacNeil—, pero póntelo de todas formas.

—Es tu chaleco —dijo Pearsall.

—Sí, pero lo llevará ella.

Maris se guardó el revólver en un bolsillo y tomó el chaleco.

—Me lo pondré en la camioneta —dijo, mientras salía del vehículo—. Tenemos que darnos prisa.

Aún nevaba. Maris y MacNeil se dirigieron hacia la camioneta. Alex había dejado funcionando la calefacción y el hielo había desaparecido de los parabrisas. Al menos podrían conducir con cierta seguridad.

MacNeil no encendió las luces hasta que llegaron a la carretera y comprobó que no los seguía nadie, salvo el vehículo de su compañero. Maris se quitó la chaqueta para ponerse el chaleco antibalas. Era demasiado grande, pero no se molestó en discutir con Alex. Sabía que insistiría en que lo llevara.

–He recordado algunas cosas...

–¿Has recobrado la memoria?

–No. Aún no recuerdo quién me golpeó en la cabeza, ni quién pretendía matar a Sole Pleasure. Por cierto, ¿no crees que deberías decírmelo?

–No sé quién te golpeó. Sospecho de tres personas en particular, pero pueden ser más.

–Ronald y Jan son dos. ¿A quién estabas siguiendo cuando llegaste a la granja?

–Al nuevo veterinario. Randy Yu.

Maris permaneció en silencio, sorprendida. No se le habría ocurrido pensar en el veterinario. Era un magnífico profesional, con una dedicación absoluta por sus pacientes. Un hombre de treinta y tantos años, bastante fuerte. Tan fuerte que no entendía que hubiera conseguido escapar de él, si había sido él quien la había golpeado. Aunque supuso que Randy no esperaría que se defendiera. Y mucho menos que lo hiciera tan bien como sabía hacerlo.

–Supongo que es posible –declaró–. Una simple inyección y Pleasure moriría de un ataque al corazón. Causas naturales, dirían. Mucho más limpio que una bala.

–Sí, pero arruinaste su plan –dijo MacNeil–. Y ahora piensan utilizar balas. Y no sólo con el caballo. También contigo.

Sole Pleasure no estaba muy contento. No le gustaba estar solo, y mucho menos en un pequeño remolque. Estaba irritado y sediento. MacNeil había escondido el remolque en lo más profundo del bosque, en un lugar tan apartado que Maris se preguntó cómo habría conseguido llevarlo allí. Y a Pleasure tampoco le gustaban los lugares que no conocía. Estaba acostumbrado a vagar libre por los pastos, o a permanecer en cómodos establos, siempre llenos de gente. En cuanto salieron de la camioneta oyeron un relincho de enfado, seguido por unos cuantos golpes en la puerta del remolque.

—Se va a hacer daño si sigue dando coces a la puerta —dijo Maris.

Actuó con tanta rapidez como pudo, sin pensar demasiado en su dolor de cabeza. Si Sole Pleasure se rompía una pata, no tendrían más remedio que matarlo.

—Tranquilízate, pequeño...

El caballo dejó de dar coces, tranquilizado por su voz.

MacNeil se acercó y dijo:

—Voy a sacarlo del remolque. Está nervioso y no quiero que te golpee sin querer. Apártate, pero sigue hablando para ver si se calma un poco más.

Maris lo miró y se apartó. Aquel hombre actuaba como si

nunca hubiera recibido un golpe. Pero cualquier persona que trabajara con caballos los recibía, y con cierta frecuencia. Aunque no la habían tirado nunca desde muy pequeña. Sin embargo, tenía una pequeña colección de heridas. Se había roto los dos brazos y hasta había tenido que llevar una protección en el cuello. Se preguntó por lo que podía hacer para controlar a un hombre demasiado protector, sobre todo después de que se casara con él.

Pensó que la respuesta estaba muy cerca, en la relación de su madre y su padre. Su madre siempre había sido una mujer de carácter, y sabía cómo debía actuar en ciertos casos. Llegado el momento, lo ignoraba y conseguía sacarlo de quicio.

MacNeil sacó al animal del remolque. Pleasure bajó con rapidez, feliz de encontrarse nuevamente en compañía. Estaba tan contento que no dejaba de moverse. Maris se alegró de que Alex se encargara de él. Sole Pleasure habría actuado con más cuidado si lo hubiera sacado ella, pero en su estado cualquier movimiento era un peligro.

MacNeil alejó al caballo del remolque. Los cascos del animal avanzaban en silencio sobre la cama de hojas de pino del suelo del bosque. Al cabo de unos segundos, Alex ató las riendas a un árbol y dio una palmadita en el cuello a Sole Pleasure.

—Ya puedes venir, Maris. Quédate con él un rato mientras me llevo el remolque de aquí.

Maris se encargó del animal y lo tranquilizó con palabras y caricias. Aún estaba nervioso y sediento, pero la curiosidad por lo que sucedía lo mantuvo ocupado. Dean Pearsall había detenido su vehículo a cierta distancia y había encendido los faros para iluminarlos. MacNeil subió a la camioneta y dio marcha atrás, en dirección al remolque. No era una maniobra sencilla, pero la realizó a la primera. Maris pensó que no estaba mal para tratarse de un agente del FBI. Obviamente había pasado mucho tiempo con caballos.

Había empezado a nevar con más fuerza, y la luz de los faros iluminaba los copos, que empezaban a acumularse sobre las ramas de los pinos. MacNeil alejó un poco el remolque y lo colocó de cara al estrecho camino, de tal forma que nadie pudiera notar la ausencia de Sole Pleasure si bajaba por él. El remolque tenía ventanillas a ambos lados y en la parte trasera, pero no en la delantera.

Acto seguido Pearsall se introdujo debajo del remolque y colocó una cámara para que pudieran ver a cualquier persona que se aproximara.

–Mientras Dean se ocupa de la cámara será mejor que alejemos un poco el caballo –dijo Alex, mirando su reloj de pulsera–. Tenemos que estar lejos de aquí en cinco minutos, o diez como mucho.

En el interior del remolque había unas cuantas mantas que habían utilizado para cubrir a la yegua que habían llevado a la granja el día anterior. Maris tomó la más oscura y la pasó por encima del caballo. Obviamente le gustó al animal, porque relinchó, alegre. Maris rió y acarició su enorme cuello.

–Por aquí –dijo MacNeil.

El federal le dio una linterna a Maris para que iluminara el camino. Desató las riendas de Sole Pleasure y tiró de él. Después, pasó un brazo por encima de los hombros de Maris y se internaron en el bosque. Con las chaquetas que llevaban no podía sentir su calor, así que introdujo el brazo por debajo y posó una mano sobre su cadera.

–¿Cómo te encuentras? –preguntó.

–Bien –sonrió ella–. No es la primera vez que me doy un buen golpe en la cabeza, y éste no ha sido tan malo como el primero. Cada vez me duele menos, así que no puedo entender que no recuerde lo sucedido.

–Ya estás recobrando la memoria. No creo que tardes mucho tiempo en recobrarla totalmente.

Maris esperaba que tuviera razón. No era un plato de buen gusto. Sólo había olvidado lo sucedido durante unas horas, pero de todas formas no le agradaba ser incapaz de recordarlo. Recordaba haber viajado con MacNeil en un coche, y sin embargo no recordaba cuándo habían llegado al motel, ni cómo.

—¿Me quité la ropa yo misma?

Alex sonrió.

—Digamos que lo hicimos a medias.

Una hora antes aquel comentario habría bastado para que Maris se sintiera avergonzada, pero en aquel momento no le importó. Bien al contrario, le pareció un bonito detalle que le hubiera puesto su camiseta.

—¿Me tocaste? —preguntó en un susurro.

—No, no te encontrabas en muy buenas condiciones.

A MacNeil le habría gustado hacerlo, pero no lo había hecho. La ayudó a pasar por encima de un árbol caído, recordando el aspecto que tenía cuando se sentó en la cama del motel, sin más prenda que sus braguitas, con su cabello suelto. Sus senos eran pequeños y firmes, deliciosamente redondos, de pezones oscuros. Al pensar en ello, apretó la mano sobre las riendas.

—Puedes hacerlo ahora —dijo ella, mirándolo.

Alex respiró profundamente, intentando controlar el deseo que sentía. No tenían tiempo.

—Más tarde —prometió.

MacNeil se prometió que, cuando todo hubiera terminado, se encerraría con ella a solas y descolgaría el teléfono. Cuando se encontrara mejor, totalmente recuperada. Pero imaginaba que tardaría al menos dos días en recobrarse. Dos largos e insoportables días.

Se detuvo y miró hacia atrás. Se habían alejado tanto que ya no podían vislumbrar los faros del coche. Algo más adelante había una pequeña pared de piedra, suficiente para resguardarlo del viento, rodeada de árboles que lo protegerían de la nieve.

—Te dejaremos aquí un par de horas —dijo Alex al caballo—. Estarás bien.

Ató las riendas a una rama. El animal tendría cierta libertad de movimientos y hasta podría comer un poco de hierba.

—Sé bueno —dijo Maris, mientras lo acariciaba—. No tardaremos mucho tiempo. Luego te llevaremos a tu establo y podrás comer lo que quieras. Hasta te daré una manzana como postre.

El caballo resopló con suavidad. Resultaba evidente que reconocía el cariño que había en sus palabras, y que sabía de forma intuitiva que había dicho algo bueno.

MacNeil tomó la linterna y regresaron a la camioneta. Pleasure relinchó para mostrar su desaprobación, pero no tardó en tranquilizarse.

—Ya sabes lo que tienes que hacer —dijo el federal—. Te seguirán a cierta distancia, porque no querrán que te des cuenta. Asegúrate de que ven en qué punto abandonas la carretera, pero después conduce tan deprisa como puedas. Ellos seguirán las huellas de tus neumáticos. Cuando llegues al remolque, sal de la camioneta y métete en el bosque. No pierdas el tiempo, ni mires atrás para ver lo que esté haciendo. Escóndete en un lugar protegido y quédate allí hasta que Dean o yo vayamos a buscarte. Si alguien aparece, utiliza el revólver.

—Creo que sería mejor que llevaras tú el chaleco antibalas —dijo, preocupada.

—Puede que te disparen antes de que consigas perderlos de vista. No permitiré que lo hagas si no llevas el chaleco.

Definitivamente, Alex era un hombre muy obstinado. Maris pensó que vivir con él iba a resultar muy interesante. A fin de cuentas, los dos estaban acostumbrados a dar órdenes.

Pearsall estaba esperándolos cuando llegaron.

–Todo está preparado. He puesto una cinta de seis horas en la cámara, y las pilas son nuevas. No queda nada por hacer, excepto escondernos hasta que aparezcan.

MacNeil asintió.

–Muy bien. Escóndete tú primero. Si ves algo sospechoso, llámame con el transmisor.

–Dame un minuto para que pueda ir al motel y asegurarme de que no ha llegado nadie. Volveré en seguida.

Pearsall subió al coche y desapareció.

La oscuridad los rodeó enseguida. MacNeil abrió la portezuela de la camioneta y ayudó a subir a Maris.

–Ocurra lo que ocurra –dijo–, asegúrate de ponerte a salvo.

Entonces se inclinó sobre ella y la besó. Maris pasó los brazos alrededor de su cuello y se dejó llevar, profundizando el beso. Los labios de Alex estaban fríos, pero no así su lengua. La mujer se estremeció y se apretó contra él. Apartó un poco las piernas para que estuviera entre ellas y el beso se hizo aún más apasionado.

Era su primer beso, pero fue directo e intenso. En cierto modo, ya se conocían. Eran conscientes del deseo que sentían y lo habían asumido. Se habían convertido en amantes aunque aún no hubieran hecho el amor. Los invisibles lazos de la atracción los habían unido desde el principio, y ahora la telaraña estaba casi completa, como si hubieran hecho un pacto.

Alex se apartó de ella, respirando con dificultad.

–Será mejor que lo dejemos por el momento. Estoy muy excitado, y si seguimos... tenemos que marcharnos. Ahora.

–¿Hemos dado suficiente tiempo a Dean?

–No lo sé. Sólo sé que si seguimos así te bajaré los pantalones. Y si no nos vamos, el plan fracasará.

Maris no quería que se marchara. Sus brazos no querían soltarlo, ni sus muslos. Pero lo hizo de todas formas.

Alex retrocedió en silencio y cerró la portezuela del vehículo. Después dio la vuelta, subió al asiento del conductor y arrancó, con gesto de incomodidad.

Mientras avanzaban, Alex pensó que aquella mujer lo estaba volviendo loco. Había conseguido que se olvidara del caso y que sólo pensara en sexo. Y no en sexo en general, sino en sexo en particular. Con ella. Una y otra vez.

Intentó pensar en las mujeres con las que se había acostado a lo largo de los años, pero no recordaba sus nombres, ni sus rostros, ni ningún detalle concreto de lo que había sentido. Sólo podía pensar en su boca, en sus senos, en sus piernas, en su voz, en su cuerpo entre sus brazos, en su cabello sobre la almohada. Podía imaginarla en la ducha, con él, o desayunando juntos por la mañana, desnudos.

Resultaba tan fácil de imaginar que se asustó. Pero aún le asustaba más la posibilidad de que no pudiera hacerlo nunca, de que resultara herida a pesar de que había hecho todo lo posible para que estuviera a salvo.

Dejaron el bosque atrás y al final del camino entraron en la carretera. No vieron ningún coche. Estaba nevando bastante, y el cielo seguía completamente cubierto.

La radio permanecía en silencio, lo que significaba que Dean no había visto nada sospechoso. Pasados unos minutos distinguieron a lo lejos las luces del motel, y pocos segundos más tarde pasaron ante el coche de Dean, que estaba aparcado a un lado de la carretera. Parecía vacío, pero MacNeil supo que su compañero se encontraba en el interior, observando. Ningún vehículo podría aproximarse al motel sin que lo viera.

Alex aparcó la camioneta cerca de la entrada, para que Maris pudiera salir de allí tan deprisa como fuera posible.

Dejó el motor encendido, pero apagó las luces. Después, la miró y dijo:

—Ya sabes lo que tienes que hacer. Limítate a cumplir tu papel, y no improvises nada. ¿De acuerdo?

—De acuerdo.

—Muy bien. En tal caso me voy a la parte trasera de la camioneta. Si empiezan a disparar, túmbate en el suelo y quédate ahí.

—Sí, señor —dijo con ironía.

Alex tardó unos segundos en salir. La miró y murmuró algo incomprensible antes de volver a abrazarla. Una vez más, la besó; pero se apartó de ella enseguida y salió del vehículo. Sin decir nada más, cerró la portezuela, subió a la parte trasera y se dispuso a esperar.

8

El motel se encontraba en la intersección entre una carretera secundaria y la carretera principal. La carretera principal pasaba por delante del motel, y la secundaria lo hacía por la derecha. Dean había comprobado la carretera secundaria, que se internaba en el campo. Supuso que nadie llegaría por aquel camino; no iba a ninguna parte y no se encontraba en muy buen estado. Imaginó que los Stonicher, o la persona o personas que hubieran contratado, llegarían por la carretera principal; habrían estado investigando los moteles, siguiendo el rastro que había dejado MacNeil. El plan consistía en dejar que vieran a Maris; la mujer daría la vuelta al motel, tomaría la carretera secundaria y después torcería a la derecha para tomar la principal. Notarían de inmediato que no llevaba el remolque, así que la seguirían para que los llevara al lugar donde se encontraba Sole Pleasure.

Alex esperaba que el plan diera resultado. Si Yu era el único que los seguía, actuaría como esperaba. Era un profesional y actuaría con precaución. Pero si se trataba de alguna otra persona cabía la posibilidad de que hiciera algo impredecible.

En la parte trasera de la camioneta hacía bastante frío. Había olvidado tomar unas mantas para taparse y no dejaba de nevar. Se acurrucó un poco en el interior de su chaqueta e intentó convencerse de que al menos estaba protegido del viento. Pero no sirvió de gran cosa.

Los minutos fueron pasando, poco a poco. La luz del día empezaba a penetrar las densas nubes. En poco tiempo el tráfico rodado se incrementaría, dificultando con ello la labor de reconocimiento de Dean. Empezarían a salir personas del motel, lo que complicaría aún más la situación. Y si el tiempo mejoraba, la luz no sería precisamente una aliada cuando Maris tuviera que esconderse en el bosque.

—Vamos, vamos —murmuró.

Empezaba a pensar que la pista que había dejado para que los siguieran no era suficientemente clara.

En aquel momento, sonó el radiotransmisor. MacNeil dio un golpe en la camioneta para alertar a Maris, que ya se había colocado al volante.

Maris arrancó y salió del aparcamiento. Estaba dando la vuelta al motel cuando Alex observó que se acercaba un vehículo. En pocos segundos sabrían si sus perseguidores habían mordido el anzuelo.

Maris conducía despacio. Su instinto la habría empujado a acelerar, pero no debía hacerlo; si cometía ese error, sabrían que sucedía algo extraño. Cuando salió a la carretera secundaria, se fijó en que los perseguidores intentaban ocultarse para que no los viera.

Se detuvo en la señal de stop, y acto seguido torció a la derecha para tomar la carretera principal. Miró por el espejo retrovisor y comprobó que el coche que la perseguía avanzaba con cuidado. Era de color gris, y resultaba difícil de ver con tan poca luz. De no haber estado sobre aviso, no habría reparado en él.

Era el Cadillac gris de Ronald. Maris sólo lo había visto un par de veces, porque generalmente trataba con Joan, que tenía su propio vehículo, de color blanco. El vado de la mansión no se podía ver desde las caballerizas, y no tenía la costumbre de prestar demasiada atención a las idas y venidas de los dueños de la granja. Sólo le interesaban los caballos.

De todas formas le extrañó que utilizaran un coche tan conocido, aunque supuso que no tenía importancia. Sole Pleasure era suyo, y hasta entonces no habían cometido ningún delito. Si llamaba a la policía, no creerían que los Stonicher tenían intención de matar a un caballo que estaba valorado en veinte millones de dólares. Sería su palabra contra la de ellos.

No podía ver el coche de Dean. Maris esperaba que tuviera tiempo para llegar al bosque y tomar posiciones.

El Cadillac entró en la carretera principal, con las luces apagadas. La oscuridad y la nevada impedían que lo distinguiera con claridad. Sabía que sus perseguidores podrían verla mucho mejor, porque llevaba los faros encendidos, pero en todo caso se mantenían a cierta distancia.

La precaución jugaba en su favor. La distancia que había entre los dos vehículos le daría el tiempo necesario para salir de la camioneta y esconderse, para que Dean ocupara su posición y para que MacNeil se pusiera a salvo. Intentó no pensar en el hombre que amaba, y que se encontraba sin protección alguna si empezaban a disparar.

Faltaban unos cuantos kilómetros para llegar al punto en el que tendría que salir de la carretera e internarse en el bosque. En un par de ocasiones, la nevada se hizo tan intensa que perdió la referencia del coche que los perseguía.

Mantuvo una velocidad estable, imaginando que podrían verla aunque ella no pudiera decir lo mismo. No quería hacer nada que resultara sospechoso. Minutos más tarde salió de la carretera, tomó un camino de tierra y apretó el acelerador a fondo. A partir de entonces, el tiempo resultaba precioso.

Su dolor de cabeza se incrementó poco a poco, por culpa de los baches del camino y de las sacudidas del vehículo. Apretó los dientes e intentó concentrarse en conducir entre los árboles. Ni siquiera entendía que Alex hubiera conseguido llevar el remolque a un paraje tan inaccesible. Era una prueba más de su obstinación.

El Cadillac no podría transitar tan deprisa como la camioneta, lo que significaba que conseguiría dejarlo atrás.

No tardó mucho tiempo en descubrir el remolque, oculto entre los árboles. Aparcó la camioneta en el preciso lugar que había indicado MacNeil, apagó las luces para que no pudieran ver la cámara que habían preparado, salió, caminó hacia el remolque dejando sus huellas y se escondió tan deprisa como pudo, con cuidado de no dejar ningún rastro.

Mientras se alejaba, vio que Alex saltaba de la camioneta y se parapetaba detrás de una de las ruedas. Maris pensó que al menos tendría cierta protección. Pero no pudo evitar preocuparse. Necesitaba el chaleco antibalas que le había dado, y no podría perdonárselo nunca si resultara herido por ello. Si ocurría algo malo no podría dejar de pensar que había cometido un trágico error al inmiscuirse en el trabajo de dos profesionales. El FBI podía encontrar otras formas para detener a Randy Yu, pero ella no podría encontrar a otro hombre como MacNeil.

Se apoyó en un enorme roble. La nieve que caía empezó a acumularse sobre su cabeza. Entonces cerró los ojos y esperó, tensa.

MacNeil no apartó la mirada del camino. Cabía la posibilidad de que no bajaran del coche hasta que llegaran a la camioneta, pero si Randy Yu dirigía la operación era más probable que se detuvieran a cierta distancia y continuaran a pie.

Fuera como fuese, tanto Dean como él mismo estaban preparados para cualquiera de los dos casos. El bosque estaba lleno de arbustos, y si intentaban avanzar campo a través harían mucho ruido. Así que se concentró en el camino. Maris había aparcado la camioneta de tal forma que sólo podrían entrar en ella por la portezuela del conductor; el lado opuesto era inaccesible, gracias a la densa vegetación. Y la cámara grabaría a cualquiera que apareciera.

Después de lo que pareció una eternidad, pudo oír un ruido, pero no se movió. Su posición, acurrucado tras una de las ruedas, era bastante segura. No podían verlo a no ser que caminaran hasta la parte delantera de la camioneta, pero en cuanto vieran que se encontraba vacía dejarían de fijarse en el vehículo. Se dirigirían al remolque, siguiendo las huellas que había dejado Maris sobre la nieve.

El ruido se hizo más intenso. Ahora sabía que al menos eran dos personas. Estaban cerca, muy cerca.

Los pasos se detuvieron.

—No está en la camioneta —dijo alguien, en un susurro.

—¡Mira...! Hay huellas que se alejan hacia el remolque —dijo otra voz.

—Cállate.

—Deja de decirme lo que tengo que hacer. Ya es nuestra. ¿A qué estás esperando?

Hablaban en voz muy baja, pero el sistema de sonido de la cámara que estaban utilizando era tan bueno que podía grabar cualquier cosa. Por desgracia, aún no habían dicho nada que pudiera incriminarlos.

—Me contrataste para hacer un trabajo, así que mantente al margen para que pueda hacerlo.

—Si no recuerdo mal fallaste la primera vez, así que no te las des de listo. Si fueras tan listo como dices, el caballo ya estaría muerto y Maris MacKenzie no habría sospechado nada.

Cuando te contraté no tenía intención de que muriera nadie.

Mac pensó que aquello bastaba para acusarlos y sonrió.

Se puso en tensión, dispuesto a salir e identificarse, pistola en mano. Pero en aquel instante oyó un ruido a su espalda y se dio la vuelta. Un enorme caballo de color negro avanzaba hacia ellos, moviendo la cabeza con cierto orgullo, como si quisiera que admiraran su belleza.

—¡Está ahí! ¡Dispara!

Habían levantado la voz. La súbita aparición del animal los había desconcertado lo suficiente para que actuaran con menos cautela. Casi de forma inmediata, sonó un disparo. Por fortuna, la bala no alcanzó al caballo.

Sole Pleasure se encontraba detrás de él. Si se levantaba en aquel instante para detenerlos, se encontraría atrapado entre los agresores, que estaban disparando, y su objetivo. No podía hacer nada.

Dean se dio cuenta de la complicada situación en la que se encontraba su compañero y decidió actuar.

—¡FBI! Tiren las armas al suelo.

MacNeil aprovechó el momento para salir de su escondite. Randy Yu ya había tirado el arma y levantado las manos. Casi agradeció que fuera un profesional, porque actuaba de forma sensata. Pero Joan Stonicher se asustó y se volvió hacia él, muy nerviosa, apuntándolo con una pistola.

—Tranquilícese —dijo Alex—. No haga ninguna estupidez. Si no la detengo yo, lo hará mi compañero. Quite el dedo del gatillo y deje caer la pistola. Hágalo y no ocurrirá nada.

La mujer no se movió, pero sus manos temblaban.

—Haz lo que dice —intervino Randy Yu.

Los agentes los habían sorprendido en un lugar excelente. No había nada que pudieran hacer para escapar, y no tenía sentido que empeoraran las cosas.

Sole Pleasure se había alejado un poco al oír el primer disparo, pero se acercó de nuevo y se dirigió hacia ellos, olisqueando, como si intentara reconocer algún olor familiar. Entonces, avanzó hacia MacNeil.

Joan miró al caballo, sorprendida. Alex aprovechó el momento de confusión y saltó sobre ella. Pero la mujer tuvo tiempo de disparar.

Todo fue muy rápido. Dean gritó y Randy Yu se tiró al suelo, con las manos sobre la cabeza. Sole Pleasure relinchó, herido, y retrocedió. Y Joan intentó apuntar de nuevo a Mac.

Pero en aquel instante sonó un segundo disparo.

Maris apareció de repente. Sus ojos negros brillaban, furiosos. Llevaba una pistola en la mano y apuntaba a Joan. La mujer se volvió hacia la recién llegada, dispuesta a defenderse, y Alex no tuvo más remedio que disparar.

Maris pensó que Alex estaba tan enfadado que habría podido matarla.

Pero estaba tan furiosa que no le importó. De buena gana habría destrozado a Joan Stonicher, pero Sole Pleasure necesitaba ayuda, así que mantuvo la calma.

El bosque estaba lleno de gente. Médicos, policías, curiosos e incluso varios periodistas. Pleasure estaba acostumbrado a las multitudes, pero le habían herido y se encontraba bastante nervioso. Maris lo había llamado, al verlo, con un silbido, y el rápido giro del caballo, que se volvió a mirarla, le salvó la vida; la bala le había dado en el pecho, pero no había alcanzado ningún órgano vital. Sin embargo, Maris tuvo que hacer un verdadero esfuerzo para calmarlo y conseguir detener la hemorragia. No dejaba de moverse en círculos.

A Maris le dolía mucho la cabeza, tanto por el movimiento del animal como por los acontecimientos anteriores. Había notado antes que Alex que se había soltado, y de inmediato supo que se dirigiría hacia el lugar en el que se encontraban los federales para saludarlos. Sabía que se acercaría a MacNeil en cuanto notara su olor, y sabía que el propio MacNeil, o incluso el caballo, podían resultar heridos. Así que salió de su escondite para impedirlo.

Durante un momento, al ver que lo alcanzaba la bala, pensó que todo estaba perdido. Acababa de salir de entre los árboles. No se había fijado en nada, salvo en Joan; había sacado la pistola, sin darse cuenta, y Alex aprovechó el momento para disparar. A tan corta distancia, el blanco era perfecto. La bala atravesó el brazo derecho de la agresora, y Maris no lo sentía en absoluto.

La cámara que habían instalado bajo el remolque lo había grabado todo, así que el sheriff no había tenido más remedio que arrestar a Joan y a Yu. Yu era un profesional, y confesaría todo lo que sabía a cambio de una reducción de sentencia.

Ya había dejado de nevar, aunque la temperatura no había subido. Maris tenía las manos heladas, pero no podía permitir que el caballo se las calentara. Su pecho negro estaba cubierto de sangre, que caía por sus piernas. Intentó tranquilizarlo con palabras, mientras limpiaba la herida. Había hablado con un policía para que llamaran a un veterinario, pero aún no había aparecido.

Por suerte, había recobrado en parte la memoria. Ahora sabía que Yu la había golpeado en la cabeza mientras la observaba con sus fríos y desapasionados ojos. Todavía tenía algunas lagunas, pero poco a poco encajaba las piezas.

Supuso que habría ido a la mansión para hablar con Joan, por alguna razón. Aún no sabía por qué, pero recordaba que se había quedado en la puerta, cuando estaba a punto de llamar, al oír la voz de su jefa.

—Randy ha dicho que lo hará esta noche, cuando todos estén cenando —había dicho la mujer—. Sabe que no podemos esperar más.

—Maldita sea, odio todo este asunto —dijo su esposo—. El pobre Pleasure es un buen caballo. ¿Estás segura de que no sospecharán nada?

—Randy dice que no lo harán, y es un profesional.

Maris se alejó de la puerta, tan furiosa que apenas podía contenerse. Faltaba muy poco para la hora de la cena, así que se dirigió a las caballerizas. No podía perder el tiempo.

No había recordado cómo se había encontrado con Yu, pero recordaba lo suficiente para declarar en su contra. Y por si fuera poco, el testimonio de los dos federales y la grabación eran más que suficientes.

En aquel momento apareció otro vehículo. Segundos más tarde, salió de su interior un hombre de unos cincuenta años, que llevaba un maletín negro. Maris pensó que debía tratarse del veterinario. Tenía ojeras, así que supuso que habría pasado la noche en vela, cuidando de algún animal.

Pero cansado o no, sabía de caballos. Al verlo, se detuvo y lo miró, asombrado.

—Así que éste es Sole Pleasure —dijo con admiración.

—Sí, y le han disparado —dijo Maris—. La bala no ha alcanzado ningún órgano, pero ha desgarrado sus músculos. No se tranquiliza, y no puedo detener la hemorragia.

—Pues será mejor que nos encarguemos de ese problema. Por cierto, soy George Norton, el veterinario.

El recién llegado se puso a trabajar en seguida. Abrió el maletín, llenó una jeringuilla e inyectó un tranquilizante al caballo. Sole Pleasure se movió, nervioso, y golpeó sin querer a Maris.

—Se calmará muy pronto —dijo el hombre, mirándola—. Espero que no se ofenda, pero el caballo tiene mejor aspecto que usted. ¿Se encuentra bien?

—Sufro una ligera conmoción cerebral.

—Entonces deje de moverse de una vez y vaya a sentarse antes de que se desmaye.

MacNeil debió oír el comentario del veterinario, porque se acercó de inmediato. Tomó las riendas del animal y dijo:

—Yo me encargaré de sujetarlo. Ve a sentarte, Maris.

—Pero...

—¡Siéntate! —espetó.

Maris decidió que prefería tumbarse un rato. El caballo se iba a poner bien; en cuanto se tranquilizara un poco, el veterinario podría contener la hemorragia. Tendrían que ponerle antibióticos, pero se recuperaría sin ningún problema. Y aunque habían robado la camioneta y el remolque, en semejantes circunstancias no tendrían problemas legales. Así que se dirigió al vehículo para descansar.

Estaba muy cansada. Las llaves aún estaban puestas en la camioneta, de modo que encendió para poder conectar la calefacción. Se quitó la chaqueta y el chaleco antibalas, se tumbó en el asiento y utilizó la prenda que acababa de quitarse a modo de manta.

Su dolor de cabeza empezó a remitir. Cerró los ojos y se relajó. Había estado a punto de matar a Joan, dispuesta a disparar si se atrevía a disparar a MacNeil. De hecho, había olvidado por completo al caballo. Se alegraba de no haberse visto en la necesidad de apretar el gatillo, pero sabía que lo habría hecho sin dudarlo. Y la consciencia del hecho la aterraba.

No era la primera vez que MacNeil se enfrentaba a una situación semejante; podía verlo en sus ojos. Lo había visto en su padre, en sus hermanos. Hacían su trabajo, y no siempre era fácil. En aquel momento empezaba a comprender que debían enfrentarse a una tensión insoportable.

En aquel instante alguien abrió una portezuela.

—¡Maris! ¡Despierta!

Era Alex.

—Estoy despierta —dijo, sin abrir los ojos—. Me siento mejor. ¿Cuánto tiempo tendremos que esperar antes de que pueda llevarme al caballo?

—No vas a llevarlo a ninguna parte. Irás al hospital.

—No podemos dejarlo aquí.

—Lo he arreglado todo para que lo devuelvan a la granja.
—¿Ya ha terminado todo?
—Dean se hará cargo de la situación. Yo pienso llevarte al hospital ahora mismo.

Maris comprendió que no cedería hasta que la viera un médico. Así que suspiró y se levantó. A fin de cuentas ella habría hecho lo mismo si la situación hubiera sido a la inversa.

—De acuerdo —dijo, mientras volvía a ponerse la chaqueta—. Cuando quieras. Pero que conste que sólo voy porque sé que estás preocupado.

Alex la miró con dulzura, la tomó en brazos y la sacó de la camioneta.

Dean había llevado el coche al lugar de los hechos, así que MacNeil la dejó en el asiento del copiloto, con tanta delicadeza como si fuera de cristal. Después se puso al volante y arrancó. La pequeña multitud que se había reunido se apartó para que pudieran alejarse. Maris vio a Sole Pleasure, que parecía mucho más tranquilo. Le habían puesto una venda, y observaba todo lo que sucedía con su característica curiosidad.

—¿Qué pasará con Dean? Nos hemos llevado su coche.
—No te preocupes. Encontrará otro medio de transporte.
—¿Y qué hay de ti? ¿Cuándo piensas marcharte? Tu trabajo aún no ha terminado, ¿verdad?
—Te equivocas, ya ha terminado. Sólo tengo que hacer el papeleo habitual. Es posible que tenga que marcharme esta noche o mañana, pero volveré, te lo aseguro.
—No parece que estés muy contento...
—¿Contento? ¿Esperas que esté contento? No has obedecido las órdenes que te di. Apareciste de repente, en lugar de mantenerte oculta. Y esa estúpida podría haberte matado.
—Pero llevaba el chaleco antibalas.
—El chaleco antibalas no es una garantía de nada. Pueden

matarte de todas formas, aunque lo lleves puesto. Y en todo caso, eso no cambia el hecho de que me desobedeciste en un asunto profesional. Arriesgaste tu vida por un maldito caballo. Yo tampoco quería que sufriera, pero sólo es un animal.

–No lo hice por el caballo –declaró–. Lo hice por ti.

–¿Por mí?

–Sí, por ti. Sabía que Sole Pleasure iría a buscarte, porque hueles a mí. Y cabía la posibilidad de que te distrajera en un momento peligroso, o de que descubriera tu posición.

MacNeil permaneció en silencio, pensativo. Había arriesgado su vida para salvar la suya. Él hacía lo mismo muy a menudo, en su trabajo, pero a fin de cuentas era su obligación. Sin embargo, hasta aquella mañana no había estado tan asustado. Cuando vio que Joan apuntaba a Maris con la pistola, estuvo a punto de sufrir un infarto.

–Te amo –dijo ella, con total tranquilidad.

Alex empezaba a pensar que su soltería estaba en peligro. Admiraba el valor de su acompañante. No había conocido a ninguna otra mujer que fuera capaz de hacer lo que había hecho Maris. Era valiente y decidida. Si no se casaba con ella, cometería el mayor error de su vida. Y no le agradaba cometer errores.

–¿Cuánto tiempo se tarda en Kentucky en conseguir una licencia matrimonial? –preguntó Alex, de repente–. Si la conseguimos mañana, podríamos ir a Las Vegas y... Bueno, siempre y cuando el médico diga que te encuentras bien.

No había sido exactamente una declaración de amor, pero Maris supo que la amaba. Lo miró, encantada, y dijo, con completa seguridad:

–Estoy perfectamente.

Al día siguiente se casaron. Mientras entraban en la suite del hotel, Maris comentó:

–Casarse en Las Vegas parece una tradición familiar. Dos de mis hermanos también lo hicieron.

–¿Dos? ¿Cuántos hermanos tienes?

–Cinco. Pero todos mayores que yo.

Maris sonrió y caminó hacia la ventana para contemplar la puesta de sol. Resultaba extraño, pero se sentía muy unida a él, aunque no habían tenido tiempo de hablar demasiado, de compartir los detalles de sus vidas. Los acontecimientos habían decidido por ellos.

El médico había dicho que su conmoción no revestía gravedad y se había limitado a recomendar que descansara un par de días. De hecho, Maris había recobrado totalmente la memoria.

Más tranquilo, MacNeil la había llevado a la granja y se había concentrado en finalizar los últimos detalles del caso, porque ardía en deseos de casarse con ella. Mientras Maris dormía, Dean y Alex se dedicaron a trabajar. Después se informó acerca de los procedimientos habituales para casarse en Kentucky, pero tardaban tanto tiempo en expedir una licencia matrimonial que decidió comprar dos billetes de avión para volar a Las Vegas.

Ronald Stonicher había sido arrestado bajo la acusación de fraude; no sabía que Randy Yu y su esposa planearan matar a Maris, y se sorprendió mucho cuando supo lo que había sucedido. A Joan le habían extraído la bala del brazo, pero el cirujano había dicho que no podría recobrar totalmente el movimiento de su mano derecha. En cuanto a Randy, confesó inmediatamente y dio los nombres de las personas involucradas en el fraude a las aseguradoras. No lo habían acusado por el asesinato del joven. Evidentemente poseía información valiosa con la que había pactado una reducción de los cargos contra él.

Maris llamó a su madre, le contó brevemente lo sucedido y le dijo que iba a casarse.

—Pues diviértete, hija mía —declaró Mary—. Ya sabes que tu padre querrá llevarte al altar, así que tendréis que planear una segunda boda para Navidad. Y sólo faltan tres semanas. Pero no creo que haya ningún problema.

Muchas personas se habrían asustado ante la perspectiva de organizar una boda en sólo tres semanas. Pero Mary no era así. Maris la conocía muy bien, y sabía que se saldría con la suya, como siempre.

MacNeil también llamó a su familia. Su madre, su padrastro y sus dos hermanastras tenían intención de asistir a la segunda boda, en Navidad.

Durante la ceremonia, una hora antes de que entraran en la suite, Maris había descubierto que su marido se llamaba William Alexander MacNeil.

—Algunos me llaman Will —confesó, poco después—. Pero casi todos me llaman Mac.

Fuera como fuese, Alex se acercó a Maris y pasó un brazo alrededor de su cintura. Después se inclinó sobre ella y acarició su cabello.

—¿Has dicho que tienes cinco hermanos?

—Exacto. Más doce sobrinos y una sobrina.

MacNeil rió.

—Supongo que vuestras vacaciones deben ser muy movidas.

—Más bien ruidosas, pero espera y verás.

—Lo único que quiero ver, ahora, eres tú. Y en la cama, conmigo.

Alex la tomó en brazos y la llevó al dormitorio. Mientras la posaba sobre el lecho, la besó. Acto seguido empezó a quitarle la ropa, con delicadeza.

Maris se apretó contra él, quitándole la ropa a su vez. MacNeil observó su cuerpo con abierto deseo. Respiraba con rapidez, obviamente intentando mantener el control, con ojos brillantes. Suavemente, acarició sus senos.

—Date prisa —susurró ella.

MacNeil rió con suavidad, pero sin humor alguno, sólo con deseo. Terminó de desvestirse y arrojó las prendas a un lado. Maris gimió, satisfecha, y abrió las piernas para permitir que se colocara sobre ella. Lo deseaba tanto que necesitaba que la tomara en aquel mismo instante. Lo deseaba más de lo que había deseado a ninguna otra persona, en toda su vida.

MacNeil acarició su rostro y la besó antes de penetrarla. Maris gimió al sentir su sexo. Era la primera vez para ella, y resultaba algo doloroso.

Alex comprendió enseguida lo que sucedía. Pero no dijo nada. No hizo ninguna pregunta. Tan suavemente como pudo, terminó de penetrarla. Después, permaneció inmóvil durante unos segundos, hasta que notó que Maris se había relajado. Sólo entonces comenzó a moverse, con cuidado, y sin embargo el movimiento fue suficiente para que Maris se estremeciera y se aferrara a él.

Su flamante esposo se comportó con una delicadeza exquisita, conteniendo la fuerza de sus acometidas y manteniendo un ritmo tranquilo e intenso. Maris se apretaba contra su cuerpo, dejándose llevar por el instinto, y hasta gritó de felicidad.

Poco tiempo después llegó a un punto en el que ya no podía contenerse. Maris sintió una explosión de placer, tan intenso que pensó que iba a desvanecerse en la vorágine de la sensación. Y Alex llegó al orgasmo casi al unísono.

No se apartó de ella cuando terminaron de hacer el amor. Siguió acariciándola, como para asegurarle que era real, que estaban despiertos.

—¿Cómo ha sucedido? —preguntó Alex, con expresión cariñosa—. ¿Cómo he podido enamorarme de ti, tan deprisa? ¿Qué tipo de magia has utilizado conmigo?

Los ojos de Maris se llenaron de lágrimas.

—Me he limitado a amarte. Eso es todo. Te amé desde el principio.

La montaña estaba cubierta de nieve, y Maris sintió una intensa emoción cuando la vio.

—Mira —dijo, señalándola con el dedo—. Ésa es la montaña de los Mackenzie.

MacNeil contempló con interés la imponente silueta. No había conocido a nadie que poseyera una montaña y sintió curiosidad por la familia de su esposa. Sólo llevaban dos días casados, y ya se preguntaba cómo había sido capaz de vivir sin ella. Amarla era como llenar un intenso vacío, que ni siquiera sabía que tuviera. Era delicada y dulce, con su cabello claro y sus ojos negros, pero también fuerte y valiente como una leona.

Y se había casado con ella. Era tan feliz que la miró, apenas sin creer lo que había sucedido. Sólo tres días atrás, Maris había despertado entre sus brazos y le había dicho que no recordaba su nombre. Sólo tres días, y sin embargo ahora no era capaz de imaginarse sin ella; no podía imaginar una existencia sin dormir a su lado, sin despertar y encontrarla junto a él.

Alex sólo tenía cinco días libres, así que habían decidido aprovecharlos al máximo. El día anterior habían volado a San Antonio, donde había presentado a Maris a su familia. Sus hermanastras aparecieron con sus hijos, seis en total, y sus esposos. En cuanto a la madre de Alex, parecía encantada de que por fin se hubiera casado; y desde luego estaba muy contenta con la perspectiva de asistir a la segunda ceremonia, en navidades. Maris le había dado el número de teléfono de su madre, y las dos mujeres ya habían hablado entre sí. A juzgar por la cantidad de veces que la madre de Alex se refirió a ella, parecía evidente que se habían hecho grandes amigas en muy poco tiempo.

Pero aquel día ya se encontraban en Wyoming. Y MacNeil se preguntaba por qué sentía aquella extraña sensación de agobio.

–Háblame un poco sobre tus hermanos –murmuró–. Sobre los cinco.

Maris sonrió.

–Bueno, veamos... Mi hermano mayor, Joe, es general en el ejército del aire; de hecho pertenece a la junta de jefes de estado mayor. Su esposa, Caroline, es especialista en ordenadores. Y tienen cinco hijos.

La mujer se detuvo un instante antes de continuar.

–Mike es dueño de uno de los mayores ranchos del estado, y tiene dos hijos con su mujer, Shea. El siguiente, Josh, fue piloto del ejército del aire hasta que se rompió una rodilla, y ahora es piloto en la aviación civil. Está casado con Loren, una cirujana ortopédica con la que tuvo tres hijos.

–¿Todos tus hermanos tienen hijos? –preguntó, fascinado.

–No, Zane tiene una hija –contestó–. Una hija y dos hijos gemelos, de dos meses de edad. Zane trabaja para el servicio de espionaje y su esposa, Barrie, es hija de un embajador. Y finalmente... sólo queda Chance. Se parece tanto a Zane que cualquiera diría que son gemelos. Trabaja para el departamento de justicia, y no está casado.

—No sé por qué había imaginado que tendrías una familia más normal —dijo MacNeil, mientras subían por la montaña.

—Bueno, no es tan rara. Tú eres agente del FBI. Y no es tan fácil encontrarse con uno.

—Sí, pero mi familia es normal.

—La mía también.

Maris sonrió de forma tan encantadora que Alex detuvo el vehículo en mitad de la carretera y la besó, apasionadamente.

—Y eso, ¿a qué ha venido? —preguntó Maris, en un murmullo.

—A que te amo —respondió él.

Alex quería decírselo una vez más, por si no sobrevivía a su familia. Maris podía creer que iban a recibirlo con los brazos abiertos, pero él conocía mucho mejor a los hombres y entendía muy bien sus relaciones de poder.

Cuando llegaron a lo alto de la montaña, detuvieron el vehículo frente a la enorme mansión.

—Vaya, están todos —dijo Maris con alegría.

MacNeil supo que era hombre muerto. No les importaría que se hubiera casado con ella; no lo conocían de nada, y se había acostado con Maris. Era hija única, la niña mimada de todos.

Miró a su alrededor. Había montones de coches aparcados en las cercanías. Casi estuvo a punto de darse la vuelta y marcharse de allí como alma que lleva el diablo. Pero suspiró, resignado, y salió del vehículo. Maris tomó su mano y lo llevó hacia la escalera de la entrada.

Una niña salió corriendo al verlos. Llevaba un mono de color rojo.

Maris rió y la tomó en brazos. MacNeil miró a la pequeña y de inmediato quedó prendado de ella. Era encantadora, y preciosa. Casi perfecta. De pelo negro, ojos azules, mofletes rosados y maravillosas manitas. Tan pequeña como una muñeca. Hasta entonces no le habían llamado la atención los niños, y se sorprendió bastante.

—Te presento a Nick —dijo Maris—. Es mi única sobrina.

—¿Quién es éste? —preguntó la pequeña.

—Es Alex, pero puedes llamarlo Mac.

Nick miró con solemnidad a MacNeil y enseguida lo abrazó de buena gana. Entonces, Alex notó que se hacía el silencio a su alrededor. Todas las personas que estaban en la entrada de la casa lo miraron. Y Maris los miró a todos con inmensa alegría.

Uno a uno, MacNeil los analizó. Su suegro era un hombre de pelo gris y ojos negros, con aspecto de desayunar clavos. Sus cuñados tenían una apariencia igualmente letal. Todos parecían extremadamente peligrosos. Por simple curiosidad intentó averiguar cuál sería el más duro. Contempló sus rostros y finalmente se detuvo en una mirada acerada. Sin duda alguna, aquel hombre era el más peligroso de los allí presentes. Y supuso que se trataría del que trabajaba para el servicio de inteligencia.

Supo que tenía problemas. De forma instintiva dio la pequeña a Maris y se interpuso entre las dos mujeres y los hombres. Seis pares de ojos lo miraron, y todos se dieron cuenta de lo que significaba aquel gesto.

Maris reaccionó, calculó la situación y gritó:

—¡Mamá!

Pocos segundos más tarde apareció una mujer de la misma altura que Maris, con una piel igualmente exquisita. Estaba riendo. Abrazó a su hija y luego lo abrazó a él.

—Mamá —dijo Maris—, ¿se puede saber qué les pasa a todos?

Mary miró a su esposo y a sus hijos y dijo:

—Ya basta. Dejad de comportaros como unos cretinos.

—Sólo queremos saber algo más sobre él —dijo uno de ellos.

—Maris lo ha escogido —declaró Mary—. ¿Qué otras pruebas necesitáis?

—Muchas más —respondió otro—. Se han casado demasiado deprisa.

—¡Zane Mackenzie! —exclamó una pequeña pelirroja, que acababa de llegar—. ¡No puedo creer que digas una cosa así! ¡Nosotros nos casamos al día siguiente de conocernos!

La recién llegada cruzó la habitación, abrazó a Maris y se volvió para mirar a su flamante marido.

MacNeil pensó que había acertado. Aquel hombre era el agente del servicio de inteligencia.

—Pero eso es diferente —dijo uno de sus hermanos.

—¿Ah, sí? ¿Por qué? —preguntó una rubia que acababa de salir de la cocina—. Creo que sufrís de una sobredosis de testosterona. Y uno de los primeros síntomas es la incapacidad de pensar.

La mujer avanzó hacia MacNeil y se colocó a su lado.

Otro de los hermanos de Maris, el que MacNeil imaginaba que debía ser el piloto, empezó a decir:

—Pero Maris es...

—Toda una mujer —lo interrumpió una voz femenina—. Hola, Soy Loren —añadió, mirando a Alex—. El que acaba de hablar es Josh, mi marido. Generalmente no dice tantas tonterías.

—Y yo soy Shea, la esposa de Mike —declaró una quinta mujer.

Shea era de pelo oscuro y aspecto tímido, a diferencia de Loren, una mujer alta de serenos ojos azules.

Los hombres miraron a sus esposas, mientras éstas formaban una especie de frente defensivo alrededor de MacNeil. Alex no salía de su asombro.

Caroline miró a su marido y dijo:

—Todos recibimos con los brazos abiertos a los nuevos miembros de la familia, en el pasado, y espero que dediquéis la misma cortesía al marido de Maris. O de lo contrario...

—O de lo contrario, ¿qué? —preguntó Joe.

Una vez más, se hizo el silencio. Hasta los niños dejaron de hacer ruido y miraron a sus padres. Pero al cabo de unos segundos, Joe añadió:

—De acuerdo, lo comprendo.

—Me alegro de que tú lo comprendas, porque yo no entiendo nada —dijo Maris.

—Es un asunto de...

—No digas que es un asunto de hombres —advirtió Mary.

—Bueno, vale.

En aquel instante, Maris dejó a Nick en el suelo. De inmediato, la niña corrió hacia su padre. Zane la alzó en brazos.

—Ése es Mac —dijo la niña, sonriendo—. Y me gusta.

—Ya me he dado cuenta —dijo su padre, con ironía—. Te miró durante un segundo y se convirtió en tu esclavo, como todos nosotros. Y eso te encanta, ¿verdad?

La pequeña asintió, muy seria.

Zane rió, miró a su madre y dijo:

—Ya lo imaginaba.

En aquel momento se oyó el lamento de un bebé.

—Cam se ha despertado —dijo Barrie, que se marchó de inmediato.

—¿Cómo puede saber que es Cam? —se preguntó Chance, en alto—. ¿Cómo puede distinguirlo de su hermano gemelo por su forma de llorar?

Las mujeres habían ganado la batalla. La tensión desapareció y todos sonrieron cuando Chance siguió a su mujer para averiguar si había acertado. Antes de marchar, guiñó el ojo a MacNeil, en un gesto cómplice. La crisis se había resuelto. Si las mujeres aprobaban a Alex, todos lo hacían.

Barrie regresó segundos más tarde con un bebé entre sus brazos. Chance llevaba a otro.

—Tenía razón —dijo el hombre.

MacNeil miró a los bebés. Eran idénticos.

–Éste es Cameron –explicó la mujer–. Chance tiene en brazos a Zack.

–¿Cómo los distinguís? –preguntó MacNeil.

–Cameron es el más impaciente. Zack, más decidido.

–¿Y puedes distinguirlos por sus quejidos?

–Por supuesto –contestó.

Nick intentó subirse a los hombros de su padre, y le tiró del pelo para equilibrarse.

–Quiero ir con el tío Dance –dijo.

Zane agarró a la niña y se la dio a Chance, que a su vez le devolvió a Zack. De inmediato, el hombre empezó a dar el biberón al bebé.

–Chance. Me llamo Chance, no Dance.

–No –espetó la niña, con seguridad–. Te llamas Dance.

Todos estallaron en una carcajada ante el gesto de perplejidad de Chance, que tomó en brazos a la pequeña dictadora y preguntó a MacNeil:

–¿Estás seguro de que quieres formar parte de esta familia?

MacNeil miró a Maris y contestó:

–Claro.

Zane lo miró, sin dejar de dar el biberón a la criatura.

–Maris dice que eres agente del FBI –observó.

El evidente interés de Zane hizo que Maris reaccionara de inmediato.

–Oh, no –dijo, mientras empujaba a MacNeil hacia la cocina–. No puedes tenerlo. Ya es suficientemente malo que esté en el FBI.

Alex se encontró entre el grupo de mujeres, que querían cotillear sobre los detalles de la boda. Pero antes de que lo sacaran de la habitación, miró hacia atrás y vio que Zane Mackenzie sonreía.

–Bienvenido a la familia –dijo.

Epílogo

—Eres preciosa —dijo Nick, con un suspiro.

La niña apoyó los codos en la rodilla de Maris, mientras miraba a su tía. El proceso de preparar la boda había fascinado a la pequeña, que había observado con sumo interés las labores de decoración de la casa. No había dejado de observar a Shea, que hacía magníficos dulces, mientras daba los últimos toques a la tarta. Pero su curiosidad no se había limitado a mirar; en cuanto pudo, metió un dedo en la tarta para probarla.

El traje de novia de Maris la había fascinado. No dejaba de admirar las largas faldas, el velo y los encajes. Cuando Maris se lo probó por última vez, Nick la miró con ojos brillantes y declaró:

—Oh, una princesa...

—Tú sí que eres una princesa, y muy bonita —dijo Maris.

Nick iba a acompañarla al altar. Zane había comentado que se arriesgaba a que sucediera algún desastre. A fin de cuentas la pequeña aún no había cumplido los tres años, y Maris estaba preparada para cualquier cosa, incluyendo la posibilidad de que a última hora no quisiera desempeñar su papel. Sin embargo, la niña lo había hecho muy bien durante el último ensayo antes de la boda. No sabía cómo reaccionaría

cuando tuviera que avanzar por el pasillo con su cesta llena de pétalos de rosa, que debía arrojar a su paso, pero estaba adorable con su vestido.
–Lo sé –dijo la niña.

Barrie y Caroline eran las especialistas en moda de la familia, así que se habían encargado de maquillar y peinar a Maris. Pero, en realidad, no la retocaron demasiado. Barrie terminó con su peinado y se retiró a una mecedora, para cuidar a los gemelos, mucho antes de que empezara la ceremonia. Dio el pecho a los dos bebés e incrementó la dosis con un biberón. No quería que empezaran a llorar durante la ceremonia.

Mary había comprendido que la mansión de los Mackenzie, por grande que fuera, era demasiado pequeña para que cupieran todos los invitados, así que habían decidido hacer la ceremonia en la iglesia local. En el interior del edificio olía a flores, y montones de velas iluminaban la sala. Por si fuera poco, un enorme árbol de Navidad, con las bombillas encendidas, incrementaba la magia del ambiente.

Era el día de nochebuena, un día que todos los habitantes de la localidad de Ruth acostumbraban a pasar en familia. Pero aquel año decidieron asistir a la boda. Maris se encontraba en una habitación, esperando, y podía oír el ruido que producían los invitados.

Mary se encontraba muy cerca de ella. Sus ojos estaban llenos de lágrimas. Para la madre de Maris, carecía de importancia que su hija ya se hubiera casado, y que aquello sólo fuera una ceremonia para la familia. Vivía la ocasión como si su hija fuera a desposarse por primera vez y estaba encantada con el hermoso aspecto de Maris, vestida de blanco. Recordó el día en que la dio a luz, cuando miró a su padre con sus grandes y solemnes ojos negros. Su marido tomó en brazos a la recién nacida, con una delicadeza extrema, como si fuera lo más bello que hubiera contemplado en su vida.

Pero recordaba otras muchas cosas. Recordaba sus primeros dientes de leche, el día que dio el primer paso o el día que pronunció la primera palabra. Podía recordarla sentada sobre las piernas de su padre, o peleándose en el colegio con los niños, aunque fueran mucho más grandes que ella. Recordó cómo lloró cuando murió su viejo poni, y la alegría que sintió al año siguiente cuando su padre le regaló su primer caballo.

La primera vez que salió con un chico, su marido estaba tan nervioso que no dejaba de dar vueltas por la casa, al igual que Zane, Josh y Chance. Mary no dudaba que si Joe y Mike hubieran estado presentes, habrían hecho lo mismo. Cuando por fin llegó el chico con el que iba a salir Maris, los Mackenzie lo asustaron tanto que no volvió a salir con la joven. Al parecer, Maris lo había olvidado. De lo contrario no se habría sorprendido tanto por la reacción inicial de los hombres de la familia cuando vieron a MacNeil. No obstante, su actitud había cambiado. Si Maris no se andaba con cuidado, Zane intentaría reclutar a Alex para que trabajara en su departamento.

Al pensar en Zane, miró a su alrededor. Sus tres hijos se encontraban allí, con Barrie. Normalmente se encargaba de cuidar de uno de ellos, o pasaba el rato jugando con Nick. Pero si no estaba allí, podía estar haciendo de las suyas.

–Zane no está aquí –anunció.

Los ojos de Maris brillaron, furiosos.

–Lo mataré. No permitiré que Alex se aleje de mí durante largas temporadas, como hace Chance. Lo he pescado y no pienso dejar que se me escape.

–Demasiado tarde –dijo Barrie–. Ha tenido tiempo de sobra para hablar con Alex, y ya conoces a Zane. Lo habrá planeado todo perfectamente.

Maris se movió, incómoda, y Caroline protestó.

—No puedo terminar de maquillarte si te mueves. Y no puedo creer que te afecten las tonterías de Zane en un día como hoy. Ya te encargarás de él mañana. Atácalo cuando menos se lo espere.

—Zane siempre está en guardia —observó Barrie, sonriendo—. Siempre está preparado para todo. Con excepción de Nick, que lo sorprendió realmente.

—Como a todos —murmuró Loren, sonriendo de forma cariñosa.

La pequeña oyó que decían su nombre y las miró con un gesto angelical que no engañó a nadie.

—Alex está encantado con ella —dijo Maris—. Ni siquiera se enfadó cuando pintó sus botas.

—Bueno, ya está —dijo Caroline.

La mujer se apartó de Maris para poder contemplar su obra, y acto seguido comentó:

—Tu marido está loco si pretende llevarte a algún país sin hospitales decentes ni tiendas para ir de compras.

Caroline era una obsesa de la comodidad, y no le agradaban nada las aventuras. Era perfectamente capaz de caminar kilómetros y kilómetros sólo para adquirir unos simples zapatos.

—No creo que a MacNeil le guste ir de compras —declaró Shea, que tomó en brazos a Nick.

En aquel momento, alguien llamó a la puerta. John abrió y asomó la cabeza.

—Ya es la hora —dijo, mirando a su madre—. Vaya, estás preciosa.

—Muy inteligente —dijo la mujer—. Si sigues diciendo cosas así, no te desheredaré.

John sonrió, cerró la puerta y se alejó. Maris se puso en pie, nerviosa. Había llegado el momento y carecía de importancia que ya estuviera casada. Aquélla era la ceremonia que siempre había esperado, y todo el pueblo iba a asistir.

Shea dejó a Nick en el suelo y tomó la cesta con pétalos de rosa que habían dejado sobre el armario, para que la pequeña no se dedicara a esparcir los pétalos por toda la habitación. Ya habían tenido que recogerlos una vez.

Barrie dejó a Zack con Cameron. Los bebés dormían plácidamente, satisfechos después de su toma. Poco después apareció una de las sobrinas de Shea, una quinceañera, para ocuparse de ellos mientras Barrie asistía a la ceremonia.

La música empezó en aquel instante.

Una a una fueron entrando en la iglesia, escoltadas por sus maridos. Barrie se detuvo frente a la pequeña Nick y le arregló un poco el peinado.

—Tira los pétalos de la misma forma en que lo hiciste anoche, ¿de acuerdo? ¿Te acordarás?

—Sí —asintió Nick.

—Muy bien, cariño.

El padre de Maris, Wolf, apareció en la puerta, vestido con un elegante esmoquin negro.

—Ya es la hora —dijo a Maris.

El hombre abrazó a su hija, como tantas veces había hecho en el pasado. Maris apoyó la cabeza sobre su pecho, estremecida por el amor que sentía por él. Había tenido mucha suerte con su familia.

—Empezaba a preguntarme si alguna vez te olvidarías de los caballos y te enamorarías de alguien. Pero ahora que lo has hecho, me parece que no te tuvimos a nuestro lado suficiente tiempo.

Maris rió.

—Precisamente supe que estaba enamorada por eso. Dejé de pensar en Sole Pleasure y empecé a pensar en MacNeil.

—En tal caso, lo perdono —dijo, mientras la besaba en la frente.

—¡Abuelo!

La imperiosa voz procedía de la pequeña Nick, que se había acercado y tiraba de los pantalones de su abuelo.

—Tenemos que empezar. Tengo que tirar los pétalos...

—De acuerdo, cariño.

Wolf la tomó por la mano para que no se adelantara y empezara a soltar los pétalos antes de tiempo.

Maris y Nick avanzaron por el vestíbulo. Maris se inclinó sobre la niña, la besó y preguntó:

—¿Estás dispuesta?

Nick asintió. Sus pequeños ojos azules brillaban con alegría.

—Pues adelante.

Suavemente, Maris la empujó para que empezara a andar por el pasillo central. Las velas iluminaban la iglesia, y cientos de rostros sonrientes los observaban.

La niña empezó a caminar, sonriendo a diestro y siniestro. De inmediato comenzó a arrojar los pétalos de rosa, con una precisión tan exagerada que se detenía de vez en cuando para cambiar la posición de alguno, cuando había caído demasiado cerca de otro.

—Oh, Dios mío —murmuró Maris, ante la risa de su padre—. Creo que se lo está tomando demasiado en serio. A este paso no llegaremos nunca al altar.

La gente se volvía y reía al contemplar a la pequeña. Barrie sufría un ataque de risa que apenas podía contener. Zane sonreía, y Chance reía a carcajadas. MacNeil observaba a Nick con profundo cariño; y el organista decidió seguir tocando al ver que el comienzo de la ceremonia iba a alargarse más de lo previsto.

Al ver que se había convertido en el centro de atención, la niña empezó a improvisar. Tiró un pétalo hacia atrás, pero se quedó sobre su hombro. El sacerdote rió y se ruborizó al intentar contener la risa.

Nick giró en redondo y esparció pétalos a su alrededor. Al hacerlo, varios cayeron juntos. La pequeña frunció el ceño y se detuvo para recogerlos y volver a guardarlos en la cesta.

Maris intentaba no reír. Sabía que si lo hacía no podría controlarse. Pero al final no pudo contenerse por más tiempo.

Nick se detuvo y la miró.

—Anda, sigue tirándolos —dijo Maris.

—¿De uno en uno?

—No, no, a puñados —contestó Maris, esperando que acelerara un poco.

La niña obedeció, y no tardó en llegar al altar. Sonrió a MacNeil y dijo:

—Ya los he tirado todos.

—Lo has hecho muy bien —dijo Alex, entre risas.

La misión de la pequeña había terminado, así que se retiró al lugar donde se encontraban Zane y Barrie.

Aliviado, el organista empezó a tocar los primeros acordes de la marcha nupcial. Wolf y Maris avanzaron por el pasillo. Todos se levantaron y los miraron, sonrientes.

No habían tenido mucho tiempo para organizar la ceremonia, así que no tenían ni padrino, ni madrina. Sólo MacNeil esperaba en el altar. Alex la observó mientras se aproximaba, con ojos llenos de cariño. En cuanto se detuvo a su lado, tomó su mano.

Como ya estaban casados, habían hablado con el sacerdote para que redujera la ceremonia. Wolf se inclinó sobre su hija, la abrazó, estrechó la mano de MacNeil y se sentó junto a su esposa.

El sacerdote empezó a hablar, pero enseguida lo interrumpieron. Nick se había levantado y había corrido al altar, ante las protestas de Barrie. Zane miró a la niña para que volviera a su sitio, pero Nick negó con la cabeza y se quedó junto a Maris, donde permaneció durante todo el acto.

MacNeil la atrajo hacia sí, de una manera más o menos sutil, para controlarla un poco y que no hiciera alguna barrabasada, como meterse bajo las faldas del sacerdote. De todas formas la pequeña estaba demasiado interesada por la ceremonia, las velas y el árbol de Navidad, como para pensar en otra cosa. Al fin, el sacerdote dijo:

—Podéis besaros.

Nick se limitó a observarlos con atención mientras lo hacían.

—¿Cómo nos libramos de ella? —preguntó MacNeil en un susurro, contra los labios de su esposa.

—Toma su mano y déjala con Zane cuando pasemos a su lado.

MacNeil hizo lo que su esposa había sugerido. Se dieron la vuelta y caminaron por el pasillo entre la música, las risas, los aplausos y algunas lágrimas. Y cuando pasaron ante la segunda fila de bancos, Zane se hizo cargo de la niña.

La recepción fue magnífica, y duró mucho tiempo. Maris bailó con su esposo, con su padre, con todos sus hermanos, con algunos sobrinos e incluso con unos cuantos viejos amigos. Bailó con el embajador Lovejoy, el padre de Barrie. Bailó con el padre de Shea y con su abuelo, con los rancheros, con los tenderos del pueblo y con los trabajadores de la gasolinera. Al final, MacNeil la reclamó para sí y la abrazó con fuerza mientras caminaban por la pista.

—¿Qué te ha dicho Zane? —preguntó Maris.

—Ha dicho que ya lo sabía.

—Eso no importa. ¿Qué ha dicho?

—Lo sabes de sobra.

—¿Y qué le has dicho tú?

—Que me interesa.

—Oh, vamos, no quiero que pases meses y meses lejos de

mí. Apenas soporto la idea de que trabajes para el FBI. Quiero tenerte a mi lado todo el tiempo, noche tras noche.

–Eso es exactamente lo que le dije a Zane. Y no es preciso que haga trabajos como los de Chance. Por cierto... ¿te ha llegado ya la regla?

–No –respondió–. ¿Te importaría mucho que me hubiera quedado embarazada?

Maris sólo llevaba dos días de retraso, pero normalmente su periodo era bastante regular. De todas formas cabía la posibilidad de que todo lo ocurrido durante los últimos días hubiera afectado a su organismo.

–¿Que si me importaría? Estoy deseando tener a nuestra propia Nick. Pensé que nunca terminaría de arrojar esos malditos pétalos.

Maris se abrazó a él. Estuvieron bailando en silencio durante unos segundos, pasados los cuales, MacNeil dijo:

–Creo que Sole Pleasure ya habrá llegado.

Maris tuvo que hacer un esfuerzo para no llorar. Su esposo le había hecho el mejor regalo de Navidad que podía hacerle. Se había corrido la voz de que Sole Pleasure no valía como semental, y el precio del caballo había bajado muchísimo. Ronald Stonicher habría podido obtener una suma mayor que la ofrecida por Alex, pero tenía tantas deudas que necesitaba todo el dinero que pudiera reunir. Pero el marido de Maris había llevado todo el asunto en el más absoluto de los secretos, para que no se sintiera decepcionada si finalmente no conseguía comprarlo.

–Mi padre está deseando montarlo –declaró la mujer–. Dice que me envidia.

Siguieron bailando en silencio. La ceremonia no había resultado precisamente solemne, gracias a Nick, pero había sido perfecta. Todos se habían divertido, y todos recordarían el día con muy buen humor.

—¡Es hora de que tires el ramo de novia!

Un grupo de quinceañeras se había agolpado a su alrededor, esperando que cumpliera la tradición. Pero también había algunas mujeres algo más maduras, que miraban con interés a Chance.

—Pensaba que tenías que tirarlo cuando estuviéramos a punto de marcharnos —murmuró MacNeil.

—Sí, pero al parecer no pueden esperar.

A Maris no le importaba acelerar un poco la ceremonia. Estaba deseando estar a solas con su esposo.

Nick pasó el mejor día de su vida, comiendo tarta y bailando con su padre, su abuelo y todos sus tíos y primos. Cuando vio que Maris tomaba el ramo de flores, salió disparada y se acercó para ver lo que sucedía.

Maris se puso de espaldas al grupo de mujeres y arrojó el ramo.

Todas intentaron recogerlo. Pero, segundos más tarde, se hizo un silencio sepulcral. Lo había recogido Nick.

Diecisiete hombres, un MacNeil y dieciséis Mackenzies, desde el pequeño Benjy a Wolf, se acercaron. Maris vio que Zane estaba pálido. La niña empezó a correr, asustada, y los adultos la siguieron. Chance había permanecido al margen, y alcanzó a la pequeña un momento antes de que lo hiciera Zane. De inmediato, la niña le dio el ramo de flores.

—¡Mirad, el tío Dance tiene el ramo!

Chance miró con desconfianza a Maris y dijo:

—Lo has organizado tú.

—Oh, vamos, no podría haber hecho tal cosa —rió Maris.

—Ya. Siempre has sido una tramposa.

Zane se frotó la nariz, y a diferencia de Maris no consiguió ocultar su sonrisa.

—Lo siento mucho, Chance, pero has recogido el ramo.

—No es cierto —protestó Chance—. Me lo ha dado Nick.

Wolf apareció en aquel instante. Pasó un brazo alrededor de Maris, y con una sonrisa radiante declaró:

−Vaya, Chance, al parecer tú vas a ser el siguiente.

−Yo no voy a ser el siguiente. Las trampas no valen. No tengo tiempo para casarme con nadie. Me gusta mi trabajo, y no podría cuidar de ninguna mujer −dijo, retrocediendo mientras hablaba−. No sería un buen marido, de todas formas. Yo...

En aquel momento, una pequeña mano se cerró sobre una de las piernas de su pantalón. Chance se detuvo y miró hacia abajo.

Nick estaba de puntillas, ofreciéndole el ramo de flores con ambas manos.

−No olvides las flores −dijo sonriendo.

SU ÚNICA OPORTUNIDAD

El comienzo

Regresar a Wyoming, volver a casa, siempre evocaba en Chance Mackenzie una intensa mezcla de emociones, entre ellas el placer o la profunda incomodidad. Por naturaleza y costumbre, era un hombre que se sentía más a gusto solo. Entonces podía funcionar sin tener que preocuparse de nadie salvo de sí mismo y, a la inversa, nadie podía hacer que se sintiera inquieto por su propio bienestar. El tipo de trabajo que había elegido reforzaba sus propias inclinaciones, porque las operaciones clandestinas y las actividades antiterroristas lo impulsaban a mostrarse cauteloso y reservado, sin permitir que nadie intimara con él.

Sin embargo... estaba su amplia familia, que se negaba a dejar que se retrajera. Siempre lo sacudía y alarmaba retornar a su abrazo, someterse a sus bromas e interrogatorios... en particular las bromas, cuando algunas de las personas más peligrosas del planeta lo temían. A sus besos, manifestaciones de cariño, gritos y... amor, como si fuera igual que los demás, lo cual sabía que no era. Pero algo profundo en su interior lo impulsaba siempre a regresar, anhelando aquello mismo que lo alarmaba. El amor asustaba; le había costado lo suyo aprender que sólo podía contar consigo mismo.

El hecho de que hubiera podido sobrevivir era testimonio

de su dureza e inteligencia. No sabía cuántos años tenía, dónde había nacido, qué nombre había recibido de niño, si es que lo había recibido... nada. Carecía de recuerdo de una madre o de un padre, de cualquiera que lo hubiera cuidado. Mucha gente ni siquiera recordaba su infancia, pero Chance no podía consolarse con la posibilidad de que hubiera habido alguien que lo amara y cuidara, porque recordaba muy bien otros detalles.

Recordaba robar comida cuando era tan pequeño que debía ponerse de puntillas para alcanzar las manzanas en el supermercado. Había estado junto a tantos otros niños que, al comparar lo que recordaba con los tamaños que tenían a ciertas edades, podía calcular que entonces no debía tener más de tres años, quizá ni eso.

Recordaba dormir en zanjas cuando hacía calor, esconderse en graneros, cobertizos o lo que hubiera a mano cuando hacía frío o llovía. Recordaba robar ropa, a veces por el método expeditivo de sorprender a un niño jugando solo en el patio para arrebatársela. Siempre había sido mucho más fuerte que otros niños de su edad, debido a la dificultad física de permanecer vivo... y por la misma causa había sabido luchar.

Por supuesto, aprender a sobrevivir, tanto en zonas rurales como urbanas, era lo que lo hacía tan bueno en su trabajo, de modo que suponía que su infancia había tenido un lado bueno.

Su verdadera vida había comenzado el día en que Mary Mackenzie lo encontró tendido junto al camino, aquejado de un grave caso de gripe que se había convertido en neumonía. No recordaba gran cosa de los días que siguieron, pero en todo momento había sabido que estaba en un hospital, dominado por el miedo, porque eso significaba que había caído en las garras del sistema y que, a todos los efectos, estaba prisionero. Era un menor sin identificación y las circunstancias garantizaban que se notificara a las autoridades de protección al menor. Después de pasar toda la vida evitando justo eso, había tratado de formular planes para huir, pero sus pensamientos estaban confusos y su cuerpo demasiado débil para responder a sus exigencias.

No obstante, podía recordar en todo momento el consuelo de un ángel con suaves ojos de color azul grisáceo y pelo castaño claro, manos frescas y voz cariñosa. También recordaba la presencia de un hombre grande y cetrino, un mestizo, quien con calma y persistencia había acallado su más profundo temor. «No dejaremos que te lleven», había dicho siempre que Chance salía de su estupor inducido por la fiebre.

No confiaba en ellos, no creía en las promesas del mestizo. Chance había deducido que él mismo era en parte indio, aunque eso no significaba que pudiera confiar en ese pueblo más que en cualquier otro. Sin embargo, se hallaba demasiado enfermo y débil para escapar o luchar, y durante su período de desamparo, Mary Mackenzie de algún modo había conseguido su devoción y ya nunca fue capaz de liberarse.

Odiaba que lo tocaran; si alguien se hallaba lo bastante cerca como para tocarlo, también estaba lo bastante próximo como para atacarlo. No había podido repeler a las enfermeras y médicos que lo movían como si fuera un trozo de carne. Había soportado todo con los dientes apretados, controlando su pánico y el abrumador instinto de combatir, porque sabía que si plantaba cara lo inmovilizarían. Debía permanecer libre para poder huir cuando se recuperara para valerse por sí mismo.

Pero le dio la impresión de que ella había estado presente todo el tiempo. Cuando ardía por la fiebre, le humedecía la cara con un paño frío y le daba trozos de hielo. Le cepillaba el pelo y le acariciaba la frente cuando le dolía tanto la cabeza que creía que le iba a estallar el cráneo; y se ocupó de bañarlo al ver lo alarmado que se sentía cuando lo hacían las enfermeras. De algún modo eso podía tolerarlo mejor, aunque incluso en su enfermedad lo había desconcertado su propia reacción.

Ella lo tocaba constantemente, adelantándose a sus necesidades para acomodarle la almohada, regular la temperatura de la habitación, masajearle los brazos y las piernas cuando la fiebre le provocaba un dolor de la cabeza a los pies. Esa preocupación maternal lo aterraba, pero Mary se aprovechaba de su estado débil y lo abrumaba con sus cuidados, como si estuviera decidida a ofrecerle en unos pocos días el cariño y las atenciones de una vida entera.

En algún momento durante aquellos días dominados por la bruma de la fiebre, comenzó a gustarle el contacto fresco de su mano en la frente, a anhelar escuchar la voz dulce cuando no era capaz de abrir los párpados pesados, que, de algún modo, en un nivel primitivo y profundo lo reafirmaba. En una ocasión despertó asustado de un sueño y ella lo abrazó y le acomodó la cabeza en su hombro como si fuera un bebé, hasta que consiguió volver a quedarse dormido sintiéndose... a salvo.

Entonces y en ese momento lo asombraba lo pequeña que era. Alguien con esa voluntad de hierro tendría que haber medido dos metros y pesado ciento cincuenta kilos. Ella había calculado que él tendría catorce años, pero incluso así le sacaba una cabeza a la delicada mujer que se había hecho cargo de su vida.

No hubo nada que pudiera hacer para luchar contra la creciente adicción a los cuidados de Mary Mackenzie, aun cuando sabía que desarrollaba una vulnerabilidad que le provocaba pavor. Nunca antes le había importado nadie. Sin embargo, ese conocimiento y la cautela no fueron capaces de protegerlo; cuando se recobró lo suficiente para dejar el hospital, quería a la mujer que había decidido que iba a ser su madre con el ciego desamparo de un niño pequeño.

Abandonó el hospital con Mary y el hombre grande, Wolf. Como no era capaz de hacerse a la idea de perderla, se aprestó a tener que soportar a su familia. Se había prometido que sólo durante un tiempo, hasta estar más fuerte.

Lo habían llevado a la montaña Mackenzie, a su hogar, a sus brazos, a sus corazones. Un niño sin nombre había muerto en la cuneta del camino y Chance Mackenzie había nacido en su lugar. Cuando tuvo que elegir una fecha de cumpleaños, a insistencia de su nueva hermana, Maris, se decidió por el día en que Mary lo había encontrado en vez de la fecha más lógica del día de su adopción legal.

Jamás había tenido nada, pero después de aquel día lo habían inundado de... cosas. Siempre había sentido hambre, pero a partir de entonces tuvo comida. Había anhelado aprender, y a partir de aquel momento vio libros por todas partes, porque Mary era una maestra hasta sus frágiles huesos y lo había alimentado con conocimientos a la velocidad que él era capaz de asimilarlos. Estaba acostumbrado a acostarse allí donde podía, pero dispuso de su propia habitación, de su propia cama, de una rutina de sueño. Tenía ropa nueva, comprada específicamente para él. Nadie se la había puesto antes y no había tenido que robarla.

Pero, lo más importante de todo, siempre había estado solo, y de pronto se veía rodeado de familia. Tenía una madre y un padre, cuatro hermanos, una hermana menor, una cuñada, un sobrino pequeño, y todos lo trataban como si hubiera llevado con ellos desde el principio. Aún apenas toleraba que lo tocaran, pero la familia Mackenzie no dejaba de hacerlo. Mary, mamá, no paraba de abrazarlo, de darle un beso de buenas noches, de atenderlo. Maris, su nueva hermana, lo atosigaba del modo en que lo hacía con sus otros hermanos, rodeándolo con sus brazos flacos para abrazarlo y exclamar: «¡Me alegro tanto de que seas nuestro!».

En esas ocasiones siempre se sentía desconcertado y miraba a Wolf, el hombre grande que era el jefe de la manada Mackenzie y que en ese momento también era el padre de Chance. ¿Qué pensaba al ver a su inocente hija abrazar a alguien como a él? Wolf Mackenzie no era inocente; aunque desconociera qué experiencias habían moldeado a Chance, era capaz de reconocer la vena peligrosa que llevaba el chico medio salvaje. Chance siempre se preguntó si esos ojos penetrantes podían atravesarlo, ver la sangre que manchaba sus manos, encontrar en su mente el recuerdo del hombre que había matado cuando tenía unos diez años.

Sí, el enorme mestizo había conocido muy bien el tipo de animal salvaje que había incorporado a su familia y llamado hijo, y, al igual que Mary, querido de todos modos.

Los años primeros le habían enseñado a Chance lo arriesgada que era la vida, lo habían enseñado a no confiar en nadie, que el amor sólo lo volvería vulnerable y que eso podía costarle la vida. Había sabido todo eso, pero no había sido capaz de evitar querer a los Mackenzie. Esa debilidad en su armadura nunca dejaba de asustarlo; sin embargo, cuando se hallaba en el seno de la familia era el único momento en que se sentía completamente relajado, porque sabía que con ellos se hallaba a salvo. No podía mantenerse alejado, no podía distanciarse cuando era un hombre más que capacitado para cuidar de sí mismo, porque el amor que sentían por él, y él por ellos, alimentaba su alma.

Había dejado de intentar limitarles el acceso a su corazón y a cambio había centrado sus considerables talentos en hacer todo lo posible para que su mundo, sus vidas, estuvieran lo más a salvo que fuera posible. Pero no dejaban de ponérselo cada día más difícil. La primera vez que llegó a la familia, sólo estaban John, Joe y el primogénito recién nacido de Caroline. Pero un sobrino había seguido a otro sobrino, y, de algún modo, Chance, junto con el resto de los componentes de la familia, se había encontrado acunando a bebés, cambiando pañales, dando biberones, dejando que una manita ínfima se aferrara a uno de sus dedos para dar los primeros pasos. Carecía de defensa contra ellos. En ese momento tenía doce sobrinos y una sobrina ante la cual se sentía especialmente impotente, para diversión de todos.

Regresar a casa siempre le tensaba los nervios y, no obstante, anhelaba ver a su familia. Temía por ellos y por sí mismo, porque ya no sabía si podría vivir sin el calor de los Mackenzie.

1

A Chance le encantaban las motos. La enorme maquinaria que tenía entre las piernas vibraba de poder mientras rugía por el sinuoso camino, con el viento en la cara. Ninguna otra moto del mundo sonaba como una Harley. Conducir una siempre lo excitaba y su propia reacción visceral ante la velocidad y el peligro nunca dejaba de divertirlo.

El peligro era sexy. Todo guerrero lo sabía, aunque no era algo que la gente fuera a leer en el suplemento dominical. Su hermano Josh reconocía que aterrizar un caza en la cubierta de un portaaviones siempre lo había excitado. «Se queda justo por detrás de un orgasmo», era el modo en que lo exponía. Joe, que era capaz de pilotar cualquier avión, se contenía de hacer comentarios, pero siempre esbozaba una sonrisa.

En cuanto a Zane y él mismo, Chance sabía que había ocasiones en que después de salir de una situación tensa, por lo general de algún tiroteo, sólo querían tener a una mujer. En esos momentos las necesidades sexuales de Chance eran feroces; su cuerpo rebosaba adrenalina y testosterona, estaba vivo, y necesitaba desesperadamente el cuerpo suave de una mujer en el que poder enterrarse y liberar toda la tensión. Por desgracia, esa necesidad siempre tenía que esperar hasta encontrarse en una posición segura, quizá en otro país.

Si su madre lo viera conducir la Harley sin casco, lo reprendería, razón por la que lo llevaba bien sujeto a su espalda. Se lo pondría antes de subir despacio la montaña al llegar para visitarlos. A su padre no podría engañarlo, pero guardaría silencio, porque Wolf Mackenzie sabía lo que era dar rienda suelta al salvaje que llevaba dentro.

Subió una loma y a la vista apareció la casa de Zane en el amplio valle de abajo. Era grande, con cinco dormitorios y cuatro cuartos de baño, pero nada ostentosa; Zane la había construido para que no atrajera una atención indebida. No parecía tan grande, ya que algunos de los cuartos se hallaban bajo tierra. También la había construido para que fuera lo más segura posible, con una visión clara en todas las direcciones, aunque utilizando formaciones de tierra para bloquear el acceso salvo por un camino. Las puertas eran de acero con cerrojos complicados; las ventanas eran blindadas y habían costado una pequeña fortuna. Las paredes estratégicas también tenían blindaje, y en el sótano había instalado un generador de emergencia. Asimismo, el sótano ocultaba otro medio de escape, por si llegaba a ser necesario. Alrededor de la casa había instalado sensores de movimiento, y cuando Chance enfiló la moto hacia la entrada, supo que su llegada había sido detectada.

Zane no mantenía a su familia encerrada en una prisión, pero las medidas de seguridad estaban por si llegaban a requerirlas. Dado el trabajo que tenían, la prudencia exigía cautela, y Zane siempre estaba preparado para las emergencias, siempre tenía un plan alternativo.

Chance apagó el motor y permaneció sentado un momento, dejando que sus sentidos recobraran la normalidad. Luego apoyó la Harley en el pie metálico y desmontó. Sacó una carpeta de las alforjas y se dirigió al porche amplio y sombreado.

Era un cálido día de verano de mediados de agosto y el cielo estaba despejado. Los caballos pastaban en el prado y las abejas zumbaban en torno a las flores de Barrie, mientras los pájaros no paraban de cantar en los árboles. Wyoming. El hogar. La montaña Mackenzie no se hallaba muy lejos, con la enorme casa sobre la cima de la colina donde Chance había recibido... la vida y todo lo que para él era importante en el mundo.

–La puerta está abierta –anunció la voz serena de Zane por el intercomunicador–. Estoy en mi despacho.

Chance la abrió y entró; las botas no emitieron sonido alguno al dirigirse por el pasillo hasta el despacho de Zane. Unos leves clics le indicaron que la puerta se había cerrado a su espalda. En la casa reinaba la quietud, lo que significaba que Barrie y los niños no estaban; si Nick se hallara en alguna parte del hogar habría corrido para lanzarse a sus brazos con gritos de alegría, mientras le sujetaba la cara con sus manitas pequeñas para cerciorarse de que su atención no se distraía de ella... como si él se hubiera atrevido a mirar a otra parte. Nick era como un paquete pequeño de explosivos inestables; era mejor vigilarla.

La puerta del despacho de Zane estaba inesperadamente cerrada. Se detuvo un instante, luego la abrió sin llamar.

Zane se hallaba detrás del escritorio, con el ordenador encendido y las ventanas abiertas. Le ofreció a su hermano una de sus raras sonrisas.

–Cuidado donde pisas –advirtió–. Los glotones están en la cubierta.

Automáticamente Chance bajó la vista al suelo, pero no vio a ninguno de los gemelos.

–¿Dónde?

Zane se reclinó en el sillón y miró alrededor en busca de sus hijos. Al localizarlos, dijo:

—Debajo de la mesa. Al oír que te dejaba pasar, se escondieron.

Chance enarcó las cejas. Por lo que él sabía, los gemelos, de diez meses, no tenían la costumbre de ocultarse de nadie ni de nada. Vio cuatro manitas regordetas que se asomaban por debajo de la mesa de Zane.

—No se les da muy bien ocultarse —observó—. Veo sus manos.

—Dales un respiro, son nuevos. Sólo han empezado a hacerlo esta semana. Están jugando a «Ataque».

—¿Ataque? —contuvo el deseo de reír—. ¿Qué se supone que debo hacer?

—Quedarte donde estás. Saldrán de su escondite en cuanto puedan gatear y agarrarte los tobillos.

—¿Muerden?

—Todavía no.

—Muy bien. ¿Qué harán conmigo en cuanto me capturen?

—Aún no han llegado a esa parte. Por ahora, se levantan y ríen —Zane se rascó la mandíbula—. Quizá se sienten en tus pies para inmovilizarte, pero lo que más les gusta es mantenerse erguidos.

El ataque tuvo lugar en ese instante. Incluso con la advertencia de Zane, Chance quedó un poco sorprendido. Eran notablemente sigilosos para ser bebés. Tuvo que admirar su precisión; gatearon a toda velocidad y se pegaron a sus tobillos con un grito de triunfo. Las manitas le agarraron los vaqueros. El de la izquierda cayó sentado sobre su pie, luego se pensó mejor la táctica y se retorció para empezar a levantarse. Unos brazos diminutos rodearon sus rodillas y los dos pequeños conquistadores gritaron encantados, provocando la risa de los dos adultos.

—Bebés depredadores —comentó Chance admirado. Arrojó la carpeta sobre el escritorio de Zane para agacharse y alzar en brazos a los dos guerreros. Cameron y Zack le sonrieron, con seis dientes pequeños y blancos brillando en rostros idénticos, y de inmediato comenzaron a palmearle la cara, a tirarle de las orejas y a hurgar en los bolsillos de la camisa–. Santo Dios –exclamó asombrado–. Pesan una tonelada –no había esperado que crecieran tanto en los dos meses en que no los había visto.

–Son casi tan grandes como Nick. Ella aún los supera en kilos, pero juro que me parecen más pesados –los gemelos eran robustos y de complexión fuerte, y ya insinuaban el tamaño de los Mackenzie varones, mientras que Nick era tan delicada como su abuela Mary.

–¿Dónde están Barrie y Nick? –preguntó Chance, echando de menos a su bonita cuñada y a su exuberante y alegremente diabólica sobrina.

–Tuvimos una crisis de zapatos. No preguntes.

–¿Y cómo se tiene una crisis de zapatos? –no pudo resistir preguntar. Se sentó en un sillón cómodo y grande frente al escritorio de Zane, y colocó a los gemelos sobre su regazo. Perdieron interés en tirarle de las orejas y comenzaron a farfullar entre sí, buscando el contacto de brazos y piernas como si persiguieran la proximidad que habían conocido en el útero. Inconscientemente Chance los acarició, disfrutando de la suavidad de su piel. Todos los bebés Mackenzie se acostumbraban a ser constante y cariñosamente tocados por toda la familia.

Con el poderoso cuerpo relajado, Zane juntó las manos detrás de la cabeza.

–Primero tienes una adorable hija de tres años a quien le encantan sus zapatos negros y lustrosos del domingo. Luego cometes el grave error táctico de dejarle ver *El Mago de Oz* –su boca severa hizo una mueca divertida.

Chance de inmediato estableció la conexión y dedujo que Nick había decidido que quería unos zapatos rojos.

–¿Qué empleó para tratar de teñirlos?

—Carmín, ¿qué otra cosa? —Zane suspiró.

Todos y cada uno de los niños Mackenzie habían tenido un incidente con el lápiz de labios. Era una tradición familiar, que John había iniciado cuando, a la edad de dos años, había empleado el carmín favorito de su madre para pintar la impresionante hilera de condecoraciones en el uniforme de gala de Joe. Caroline se había mostrado indignada, porque el color de ese lápiz de labios ya no se fabricaba y encontrar un tubo nuevo había sido mucho más difícil que sustituir las barras de colores que representaban medallas que Joe había ganado por servicios prestados.

—¿No pudiste quitarlo? —los gemelos habían encontrado la hebilla de su cinturón y la cremallera, y Chance tuvo que apartar las manitas concentradas en desvestirlo. Comenzaron a retorcerse para bajar, por lo que se inclinó para depositarlos en el suelo.

—Cierra la puerta —indicó Zane—, o se escaparán.

Se echó para atrás, estiró un brazo y la cerró justo a tiempo. Privados de su libertad, los pequeños se sentaron sobre sus traseros cubiertos por pañales y analizaron la situación, luego se lanzaron a gatas a realizar una patrulla por el perímetro de la habitación.

—Podría haberlo quitado —continuó Zane—, de haberlo descubierto. Por desgracia, fue Nick quien limpió los zapatos. Los puso en el lavavajillas —Chance soltó una carcajada—. Ayer Barrie le compró unos zapatos nuevos. Bueno, ya conoces lo definidos que tiene Nick sus gustos acerca de lo que quiere ponerse. Les echó un vistazo, dijo que eran feos a pesar de ser iguales que los que acababa de estropear, y se negó a probárselos.

—Imagino que Barrie se ha llevado a mi preciosidad de compras para que pueda elegir sus propios zapatos.

—Exacto —Zane desvió la vista hacia sus hijos. Éstos, como

si hubieran estado esperando la atención paterna, soltaron unos breves gritos de advertencia, sin dejar de mirar expectantes a su padre–. Hora de comer –giró en el sillón para poder sacar dos biberones de la pequeña nevera que había detrás de la mesa. Le pasó uno a Chance–. Recoge a uno.

–Como siempre, estás preparado –comentó al acercarse a los gemelos y alzar a uno en brazos. Observó atentamente el rostro ceñudo para estar seguro de que tenía al que creía tener. Era Zack, sin duda. No sabía muy bien cómo los reconocía, ya que los bebés eran tan idénticos que su pediatra había sugerido ponerles etiquetas identificativas. Pero cada uno poseía una personalidad definida que se reflejaba en su expresión y hacía que nadie en la familia pudiera confundirlos.

–He de estarlo. Barrie los destetó el mes pasado y no les gusta tener que esperar para comer.

Los ojos azules de Zack se hallaban concentrados en el biberón que Chance tenía en la mano.

–¿Por qué dejó de darles el pecho tan pronto? –preguntó al volver a sentarse y acomodar al bebé en el hueco del brazo–. Amamantó a Nick hasta el primer año.

–Ya lo verás –comentó Zane mientras ponía a Cam en el regazo.

En cuanto Chance acercó el biberón al alcance de las manitas de Zack, el pequeño lo asió y lo guió hacia su boca abierta y voraz. Succionó con intensidad la tetilla. Dejó que su tío sujetara la botella, pero se aseguró de que la situación fuera estable agarrando la muñeca de Chance con ambas manos. Luego comenzó a gruñir mientras chupaba, deteniéndose sólo para tragar.

Un gruñido idéntico salía del regazo de Zane. Chance vio que el brazo de su hermano estaba capturado de la misma manera que el suyo mientras los dos pequeños salvajes engullían su comida.

La leche borboteó alrededor de la boca de Zack y Chance parpadeó cuando seis diminutos dientes blancos mordisquearon la tetilla de plástico.

—¡Diablos, no me extraña que te haya destetado!

Zack no dejó de mordisquear, succionar y gruñir, aunque le lanzó una mirada arrogante a su tío antes de concentrar toda su atención en llenar la barriguita.

Zane reía en voz baja y el pequeño Cam se detuvo el tiempo suficiente para regalarle a su padre una sonrisa lechosa. Al siguiente instante la sonrisa desapareció y volvió a atacar la botella.

El pelo negro de Zach era como seda sobre el brazo de Chance. Pensó que los bebés eran un puro placer táctil, aunque ésa no había sido su opinión la primera vez que sostuvo a uno. El bebé en cuestión había sido John, que no paraba de gritar por el sufrimiento que le causaban los dientes al salirle.

Chance apenas llevaba unos meses con los Mackenzie y aún se mostraba muy cauto con ellos. Apenas había logrado controlar el instinto de atacar cada vez que uno lo tocaba, aunque no podía evitar saltar como un animal sobresaltado.

Joe y Caroline habían ido de visita, y por la expresión en sus caras al entrar en la casa, había sido un viaje muy largo. Hasta Joe, que por lo general era sosegado e impasible, se veía frustrado por los esfuerzos inútiles de calmar a su hijo, y Caroline aparecía completamente irritada por una situación que no podía manejar con su impecable lógica. Sus ojos verdes expresaban una asombrosa mezcla de preocupación e indignación.

Al pasar junto a Chance, de repente depositó al bebé que chillaba en sus brazos. Alarmado, él intentó apartarse, pero antes de darse cuenta se había hallado en posesión de un pequeño ser humano que no paraba de aullar.

—Toma —dijo ella con alivio y absoluta confianza—. Cálmalo.

Chance había quedado dominado por el pánico. Era un milagro que no hubiera dejado caer al pequeño. Nunca antes había sostenido a uno y tampoco había querido hacerlo en ese momento. Sin embargo, otra parte de él se sintió perpleja porque Caroline le confiara a él a su adorado bebé. ¿Cómo esa gente no podía ver que él era un mestizo callejero? ¿Por qué no podía darse cuenta de que había vivido en un mundo donde matabas o te mataban, y que se hallarían mucho más seguros lejos de él?

Sin embargo, nadie pareció alarmado de que lo tuviera en brazos, aun cuando debido al pánico había sostenido a John a la distancia de sus brazos.

Pero entonces un silencio bendito reinó en la casa. John dejó de llorar y gritar y miró interesado a esa persona nueva. Automáticamente Chance lo acomodó en el hueco de un brazo tal como había visto hacer a los demás. El bebé babeaba. Tenía un babero alrededor del cuello y lo usó para secarle la boca. John aprovechó esa oportunidad y lo agarró por el pulgar, para llevarse de inmediato el dedo a la boca. Él se había sobresaltado por la fuerza de las duras encías, de las que ya asomaban dos dientes afilados. Hizo una mueca por el dolor pero aguantó, dejando que John usara el dedo como un modo de aliviarse hasta que su madre lo rescató al llevarle una toallita mojada para que el bebé mordiera.

Chance había esperado que entonces lo relevaran de ese deber, porque su madre por lo general estaba impaciente por sostener a su nieto. Sin embargo, aquel día todos habían parecido satisfechos de dejar a John en sus manos, hasta el mismo bebé, y pasado un rato se calmó lo suficiente como para ponerse a caminar con el crío en brazos, señalándole cosas de interés, que John obediente estudió mientras no paraba de mordisquear la toalla.

Aquella había sido su educación en las costumbres de los

pequeños, y a partir de aquel día le había encantado el desfile de sobrinos que sus viriles hermanos y fértiles cuñadas habían producido de manera regular. Al parecer había empeorado, porque con los tres de Zane era a él a quien se le caía la baba.

—A propósito, Maris está embarazada.

Chance levantó la cabeza y una amplia sonrisa iluminó su rostro bronceado. Su hermana pequeña llevaba casada nueve meses y se había mostrado inquieta al no quedarse embarazada de inmediato.

—¿Para cuándo? —siempre organizaba las cosas para poder ir a casa cuando llegaba un nuevo Mackenzie al mundo. Técnicamente, ése sería un MacNeill, aunque era algo que carecía de importancia.

—Marzo. Dice que se volverá loca antes, porque Mac no la perderá de vista.

Chance rió entre dientes. Aparte de su padre y hermanos, Mac era el único hombre que Maris había conocido a quien no podía intimidar, uno de los motivos por los que lo amaba tanto. Si Mac había decidido que iba a controlar a Maris durante el embarazo, le costaría escapar de él.

—¿Vas a hablarme de ello? —Zane señaló la carpeta que había sobre la mesa.

Chance sabía que se refería a algo más que a su contenido. Le preguntaba por qué no se lo había transmitido por ordenador, ya que Zane conocía la agenda de su hermano; era la única persona que estaba al tanto de ella, de modo que sabía que se suponía que Chance en ese momento se hallaba en Francia. También quería conocer por qué no le había hecho una simple llamada de teléfono para anunciarle que iba a ir a verlo.

—No quería correr el más mínimo riesgo de una filtración.

—¿Tenemos problemas de seguridad? —Zane arqueó las cejas.

—No que yo sepa. Lo que me preocupa es lo que no sé. Pero, como he dicho, nadie más puede enterarse de nada de esto. Es entre nosotros dos.

—Has despertado mi curiosidad —los ojos azules de Zane brillaron con interés.

—Crispin Hauer tiene una hija.

Zane mantuvo su postura relajada, pero la expresión se le endureció. Crispin Hauer había figurado en el primer puesto de su lista durante años, pero el terrorista era tan elusivo como violento. Aún tenían que encontrar un modo de acercarse a él, cualquier punto vulnerable que pudieran explotar para tenderle una trampa. Existía el registro de un matrimonio en Londres fechado unos treinta y cinco años atrás, pero la esposa de Hauer, Pamela Vickery de soltera, había desaparecido sin dejar rastro. Chance, igual que los demás, había dado por hecho que la mujer había muerto poco después de casarse, o bien a manos de Hauer o bien a manos de sus enemigos.

—¿Quién es? —inquirió Zane—. ¿Dónde está?

—Se llama Sonia Miller y se encuentra aquí, en los Estados Unidos.

—Conozco ese nombre —indicó su hermano.

—Es la mensajera a la que supuestamente le robaron un paquete la semana pasada en Chicago.

—¿Crees que fue algo preparado?

—Creo que existe una gran posibilidad. Descubrí el vínculo al comprobar su pasado —informó Chance.

—Hauer habría sabido que la investigarían después de perder un paquete, en particular uno que contenía documentos aeroespaciales. ¿Por qué arriesgarse?

—Quizá pensó que no encontraríamos nada. Fue adoptada. Hal y Eleanor Miller figuran como sus padres y están limpios como el agua. No habría sabido que era adoptada de no haber intentado inspeccionar su partida de nacimiento por ordenador. ¿Adivina qué encontré? Hal y Eleanor jamás tuvieron hijos. Y la pequeña Sonia Miller no tenía ninguna partida de nacimiento. De modo que investigué más y encontré el archivo de adopción...

Zane arqueó las cejas. Las adopciones abiertas habían causado tantos problemas que la tendencia había cambiado y se había terminado por cerrar los archivos, lo cual, unido a las leyes y salvaguardas de la intimidad electrónica, había dificultado mucho localizar esos archivos cerrados.

–¿Dejaste algún rastro?

–Nada que condujera a nosotros. Pasé por un par de servidores ajenos y entré en secreto en el Ministerio de Hacienda para acceder al archivo desde su sistema.

Zane sonrió. Si alguien notaba la intromisión electrónica, lo más probable era que ni se mencionara; nadie se metía con la gente de hacienda.

Zach había terminado el biberón; su tenaz apretón se relajó y apoyó la cabeza en el brazo de Chance mientras luchaba brevemente contra el sueño. Automáticamente él lo apoyó contra el hombro y comenzó a darle palmaditas en la espalda.

–La señorita Miller lleva empleada como mensajera unos cinco años. Tiene un apartamento en Chicago, pero sus vecinos dicen que rara vez está allí. He de pensar que se trata de un engaño preparado con bastante antelación, que desde el principio trabaja para su padre.

Zane asintió. Debían suponer lo peor, porque ése era su trabajo. Sólo al prever lo peor podían estar preparados para hacerle frente.

–¿Se te ocurre algo? –preguntó al quitarle el biberón a Cam y apoyarlo también contra el hombro.

–Acercarme a ella. Conseguir que confíe en mí.

–No creo que sea una mujer muy confiada.

–Tengo un plan –sonrió, porque por lo general ése era el campo de Zane.

Su hermano le devolvió el gesto y observó una pequeña consola de seguridad que había en la pared, de la cual brotó el sonido de una pequeña alarma. Contempló el monitor.

–Prepárate –advirtió–. Barrie y Nick están en casa.

Segundos más tarde la puerta de entrada se abrió y un aullido llenó la casa.

–¡Tío Dance! ¡Tío Dance! ¡Tío Dance! ¡Tío Dance! –el cántico se vio acentuado por el sonido de unos pies diminutos que corrían y saltaban por el pasillo mientras la celebración de Nick se acercaba.

Chance se echó hacia atrás en la silla y abrió la puerta del despacho un segundo antes de que Nick irrumpiera a toda velocidad, con el cuerpecito temblándole de júbilo y ansiedad.

Se arrojó sobre Chance y éste logró sujetarla con el brazo libre para arrastrarla sobre su regazo. La pequeña se detuvo para darle un beso fraternal a Zack en la cabeza y luego concentró su intensa atención en él.

–¿Te *vaz* a quedar esta vez? –demandó al alzar la cara para que su tío la besara.

Lo hizo, provocándole cosquillas y risitas.

–Sólo unos días –repuso para decepción de ella. Era lo bastante mayor para notar sus largas y frecuentes ausencias, y siempre que lo veía intentaba convencerlo de que se quedara.

Nick frunció el ceño, pero, fiel a su naturaleza, decidió pasar a temas más importantes.

–Entonces, ¿puedo montar en tu moto?

–No –repuso con firmeza, alarmado–. No puedes montar en ella, sentarte en ella, apoyarte en ella o poner ningún juguete en ella a menos que yo esté contigo –con Nick lo mejor era abarcar cualquier posibilidad. Rara vez desobedecía una orden directa, pero era un genio en encontrar grietas que le permitieran salirse con la suya. Se le ocurrió otra posibilidad–. Tampoco puedes montar en ella a Cam o a Zack —dudaba de que fuera capaz de alzarlos, pero no quería correr ningún riesgo.

—Gracias —dijo Barrie al entrar en el despacho a tiempo de oír la cláusula adicional. Se inclinó para darle un beso en la mejilla al tiempo que le quitaba a Zack de los brazos para protegerlo de los pies de Nick. En algún punto u otro, todos los varones Mackenzie habían sido víctimas de un pie diminuto en la entrepierna.

—¿Misión cumplida? —preguntó Zane al reclinarse en el sillón y sonreírle a su esposa con esa expresión ociosa que indicaba que le gustaba lo que veía.

—No sin algo de drama e insistencia, pero, sí, misión cumplida —se apartó un mechón de pelo rojo de los ojos. Como siempre, se la veía elegante, a pesar de que no llevaba nada más llamativo que unos pantalones beis y una blusa blanca sin mangas que exhibía sus brazos esbeltos y bronceados. Se notaba que había ido a una de las escuelas más elegantes del mundo.

Nick aún se concentraba en obtener derechos sobre la moto. Le enmarcó la cara entre las manos y se acercó tanto que sus narices casi se tocaron, lo que garantizó la atención absoluta de Chance. A punto estuvo de reír ante su expresión intensa.

—Te dejo montar en mi triciclo.

—Soy demasiado grande para montar en tu triciclo y tú demasiado pequeña para montar en mi moto.

—Entonses, ¿cuándo podré hacerlo? —abrió mucho sus arrebatadores ojos azules.

—Cuando saques tu carné de conducir.

Eso la frenó. No tenía ni idea de lo que era un carné de conducir ni de cómo conseguirlo. Se metió un dedo en la boca mientras meditaba la situación; Chance intentó distraer su atención.

—¡Eh! ¿Esos zapatos que llevas no son los nuevos?

Como por arte de magia a ella se le volvió a iluminar la cara. Giró para que él pudiera sostener un pie tan cerca de su cara que estuvo a punto de golpearle la nariz.

—Son tan bonitos —comentó encantada.

Chance capturó el pequeño pie en su mano grande y admiró el brillo del cuero negro.

—Vaya, brillan tanto que me puedo ver la cara en ellos —fingió inspeccionarse los dientes, lo cual provocó la risita de Nick.

—Iremos a acostar a los niños mientras tú la mantienes ocupada —Zane se levantó.

Mantener ocupada a Nick no era un problema; jamás le faltaba algo para decir o hacer. De inmediato la pequeña se puso a hablar de sus zapatos nuevos, de los caballos nuevos del abuelo y de lo que había dicho papá cuando se golpeó el dedo con un martillo.

Chance logró contener una carcajada. Zane era un ex marine de los cuerpos especiales; su lenguaje era tan salado como el mar en el que tan a gusto se encontraba. Pero su madre había inculcado una cortesía estricta en todos sus hijos, de manera que emplearan un lenguaje circunspecto delante de mujeres y niños. Zane no debió de saber que Nick andaba cerca cuando se golpeó el dedo, o ningún dolor lo habría impulsado a pronunciar esos juramentos delante de ella. Esperaba que Nick los olvidara antes de empezar a ir al parvulario.

—La tía Mawis va a tener un bebé —informó Nick mientras se ponía de pie en su regazo. Chance la rodeó con las manos para estabilizarla, aunque lo más probable era que no necesitara su ayuda. La pequeña poseía el equilibrio de un acróbata.

—Lo sé. Tu papá me lo ha dicho.

Nick frunció el ceño al descubrir que no era la primera en transmitirle la noticia.

—Va a dar a luz en primavera —detalló.

En esa ocasión no pudo contener la risa. Abrazó a la pequeña y se levantó, haciéndola dar vueltas en el aire y gritar de alegría mientras se aferraba a su cuello. Rió hasta que se le humedecieron los ojos. Dios, adoraba a esa niña, que con apenas tres años de vida los había enseñado a todos a estar alerta, ya que era imposible anticipar qué podía decir o hacer.

De pronto ella suspiró.

—¿Cuándo es primavera? ¿Falta mucho?

—Mucho —respondió serio. Para una niña de tres años, siete meses era una eternidad.

—¿Seré vieja?

—Tendrás cuatro años —puso una expresión de simpatía.

—Cuatro —musitó horrorizada y resignada.

Pasaron diez minutos hasta que Zane volvió al despacho, con el rostro sutilmente relajado. Era evidente que había aprovechado que tenía niñera para pasar un rato agradable con su mujer; Zane siempre estaba preparado para que una situación fluyera a su favor. Lo miró con el ceño fruncido.

—Ya era hora —gruñó.

—Eh, me he dado prisa —protestó con suavidad.

—Sí, claro.

—Todo lo que he podido —añadió con una sonrisa. Pasó la mano por el pelo brillante de su hija—. ¿Has mantenido entretenido al tío Chance?

—Le conté la palabra mala, mala de verdad, que dijiste cuando te golpeaste el dedo —asintió.

Zane puso expresión dolida y luego severa.

—¿Cómo se lo has dicho cuando se supone que no debes repetirla? —ella se llevó el dedo a la boca y se puso a estudiar el techo—. Nick —Zane la levantó de los brazos de Chance—. ¿Has repetido la palabra? —la pequeña adelantó el labio inferior pero hizo un gesto afirmativo, reconociendo su transgresión—. Entonces esta noche no oirás ningún cuento antes de dormir. Prometiste no decirla.

—Lo siento —rodeó el cuello de su padre y apoyó la cabeza en su hombro.

Con suavidad él le acarició la espalda.

—Sé que lo sientes, cariño, pero debes mantener tus promesas —la dejó de pie—. Ve con mamá.

Cuando se marchó, Chance preguntó con curiosidad:

—¿Por qué no le has dicho que no podía ver la televisión en vez de no escuchar un cuento?

—No queremos hacer que la televisión sea atractiva convirtiéndola en algo apetecible o un privilegio. ¿Por qué? ¿Tomas notas sobre cómo ser padre?

—No en esta vida —repuso espantado.

—¿Sí? El destino tiene la tendencia de morderte el culo cuando menos lo esperas.

—Pues el mío es a prueba de bocados, y pretendo que siga así —con la cabeza señaló la carpeta que había en la mesa de Zane—. Hemos de trazar planes.

«Todo este encargo es un tributo a la Ley de Murphy», pensó Sunny Miller disgustada al sentarse en el aeropuerto de Salt Lake City, mientras esperaba que por los altavoces anunciaran su vuelo, si era que lo hacían, algo que ya empezaba a dudar. Era su quinto aeropuerto del día y aún seguía a mil quinientos kilómetros de su destino, que era Seattle. Se suponía que tenía un vuelo directo de Atlanta a Seattle, pero había sido cancelado debido a problemas mecánicos, y los pasajeros desviados a otros vuelos, ninguno de los cuales era directo.

Desde Atlanta había ido a Cincinnati, de allí a Chicago, de allí a Denver y de allí a Salt Lake City. Al menos avanzaba hacia el oeste en vez de ir hacia atrás.

Pero tal como había empezado el día, si alguna vez lograba embarcar en el último avión, seguro que tenía un accidente.

Estaba cansada y a lo largo del día sólo le habían dado cacahuetes; pero temía ir a comer algo por si al fin anunciaban el vuelo, el avión se llenaba y despegaba en tiempo récord, dejándola en tierra. Cuando Murphy tenía el control, todo era posible. Tomó nota mental de darle un puñetazo a ese Murphy si alguna vez lo veía.

Se acomodó en el asiento de plástico y sacó el libro de

bolsillo que había estado leyendo. Se sentía cansada y tenía hambre, pero no iba a dejar que el estrés la dominara. Si algo se le daba bien era sacar lo mejor de una situación. Algunos viajes iban como la seda, y otros resultaban como una patada en el trasero; mientras los buenos y los malos se equilibraran, podría aguantarlo.

Por costumbre mantuvo la correa del maletín de piel alrededor del cuello y contra su pecho, para que no resultara fácil que se lo arrebataran. Algunos mensajeros los esposaban a sus muñecas, pero su empresa era de la opinión de que las esposas atraían una atención no deseada; era mejor fundirse con la horda de viajeros que sobresalir.

Después de lo sucedido en Chicago el mes anterior, Sunny se mostró doblemente cauta y también aferró el asa del maletín. No tenía ni idea de lo que había dentro, pero eso no importaba; su trabajo consistía en llevar el contenido del punto A al B. Cuando un desgraciado con el pelo teñido de verde se lo robó en Chicago, se sintió humillada y furiosa. Siempre iba con cuidado, aunque resultó evidente que no había mostrado la suficiente precaución, y eso le había costado una mancha en su historial.

En un plano muy básico, la alarmaba haber estado desprevenida. Desde la cuna la habían enseñado a estar preparada y a ser cautelosa, alerta a lo que sucedía a su alrededor; si un ladrón de poca monta podía sorprenderla, eso significaba que no exhibía la eficacia que creía poseer. Cuando un desliz podía representar la diferencia entre la vida y la muerte, no había espacio para el error.

El solo hecho de recordar el incidente la incomodó. Guardó el libro en el bolso de mano y prefirió mantener la atención en la gente de su entorno.

Le crujió el estómago. Llevaba comida en el bolso, pero era para emergencias, y esa situación no lo era. Observó la puerta de embarque, donde dos representantes de la línea aérea respondían con amabilidad a preguntas de pasajeros impacientes. Por las expresiones insatisfechas que pusieron al regresar a sus asientos, dedujo que las noticias no eran buenas; lo lógico era que dispusiera de tiempo suficiente para encontrar algo para comer.

Miró la hora; las dos menos cuarto del mediodía, hora local. Tenía que entregar el contenido del maletín en Seattle a las nueve de esa noche, hora del Pacífico, lo cual debería de haber sido un paseo, pero tal como marchaban las cosas, perdía la fe de que pudiera completar el encargo de acuerdo con el horario. Odiaba la idea de llamar a la oficina para informar de otro fracaso, incluso de uno que no era por su culpa. Si la compañía aérea no lo solucionaba pronto, tendría que hacer algo. El cliente debía saber si el paquete iba a llegar según lo estipulado.

Si las noticias del retraso del vuelo no habían mejorado cuando regresara de comer, pediría un traslado a otra línea aérea, aunque ya había considerado esa opción y ninguna de las posibilidades parecía alentadora. Tenía una conexión nacional al infierno. Como no se le ocurriera algo, no le iba a quedar más remedio que realizar esa llamada telefónica.

Aferró con firmeza el maletín y el bolso y partió en busca de algo que comer que no saliera de una máquina expendedora. Se desvió a la derecha para evitar por la izquierda el torrente humano de pasajeros que desembarcaban. La maniobra no funcionó; alguien tropezó con su hombro izquierdo e instintivamente se volvió para ver de quién se trataba.

No había nadie. Una reacción agudizada por años de mirar hacia atrás la salvó. De manera automática apretó más el maletín al sentir un tirón en la correa, pero el cuero cayó de su hombro.

«¡Demonios, otra vez no!».

Giró al tiempo que se agachaba, lanzando el pesado bolso de mano contra su atacante. Captó unos ojos oscuros y desencajados y una cara fiera y sin afeitar, luego centró su atención en las manos del ladrón. En una llevaba el cuchillo que había empleado para cortar la correa del maletín y en la otra ya tenía el maletín para intentar arrebatárselo. El bolso lo golpeó en el hombro y lo hizo trastabillar, pero no aflojó la mano sobre el asa.

Sunny ni siquiera pensó en gritar o en asustarse; estaba demasiado furiosa para cualquiera de esas reacciones. Se preparó para golpearlo otra vez, apuntando a la mano que sostenía el cuchillo.

A su alrededor oyó voces alzadas, llenas de alarma a medida que la gente intentaba apartarse del revuelo y terminaba por empujar a otros. Pocos tendrían alguna idea del motivo de la conmoción. La visión era escasa y todo ocurría a mucha velocidad. No podía contar con la ayuda de nadie, de modo que soslayó el ruido y centró su atención en el cretino cuya mano sucia sujetaba su maletín.

Volvió a golpearlo, pero no soltó la navaja.

—Zorra —rugió y le lanzó una estocada.

Ella dio un salto atrás y aflojó los dedos. Con gesto de triunfo el otro se lo arrebató. Sunny manoteó tratando de asir la correa y lo logró, pero el cuchillo descendió con un destello plateado y separó la correa del maletín. La brusca ruptura la hizo trastabillar hacia atrás.

El cretino giró en redondo y emprendió la carrera.

—¡Detenedlo! —gritó al recuperar el equilibrio y perseguirlo.

La falda larga que llevaba tenía una abertura en el lado izquierdo que le permitía correr sin estorbo, pero el miserable no sólo disponía de ventaja, sino que sus piernas eran más largas. El bolso rebotaba en sus piernas y le entorpecía los movimientos, aunque no se atrevía a soltarlo. Siguió corriendo con tozudez, aun cuando sabía que era inútil. La desesperación le provocaba un nudo en el estómago. Rezaba para que alguien entre la multitud quisiera jugar a ser un héroe y detuviera al ladrón.

De pronto su plegaria fue respondida.

Un hombre alto que se hallaba con la espalda hacia el vestíbulo se volvió y miró con displicencia en dirección al alboroto. El ladrón casi había llegado a su altura. Sunny respiró hondo para gritar otra vez que lo detuvieran, aunque sabía que el cretino pasaría delante del hombre antes de que éste tuviera tiempo para reaccionar. Jamás logró emitir las palabras.

De un vistazo el hombre alto comprendió lo que pasaba y con un movimiento grácil y fluido de pirueta de ballet, giró y extendió una pierna. El golpe aterrizó directamente en la rodilla derecha del ladrón, que dio una vuelta y aterrizó sobre su espalda, con los brazos sobre la cabeza. El maletín patinó por el vestíbulo antes de rebotar contra una pared y retornar al centro del movimiento bullicioso de pasajeros. Un hombre saltó por encima de él mientras otros lo esquivaban.

De inmediato Sunny se desvió en esa dirección para recoger el maletín antes de que otra persona pudiera apoderarse de él, aunque en ningún momento apartó la vista de la acción.

Con otro movimiento veloz y grácil, el hombre alto se agachó y puso al asaltante boca abajo, luego juntó sus dos brazos a la espalda y los sostuvo con una mano grande.

—¡Ayyy! —aulló el desgraciado—. ¡Canalla, me estás rompiendo los brazos! —sintió que se los elevaban más y soltó otro chillido, en esa ocasión inarticulado.

—Cuida tu lenguaje —advirtió el hombre alto.

Sunny se detuvo a su lado.

—Ve con cuidado —jadeó—. Tenía un cuchillo.

—Lo vi. Aterrizó por ahí cuando este cayó —el hombre señaló hacia la izquierda con el mentón. Mientras hablaba, con destreza le quitó el cinturón a su prisionero y le ató las muñecas—. Ve a buscarlo antes de que alguien lo recoja y desaparezca con él. Emplea dos dedos y toca sólo la hoja.

Parecía saber lo que hacía, de modo que Sunny obedeció sin plantear objeción alguna. Sacó un pañuelo de papel del bolsillo de la blusa y recogió el cuchillo tal como él ordenara, teniendo cuidado de no borrar ninguna huella del mango.

—¿Qué hago con él?

—Aguántalo hasta que venga Seguridad —desvió la cabeza de pelo oscuro hacia el empleado más próximo de una línea aérea que se movía nervioso cerca, como si no supiera qué hacer—. Han llamado a Seguridad, ¿verdad?

—Sí, señor —repuso con los ojos muy abiertos.

—Gracias —dijo Sunny al ponerse en cuclillas cerca de su rescatador. Indicó el maletín con la correa separada—. Cortó la correa y me lo arrebató.

—De nada —le sonrió y ella pudo observarlo bien por primera vez.

El primer vistazo casi fue el último. Notó un nudo en el estómago. El corazón le dio un vuelco. Los pulmones se le bloquearon. «Vaya», pensó, e intentó respirar hondo sin delatarse.

Probablemente era el hombre más atractivo que había visto jamás. Un poco aturdida, asimiló los detalles: pelo negro, un poco largo y revuelto, que le rozaba la chaqueta de cuero marrón algo gastada; una piel suave y bronceada; ojos de un castaño tan claro que parecían dorados, enmarcados por unas tupidas pestañas. Como si eso no bastara, también había sido bendecido con una nariz fina y recta, pómulos altos y unos labios tan nítidamente perfilados que experimentó el impulso salvaje de adelantarse y besarlos.

En ese momento pudo fijarse en los hombros anchos, en el estómago plano y en las caderas estrechas. La Madre Naturaleza se había mostrado muy generosa cuando lo fabricó. Debería de haber sido demasiado perfecto y guapo para ser real, pero había una dureza en su expresión que era puramente masculina, y esa impresión se veía corroborada por una cicatriz fina y en forma de media luna en su pómulo izquierdo. Al bajar la vista notó otra cicatriz que le atravesaba el dorso de la mano derecha, una línea blanca contra su piel bronceada.

Las cicatrices no mermaban su atractivo; esas pruebas de una vida dura sólo lo acentuaban y afirmaban de forma inequívoca que se trataba de un hombre.

Se hallaba tan enfrascada en observarlo que tardó varios segundos en darse cuenta de que él la miraba con una mezcla de diversión e interés. Sintió que se le ruborizaban las mejillas.

Sin embargo, no tenía tiempo que perder en su admiración, de modo que se obligó a concentrarse en cosas más acuciantes. El cretino gruñía y hacía ruidos con la intención de recordarles que sufría, aunque Sunny dudó de que experimentara mucho dolor, a pesar de las manos atadas y de la rodilla que su héroe presionaba contra su espalda. Había recuperado el maletín, pero el ladrón aún le planteaba un dilema. Era su deber cívico quedarse a presentar cargos contra él; sin embargo, si su vuelo despegaba pronto, quizá lo perdiera mientras respondía a la policía y rellenaba impresos.

—Imbécil —le soltó—. Si pierdo mi vuelo...

—¿Cuándo sale? —preguntó su héroe.

—No lo sé. Va con retraso, aunque podría iniciar el embarque en cualquier momento. Iré a comprobarlo y volveré en seguida.

—Yo retendré a tu amigo y trataré con Seguridad hasta que vuelvas —asintió con aprobación.

—Sólo tardaré un minuto —regresó a toda velocidad a su puerta de embarque. El mostrador se veía rodeado de viajeros más enfadados que unos momentos atrás. Dirigió la vista hacia el tablón de anuncios de los vuelos, donde el suyo ya no mostraba la palabra RETRASADO, sino CANCELADO.

—Maldita sea —musitó—. Maldita sea, maldita sea —allí se desvanecía su esperanza de llegar a Seattle a tiempo para cumplir su encargo, a menos que la esperara otro milagro. No obstante, dos en un día era excesivo.

Cansada, pensó que tenía que llamar a su empresa, aunque primero debía encargarse del asaltante y tratar con los agentes de seguridad. Regresó y vio que el ladrón estaba de pie y era escoltado por dos policías del aeropuerto hacia una oficina donde se aislarían de la curiosidad de la gente.

Su héroe la esperaba y, cuando la divisó, le dijo algo a los hombres de seguridad y comenzó a caminar a su encuentro.

El corazón se le aceleró en una pura reacción femenina. «Santo cielo, es demasiado guapo». Su ropa no era nada especial: una camiseta negra bajo la vieja chaqueta de cuero, vaqueros gastados y botas, pero la llevaba con tal seguridad y gracia, que en ningún momento dudó de que se sentía muy cómodo con ella. Sunny se permitió un momento de pesar al reflexionar que nunca más lo vería después de aclarar la situación. De inmediato desterró ese pensamiento; no podía arriesgarse a dejar que algo se convirtiera en una relación, siempre y cuando eso se produjera, ni con él ni con nadie. Jamás permitiría que algo así sucediera, por decencia hacia él, aparte de que tampoco necesitaba la tensión emocional. Quizá algún día pudiera asentarse, tener citas y tal vez encontrar a alguien a quien amar y con quien casarse, quizá tener hijos, pero no en ese momento. Era demasiado peligroso.

Cuando él llegó a su lado, la tomó por el brazo en un gesto de antigua cortesía.

—¿Todo va bien con tu vuelo?

—En cierto sentido. Ha sido cancelado —expuso—. Tengo que estar en Seattle esta noche, pero no creo que lo consiga. Todos los vuelos que me han asignado hoy se han visto retrasados o desviados, y ya no hay ninguno que pueda llevarme allí a tiempo.

—Contrata uno privado —indicó mientras caminaban hacia el despacho adonde habían llevado al ladrón.

—No sé si mi jefe autorizará ese gasto —rió entre dientes—, pero es una buena idea. De todos modos, he de llamarlo, cuando terminemos aquí.

—Si ayuda a convencerlo, yo estoy disponible ahora mismo. Se suponía que debía reunirme con un cliente de ese último vuelo procedente de Dallas, pero no iba a bordo y no se ha puesto en contacto conmigo, de modo que estoy libre.

—¿Eres piloto? —no podía creerlo. Era demasiado bueno para ser verdad. Quizá sí recibiera dos milagros en un día.

Él la miró y sonrió, haciendo que en su mejilla apareciera un hoyuelo diminuto. Extendió la mano.

—Chance McCall, piloto, atrapaladrones, especialista en todo, a tu servicio.

Ella rió y se la estrechó. Notó que él ponía cuidado en no apretarla con demasiada fuerza.

—Sunny Miller, mensajera tardía y blanco de ladrones. Es un placer conocerte, Chance.

—Primero ocupémonos de este pequeño problema y luego podrás llamar a tu jefe.

Le abrió la puerta de la oficina; al entrar, ella encontró a los dos agentes de seguridad, a una mujer vestida con un severo traje gris y al asaltante, que había sido esposado a la silla. La miró con ojos centelleantes, como si todo fuera por su culpa.

—Maldita zorra... —comenzó el ladrón.

Chance McCall alargó el brazo y aferró su hombro.

—Es posible que antes no recibieras el mensaje —manifestó con esa calma que bajo ningún concepto ocultaba el acero que había detrás—, no me gusta el lenguaje que empleas. Límpialo —no soltó una amenaza, simplemente una orden.

El otro se encogió y lo miró asustado, quizá recordando la facilidad con que lo había manejado antes. Luego observó a los dos agentes, como si esperara que intervinieran. Los hombres cruzaron los brazos y sonrieron. Privado de aliados, el cretino optó por el silencio.

La mujer del traje gris dio la impresión de querer protestar por el trato rudo al que estaba siendo sometido su prisionero, pero decidió continuar con el asunto que la ocupaba.

—Soy Margaret Fayne, directora de la seguridad del aeropuerto. ¿Va a presentar cargos?

—Sí —afirmó Sunny.

—Bien —aprobó la señora Fayne—. Necesitaré declaraciones de los dos.

—¿Sabe cuánto tiempo nos retendrá? —inquirió Chance—. La señorita Miller y yo vamos justos de tiempo.

—Intentaremos agilizar las cosas —aseguró la otra.

Sin saber si se trataba de la eficiencia de la señora Fayne o debido aún a otro milagro, el papeleo se completó en lo que Sunny consideró un tiempo récord. Transcurrió poco más de media hora hasta que se llevaron esposado al asaltante, se firmaron las declaraciones y Sunny y Chance McCall quedaron libres para irse después de haber cumplido con su deber cívico.

Esperó a su lado mientras ella llamaba a la oficina y explicaba la situación. El supervisor, Wayne Beesham, no se mostró feliz, pero aceptó la realidad.

—¿Repíteme cómo se llama el piloto? —preguntó.

—Chance McCall.

—Aguarda, deja que lo compruebe.

Sunny esperó. Los ordenadores de su empresa contenían una amplia base de datos con información sobre líneas aéreas comerciales y compañías privadas de chárter. Había algunos personas desagradables en estas últimas, que trataban más con drogas que con pasajeros, y una empresa de mensajería no podía permitirse el lujo de ser descuidada.

—¿Dónde está la sede de su compañía?

Le repitió la pregunta a Chance.

—En Phoenix —repuso, y una vez más ella transmitió la información.

—De acuerdo. Parece legal. ¿A cuánto asciende su tarifa?

Sunny se lo preguntó.

—Es un poco alta —gruñó Beesham.

—Está aquí y está listo para salir ya.

—¿Qué clase de avión pilota? No quiero pagar ese precio por una avioneta que se emplea en la desinsectación de cosechas y que no podrá llevarte a tiempo.

—¿Por qué no te lo paso? —suspiró—. Ahorraremos tiempo —le entregó el auricular a Chance—. Quiere saber cosas sobre tu avión.

—McCall —dijo. Escuchó unos momentos—. Es un Cessna Skylane. Su alcance es de unos mil trescientos kilómetros al setenta y cinco por ciento de potencia, seis horas de vuelo. Tendré que repostar, de modo que preferiría que fuera en un punto intermedio, digamos en Roberts Field en Redmonton, Oregon. Puedo llamar por radio para pedir que lo tengan todo preparado con el fin de que no perdamos mucho tiempo en tierra —miró su reloj—. Con la hora que ganamos al entrar en la zona horaria del Pacífico, podrá llegar... justo a tiempo —escuchó un poco más y le devolvió el auricular a Sunny.

—¿Cuál es el veredicto? —quiso saber ella.

—Lo autorizo. Por el amor de Dios, ponte en marcha.

Colgó y le sonrió a Chance, entusiasmada.

—¡Adelante! ¿Cuánto tardaremos en despegar?

—Si dejas que te lleve el bolso y corremos... unos quince minutos.

Sunny jamás se desprendía del bolso. Odiaba devolver su cortesía con una negativa, pero tenía la cautela tan arraigada en su interior que no fue capaz de convencerse de correr el riesgo.

—No pesa —mintió, apretándolo con más fuerza—. Te seguiré.

Él arqueó una ceja, pero no discutió, simplemente abrió el camino por el vestíbulo lleno. Los aviones privados se hallaban en otra zona del aeropuerto, lejos del tráfico comercial. Después de varios giros y escaleras, abandonaron la terminal y caminaron por el cemento, con el sol de la tarde cayendo sobre sus cabezas. Chance se puso unas gafas de sol, luego se quitó la chaqueta y se la colocó sobre el brazo.

Sunny se permitió apreciar unos momentos el modo en que sus hombros anchos y su espalda musculosa llenaban la camiseta. Al menos sí disponía de libertad para admirarlo. Si las cosas fueran diferentes... pero no lo eran, por lo que decidió contener sus pensamientos. Debía enfrentarse a la realidad, no ceder a la fantasía.

Él se detuvo junto a un avión de un solo motor, blanco, con unas franjas grises y rojas. Después de guardar el bolso y el maletín de ella y asegurarlos con una red, la ayudó a subir al asiento del copiloto. Sunny se abrochó el cinturón de seguridad y miró alrededor. Nunca antes había estado en un avión privado ni volado en un aparato tan pequeño. Era sorprendentemente cómodo. Los asientos eran de piel gris. El suelo de metal se hallaba cubierto por una moqueta.

Había dos visores para el sol, como en un coche. Divertida, bajó el que tenía delante de ella y rió en voz alta al ver un espejo pequeño.

Chance recorrió la avioneta, comprobando los detalles una última vez antes de ocupar su asiento y abrocharse el cinturón de seguridad. Se colocó unos auriculares y comenzó a subir interruptores mientras hablaba con la torre de control de tráfico aéreo. El motor tosió y luego arrancó y la hélice del morro comenzó a girar, al principio despacio, luego con creciente velocidad hasta que casi fue una mancha invisible.

Señaló otro par de auriculares y Sunny se los puso.

—Es más fácil hablar así —oyó la voz de él en los oídos—, pero guarda silencio hasta que estemos en el aire.

—Sí, señor —respondió, y Chance le sonrió.

A los pocos minutos habían despegado, mucho más deprisa que un avión comercial. Estar en el pequeño aparato le daba una sensación de velocidad que nunca antes había experimentado, y cuando las ruedas abandonaron la pista, la elevación fue increíble, como si le hubieran brotado alas y se hubiera arrojado al aire. El suelo no tardó en quedar lejos y el vasto y resplandeciente lago se extendió ante ella, con las montañas escarpadas justo por delante.

—Vaya —musitó al tiempo que alzaba una mano para protegerse del sol.

—Hay otro par de gafas en la guantera —dijo él, indicando el compartimiento frente a Sunny.

Ella lo abrió y sacó unas gafas no muy caras pero elegantes, de montura color granate. Era evidente que eran de mujer, y de pronto pensó si estaba casado. Sin duda tendría una novia; no sólo era muy atractivo, sino que parecía una persona agradable. Una combinación difícil de encontrar e imposible de superar.

–¿Son de tu mujer? –preguntó al ponérselas y respirar aliviada cuando desapareció el incómodo fulgor.

–No, una pasajera se las olvidó.

Eso no le aclaraba nada. Decidió ser directa, al tiempo que se preguntaba por qué se tomaba la molestia, ya que en cuanto llegaran a Seattle no volvería a verlo jamás.

–¿Estás casado?

–No –la miró con una leve sonrisa, y aunque no podía captar su mirada a través de las gafas, ella tuvo la impresión de que era intensa–. ¿Y tú?

–No.

–Bien.

3

Chance la observó a través de los cristales oscuros de las gafas para calibrar la reacción a su insinuación verbal. El plan salía mejor de lo que había esperado; se sentía atraída por él y apenas había intentado esconderlo. Lo único que tenía que hacer era aprovecharse de esa atracción y ganarse su confianza, algo que normalmente podría requerir cierto esfuerzo, pero lo que había planeado la colocaría en una situación que no era normal en ninguna acepción de la palabra. Su vida y su seguridad dependerían de él.

Para su leve sorpresa, ella miró al frente y fingió no haberlo oído. Se preguntó si la habría malinterpretado y no se sentía atraída por él. No, lo había observado abiertamente, y según su experiencia, una mujer no miraba con fijeza a un hombre a menos que le resultara atractivo.

Lo que de verdad lo asombraba era lo atractiva que él la encontraba. No había contado con eso, pero la química sexual era un demonio ingobernable que operaba más allá de la lógica. Por las fotografías de la carpeta que había reunido sobre ella, había sabido que era bonita, con brillantes ojos grises y pelo rubio dorado que le llegaba hasta los hombros. Lo que no había captado era lo arrebatadora que resultaba.

La miró otra vez de reojo, en esa ocasión desde una perspectiva únicamente masculina. Tenía una estatura media, aunque era algo más esbelta de lo que a él le gustaba, casi delicada. Casi. Los músculos de sus brazos desnudos, al descubierto gracias a una blusa sin mangas, estaban tonificados y algo bronceados, como si se ejercitara al aire libre. Un buen agente siempre debía mantenerse en buena condición física, de manera que debía esperar que fuera más fuerte de lo que parecía. Su aspecto delicado probablemente pillaba por sorpresa a muchas personas.

No cabía duda de que había sorprendido a Wilkins. Tuvo que contener una sonrisa. Mientras Sunny regresaba a la puerta de embarque a comprobar la situación de su vuelo, que Chance había arreglado para que lo cancelaran, Wilkins le había contado cómo lo había golpeado con el bolso blandiéndolo con un solo brazo, y que la maldita cosa debía de pesar una tonelada, porque casi lo había tirado al suelo.

Por ese entonces, Wilkins y los otros tres, la «señora Fayne» y los dos «agentes» de seguridad se habrían desvanecido del aeropuerto. Se había pedido al verdadero departamento de seguridad que se mantuviera alejado y todo había salido a pedir de boca, aunque Wilkins se quejó por recibir un trato tan rudo. «Primero esa pequeña bruja casi me rompe el brazo con ese bolso y luego tú intentas romperme la espalda», había gruñido, provocando la risa de todos.

¿Qué diablos habría en el bolso? Ella lo había aferrado como si contuviera joyas, sin permitirle que se lo llevara ni siquiera al ir juntos, y sólo a regañadientes dejó que lo guardara en el compartimento del equipaje. Lo asombró su peso; era demasiado pesado para contener la simple muda de ropa requerida para un viaje de un día. Como mínimo pesaría unos treinta kilos, quizá más. Bueno, no tardaría en averiguar lo que había en su interior.

—¿Qué pensabas hacer con ese tipo si lo hubieras atrapado? —preguntó, en parte para que siguiera hablando y estableciera un vínculo con él y en parte por curiosidad. Había perseguido a Wilkins con expresión decidida en la cara.

—No lo sé —repuso con tono lóbrego—. Sólo sabía que no podía dejar que volviera a suceder.

—¿Volviera? —¿es que iba a hablarle de Chicago?

—El mes pasado, un cretino con el pelo teñido de verde me robó el maletín en el aeropuerto de Chicago —golpeó el reposabrazos del asiento—. Era la primera vez que me sucedía algo así en uno de mis trabajos, y que pasara de nuevo un mes más tarde... me habrían despedido. Demonios, yo misma me habría despedido si fuera la jefa.

—¿No atrapaste al tipo de Chicago?

—No. Me encontraba en el mostrador de Maletas Perdidas cuando tiró del maletín, salió por la puerta y desapareció.

—¿Y qué hizo la seguridad del aeropuerto? ¿No intentó atraparlo?

—Bromeas, ¿verdad? —lo miró por encima del borde de las gafas.

—Supongo que sí —rió.

—Perder otro maletín habría sido una catástrofe, al menos para mí, y tampoco habría sido positivo para la empresa.

—¿Sabes siempre lo que hay en los maletines?

—No, y no quiero saberlo. No importa. Alguien podría enviar un kilo de salami, o a su tío muerto, o mil millones de dólares en diamantes... te haces una idea.

—¿Qué pasó cuando perdiste el maletín en Chicago?

—Mi empresa perdió un montón de dinero... más bien, la compañía aseguradora. Lo más probable es que el cliente jamás nos vuelva a llamar o nos recomiende.

—¿Y qué te pasó a ti? ¿Te sometieron a alguna acción disciplinaria? —aunque sabía que no.

—No. En cierto sentido, me habría sentido mejor si me hubieran multado.

«Diablos, es buena», pensó con admiración... eso o decía la verdad y no había tenido nada que ver con el incidente de Chicago. Supuso que era posible, aunque irrelevante. Tuviera o no algo que ver, agradeció lo sucedido, porque de lo contrario jamás se habría fijado en ella y no dispondría de esa pista sobre Crispin Hauer.

Pero no creía que fuera inocente; pensaba que estaba metida hasta el cuello. Sin embargo, era una actriz merecedora de ganar un Oscar... tan buena, que habría podido creer que no sabía nada de su padre, de no ser por el bolso misterioso y su engañosa fuerza. Chance había sido entrenado para encajar detalles en apariencia insignificantes y obtener un cuadro coherente; además, la experiencia lo había vuelto muy cínico. Pocas personas eran tan honestas como querían aparentar, y la gente que más se esforzaba, a menudo era la que más tenía que ocultar. Él mismo era un experto en esconder los negros secretos de su alma.

Se preguntó qué revelaba sobre su propia naturaleza el hecho de que estuviera dispuesto a acostarse con ella como parte del plan para ganarse su confianza, aunque quizá fuera mejor no pensar en ello. Alguien tenía que estar dispuesto a llevar a cabo el trabajo sucio con el fin de proteger a las personas corrientes. El sexo era... simplemente sexo. Parte del trabajo. Incluso era capaz de separar sus emociones hasta el punto de anhelar que llegara el momento de la tarea.

¿A quién quería engañar? Estaba impaciente por meterse entre las sábanas con ella. Sunny, con su cuerpo esbelto y fuerte y el brillo que a menudo iluminaba sus ojos, como si se sintiera en paz consigo misma y el mundo que la rodeaba, lo fascinaba. ¿Cómo podía tener un aspecto tan dulce cuando trabajaba codo a codo con el terrorista más buscado?

Una parte de él, la más importante, la despreciaba por lo que era. No obstante, a su parte animal lo estimulaba el lado peligroso del juego, el reto de llevarla a la cama y convencerla de que confiara en él. Cuando estuviera en su interior, no pensaría en los cientos de personas inocentes que su padre había matado, sólo en la unión de sus cuerpos. No se permitiría pensar en nada más para no correr el riesgo de delatarse. No, le haría el amor como si hubiera encontrado a su alma gemela, porque ése sería el único modo de engañarla.

Y se le daba bien hacer que una mujer creyera que la deseaba más que a nada en el mundo. Sabía cómo conseguir que fuera consciente de él, cómo empujar sin asustarla... lo que lo llevó de vuelta al hecho de que había soslayado por completo su insinuación. Sonrió para sus adentros. ¿Es que creía que eso iba a funcionar?

—¿Quieres cenar conmigo esta noche?

—¿Qué? —se sobresaltó, como si hubiera estado enfrascada en sus propios pensamientos.

—Cenar. Esta noche. Después de entregar el maletín.

—Oh. Pero... se supone que debo entregarlo a las nueve. Será tarde y...

—Y los dos estaremos solos y tendremos que comer. Prometo no morderte. Es posible que lama, pero no morderé.

Lo sorprendió soltando una carcajada.

De todas las reacciones que había anticipado, la risa no era una de ellas. Sin embargo, fue tan libre y auténtica que sonrió en respuesta.

—Eso ha estado bien. Tendré que recordarlo —dijo.

Pasado un momento, cuando no volvió a hablar, se dio cuenta de que volvía a soslayarlo. Movió la cabeza.

—¿Eso funciona con la mayoría de los hombres?

—¿Qué cosa?

—No hacer caso cuando te invitan a salir. ¿Huyen con el rabo entre las piernas?

—No que yo haya notado —sonrió—. Haces que parezca una mujer fatal, que rompe corazones a diestro y siniestro.

—Probablemente lo eres. Sin embargo, los hombres somos duros. Por dentro podemos desangrarnos, pero jamás lo revelaremos. Cena conmigo.

—Eres persistente, ¿verdad?

—Aún no me has contestado.

—De acuerdo... no. Ya está, ahí tienes tu respuesta.

—Equivocada. Prueba otra vez. Sé que estás cansada —añadió con gentileza—, y con la diferencia horaria, las nueve para ti es medianoche. Es sólo una comida, Sunny, no una velada de baile. Eso puede esperar hasta nuestra segunda cita.

—Persistente y confiado —rió—. La respuesta sigue siendo no. No salgo con nadie.

En esa ocasión, más que asombrado quedó aturdido. ¿Es que había calculado tan mal?

—¿Nunca? ¿O sólo con hombres?

—Nunca —hizo un gesto con las manos—. Verás, es por eso por lo que intenté no prestarte atención, no quería ofrecer una explicación que no ibas a aceptar. No, no soy lesbiana, me gustan mucho los hombres, pero no tengo citas. Fin de la explicación.

—Si te gustan los hombres —continuó aliviado—, ¿por qué no sales con ellos?

—¿Lo ves? —demandó con frustración—. No la has aceptado. De inmediato te has puesto a formular preguntas.

—Maldita sea, ¿es que pensaste que lo iba a dejar? Hay algo entre nosotros, Sunny. Lo sé, y tú también. ¿O también piensas soslayar eso?

—Es exactamente lo que voy a hacer.

Chance se preguntó si ella comprendía lo que acababa de reconocer.

—¿Te violaron?

—¡No! —exclamó—. Simplemente... no salgo.

Divertido, él pensó que estaba a punto de perder los estribos. Sonrió.

—Eres bonita cuando te enfureces.

—¿Cómo se supone que voy a seguir furiosa cuando dices cosas como ésa? —rió.

—Ésa es la intención.

—Bueno, ha funcionado. Lo que no ha conseguido es hacerme cambiar de idea —repuso con amabilidad—. Es que... tengo mis motivos. Déjalo estar. Por favor.

—De acuerdo —guardó silencio un momento—. Por ahora —ella soltó un gemido exagerado que le provocó una sonrisa—. ¿Por qué no intentas dormir un poco? —sugirió—. Debes de estar cansada y aún nos queda mucho trayecto.

—Buena idea. No podrás atosigarme si duermo.

Apoyó la cabeza en el respaldo. Chance llevó la mano a la parte de atrás de su asiento y extrajo una manta.

—Toma. Úsala como almohada, o el cuello se te quedará rígido.

—Gracias —se quitó los auriculares y acomodó la manta entre la cabeza y el hombro, luego se dio la vuela para ponerse más cómoda.

Chance dejó que reinara el silencio y de vez en cuando la fue mirando para comprobar si se había quedado dormida. Unos quince minutos más tarde, su respiración se tornó regular. Aguardó unos minutos más, luego desvió el rumbo de la avioneta un poco al oeste, en línea recta hacia el sol poniente.

4

—Sunny —la voz era insistente, un poco difícil de oír, e iba acompañada de una mano en su hombro, que la movía—. Sunny, despierta.

Abrió los ojos y se estiró un poco para aliviar la tensión en la espalda.

—¿Hemos llegado?

Chance señaló los auriculares en su regazo y ella se los puso.

—Tenemos un problema —anunció despacio.

Experimentó un vacío en el estómago y el corazón le dio un vuelco. Pensó que ninguna otra frase podía ser más aterradora cuando se volaba en avión. Respiró hondo para tratar de controlar el pánico.

—¿Qué sucede? —preguntó con voz asombrosamente firme. Giró la cabeza, tratando de ver el problema en el montón de diales de la cabina, aunque no tenía ni idea de lo que significaba cada uno. Luego miró por la ventanilla el paisaje agreste que había debajo de ellos, bañado por las sombras del sol que se ponía—. ¿Dónde estamos?

—En el sudeste de Oregón.

El motor tosió y amagó con pararse. Igual que su corazón. En cuanto captó la interrupción en su ritmo, fue consciente de que el sonido constante del motor se había visto interrumpido varias veces mientras dormía. Su subconsciente había registrado el cambio, pero sin colocarlo en ningún contexto. En ese momento el contexto quedó claro.

–Creo que es la bomba de gasolina –añadió él en respuesta a su primera pregunta.

«Debo mantener la calma». Respiró hondo y sintió como si los pulmones se le hubieran encogido.

–¿Qué vamos a hacer?

–Encontrar un lugar donde aterrizar antes de que se desplome –sonrió con expresión sombría.

Volvió a mirar por la ventanilla, estudiando los riscos, las enormes rocas y los finos arroyos que cortaban el paisaje.

–Mmm, mmm –musitó.

–Sí. Llevo media hora buscando un sitio donde posarnos.

En el equilibrio entre lo positivo y lo negativo, esa situación se decantaba demasiado hacia el lado malo.

El motor volvió a toser. Toda la estructura de la avioneta se sacudió. Igual que su voz cuando preguntó:

–¿Has llamado por radio pidiendo socorro?

–Nos encontramos en medio de una gran zona vacía, entre radiofaros de navegación. He intentado varias veces hablar con alguien, pero sin conseguir respuesta.

–Lo sabía –murmuró–. Tal como ha ido el día, sabía que tendría un accidente si me subía a otro avión.

El tono de su voz hizo que Chance riera, a pesar de la precariedad de la situación. Alargó el brazo y con suavidad le masajeó el cuello, sobresaltándola con su contacto.

–Todavía no hemos caído, y voy a esforzarme para que no lo hagamos. Aunque el aterrizaje quizá sea movido.

Ella no estaba acostumbrada a que la tocaran. Se había habituado a pasar sin el contacto físico que tanto anhelaba la naturaleza humana, con el fin de mantener a la gente a distancia. Chance McCall la había tocado más en una tarde que lo que nadie lo había hecho en los últimos cinco años. La sorpresa de placer casi logró distraerla del momento por el que pasaban... casi. Una vez más observó el implacable paisaje.

–¿Cómo tiene que ser de movido para que se lo pueda calificar de accidente?

–Si sobrevivimos, entonces lo podemos considerar un aterrizaje –volvió a apoyar la mano en los controles y en silencio lamentó la conexión perdida con ella.

La vasta cordillera montañosa se extendía a su alrededor hasta donde alcanzaba la vista. Las posibilidades de salir indemnes eran muy escasas. ¿Cuánto pasaría hasta que encontraran sus cuerpos, si era que alguna vez los descubrían? Sunny cerró las manos y pensó en Margreta. Su hermana, al desconocer lo que había sucedido, pensaría lo peor... y morir en un accidente de aviación no era lo peor. En su dolor, era posible que abandonara su refugio e hiciera algo estúpido que quizá también le produjera la muerte.

Contempló las manos fuertes de Chance, tan diestras y seguras sobre los mandos. Su perfil clásico se perfilaba contra el cielo bermellón, el tipo de crepúsculo que sólo se podía presenciar en los estados del oeste, y sin duda el último que vería. Él sería la última persona que observaría o tocaría, y de pronto se sintió amargamente enfadada por no haber podido llevar el tipo de vida que daba por hecha la mayoría de las mujeres, no haber tenido la libertad de aceptar su invitación para cenar, de coquetear con él y, tal vez, ver el destello de deseo en sus ojos dorados.

Se le habían negado muchas cosas, pero, por encima de todo, se le habían negado oportunidades, y por eso jamás perdonaría a su padre.

El motor tosió otra vez y no recuperó el ritmo tranquilizador. El vacío invadió otra vez su estómago. «Dios, oh, Dios, vamos a caer en picado». Clavó las uñas en las palmas de las manos mientras luchaba por contener el pánico. Nunca antes se había sentido tan pequeña y desvalida, tan frágil. Iba a morir, cuando aún no había vivido.

El aparato se sacudió. Se escoró hacia la derecha y empujó a Sunny con tanta fuerza contra la puerta que su brazo derecho quedó entumecido.

—Ya está —comentó Chance con los dientes apretados y los nudillos blancos mientras se esforzaba por controlar la avioneta. Consiguió estabilizarla—. He de aterrizar ahora, mientras aún mantengo algo de control. Busca el mejor sitio para hacerlo.

¿El mejor sitio? No había ningún mejor sitio. Necesitaban un terreno que fuera relativamente llano y estuviera algo despejado.

Él ladeó un poco el ala derecha para disponer de una mejor vista.

—¿Ves algo? —preguntó Sunny con voz algo trémula.

—Nada, maldita sea.

—Se supone que los pilotos deben decir algo distinto antes de sufrir un accidente —el humor no era gran cosa para enfrentarse a la muerte, pero era lo que siempre había empleado para afrontar los tiempos duros.

Increíblemente, él sonrió.

—Pero todavía no lo hemos sufrido, encanto. Ten un poco de fe. Te prometo que diré las palabras adecuadas si no localizo pronto un lugar adecuado.

—Como no lo encuentres, las diré por ti —prometió con ardor.

Sobrevolaron unos riscos escarpados y ante ellos se abrió un agujero largo y estrecho que parecía una puerta al infierno.

—¡Ahí! —exclamó Chance, bajando el morro de la avioneta.

—¿Qué? ¿Dónde? —se sentó erguida, con una esperanza imposible en su interior, aunque sólo veía ese agujero negro.

—El desfiladero. Ésa es nuestra apuesta.

¿El agujero negro era un desfiladero? ¿No se suponía que los cañones eran grandes? Eso parecía un arroyo. ¿Cómo diablos iba a encajar ahí dentro la avioneta? ¿Qué importaba, cuando era la única posibilidad que tenían? El corazón se asentó en su garganta y Sunny se agarró con fuerza a los reposabrazos del asiento mientras Chance bajaba cada vez más el aparato.

El motor se paró.

Durante un momento sólo oyó el terrible silencio, más ensordecedor que un bramido.

Luego fue consciente del aire que sacudía el fuselaje del avión, un aire que ya no los sustentaba. Oyó los latidos de su propio corazón y el susurro de su aliento. Oyó todo menos lo que más quería oír, el dulce sonido de un motor de avión.

Chance no dijo nada. Todo su ser se concentraba en mantener la avioneta estabilizada y en bajar en dirección a esa larga y estrecha rendija en la tierra. El aparato se sacudió hacia la izquierda y se aproximó tanto a la quebrada cara de la montaña que ella pudo ver la textura de la roca rojiza.

Se mordió el labio hasta que sintió sangre en la boca, luchando contra el terror que amenazaba con estallar en gritos. No podía distraerlo en ese momento, sin importar lo que sintiera. Si moría en ese instante, no quería hacerlo dominada por un pánico desbocado. Miraría a la muerte acercarse a ella, observaría a Chance mientras se afanaba por llevarlos a la seguridad y engañar al sombrío jinete.

Descendieron por debajo del crepúsculo, adentrándose en las sombras negras. Un frío más profundo penetró por las ventanillas y la caló hasta los huesos. No podía ver nada. Se quitó las gafas de sol y vio que Chance había hecho lo mismo. Tenía los ojos entrecerrados, la expresión dura e intensa mientras estudiaba el terreno de abajo.

El terreno se precipitaba hacia ellos. Era bastante llano,

aunque no suave ni despejado. Apoyó los pies contra el suelo, con el cuerpo rígido, como si de esa manera pudiera forzar a la avioneta a mantenerse en el aire.

—Agárrate —dijo con voz serena—. Voy a intentar llegar hasta el lecho de esa corriente. La arena nos ayudará a frenar antes de que golpeemos contra las rocas.

¿Una ribera? Era evidente que interpretaba mejor que ella el terreno. Trató de ver la cinta de agua, pero al final comprendió que estaba seca; el lecho era una línea fina y sinuosa que parecía tan ancha como un coche mediano.

Fue a decirle «Buena suerte», pero no le pareció apropiado. Tampoco «Ha sido un placer conocerte». En última instancia sólo consiguió musitar:

—De acuerdo.

Sucedió deprisa. De pronto dejaron de deslizarse por encima de la tierra. El suelo apareció de pronto y lo golpearon con tanta fuerza que su torso se abalanzó hacia delante para luego volver a caer hacia atrás. Volvieron a elevarse unos momentos cuando las ruedas rebotaron y golpearon el suelo con más dureza. Sunny oyó el chirrido de metal en protesta, después se golpeó la cabeza contra la ventanilla lateral y durante un momento caótico no vio ni oyó nada, simplemente sintió las sacudidas del aparato. Fue incapaz de agarrarse a nada y se agitó como una camisa en una secadora.

Entonces se produjo el bote más duro de todos y creyó que hasta sus dientes se habían desencajado. Con un movimiento enfermizo el avión giró de lado y al final se detuvo. El tiempo y la realidad se astillaron, se separaron y por unos momentos nada tuvo sentido; no sabía dónde se hallaba ni qué había pasado.

Oyó una voz y el mundo retornó a su sitio.

—¿Sunny? Sunny, ¿te encuentras bien? —preguntaba Chance con tono urgente.

Ella intentó recuperar los sentidos, responderle. Aturdida y golpeada, se dio cuenta de que el impacto del aterrizaje la había llevado hasta el límite del cinturón de seguridad, dejándola frente a la ventanilla lateral, con la espalda hacia Chance. Sintió las manos de él y oyó sus maldiciones bajas al soltarle el cinturón de seguridad y reclinarla contra su pecho.

Tragó saliva y al final consiguió recuperar la voz.

–Estoy bien –las palabras salieron como un graznido, pero si podía hablar significaba que estaba viva. Los dos estaban vivos. Una incredulidad jubilosa se inflamó en su pecho. ¡Chance había conseguido aterrizar!

–Hemos de salir de aquí. Puede que haya una pérdida de combustible –empujó la puerta y bajó de un salto, arrastrándola consigo como si fuera un saco de harina.

Si una chispa llegaba hasta la gasolina, el avión y todo lo que había en su interior se incendiaría como una bola de fuego.

Todo lo que había en su interior. Las palabras martillearon en su cerebro como guijarros en una lata y con creciente horror comprendió de qué hablaba Chance. Su bolso seguía en el avión.

–¡Espera! –gritó, y el pánico descargó una nueva oleada de adrenalina por su sistema, devolviéndole la solidez a sus huesos y la fuerza a sus músculos. Se retorció bajo sus manos y aferró el asa de la puerta–. ¡Mi bolso!

–¡Maldita sea, Sunny! –bramó él, tratando de que se soltara–. ¡Olvida el maldito bolso!

–¡No! –se soltó de él y comenzó a subir de nuevo al aparato.

Con una maldición, Chance la sujetó por la cintura y la alzó en el aire para separarla del avión.

–¡Yo sacaré el maldito bolso! ¡Vete de aquí! ¡Corre!

Ella quedó consternada al ver que iba a arriesgar su vida para recuperar el bolso y que a la vez le ordenaba que se pusiera a salvo.

—Yo lo sacaré —afirmó con determinación mientras tiraba del cinturón de Chance—. ¡Vete tú!

Durante una fracción de segundo él se quedó literalmente paralizado y la observó conmocionado. Luego movió la cabeza y sin esfuerzo sacó el bolso. En silencio, Sunny intentó quitárselo, pero él le lanzó una mirada incendiaria y Sunny no dispuso de más tiempo para discutir. Con el bolso en la mano izquierda y sujetándola del brazo con la derecha, la remolcó a la carrera, lejos de la avioneta. Los zapatos de ella se hundían en la tierra blanda y suave, pero se esforzó por permanecer erguida y mantener el paso de Chance.

Se alejaron unos cincuenta metros antes de que él considerara que se hallaban a salvo. Dejó el bolso, se volvió hacia ella como una pantera y le aferró los brazos como si quisiera sacudirla.

—¿En qué diablos piensas? —comenzó con un tono de violencia apenas contenida, pero entonces calló y la observó—. Estás sangrando —soltó. Sacó el pañuelo del bolsillo y lo pegó a la barbilla de Sunny. A pesar de la aspereza de su tono, su contacto fue de una gran gentileza—. Dijiste que no estabas herida.

—No lo estoy —alzó la mano y se pasó el pañuelo por el mentón y la boca. No había mucha sangre—. Me mordí el labio —confesó—. Antes de aterrizar. Para evitar gritar.

—¿Por qué no gritaste?

—No quería distraerte —los temblores empeoraban por segundos; intentó mantenerse firme, pero las extremidades le temblaban como si los huesos se hubieran convertido en gelatina.

Él le alzó la cara y la observó en el crepúsculo. Musitó una maldición salvaje, luego bajó la cabeza y pegó los labios a su boca. A pesar de la violencia que Sunny percibía en él, el beso fue suave, más un saludo que un beso. Contuvo el aliento, embriagada por la ternura de sus labios, el aroma cálido de su piel, la insinuación de su sabor. Cerró las manos sobre su camiseta y se aferró a su fuerza.

—Eso es por ser tan valiente —murmuró al levantar la cabeza—. No podría haber pedido una compañera mejor en un accidente de avión.

—Aterrizaje —corrigió con voz trémula—. Fue un aterrizaje.

Le dio otro beso, en esa ocasión en la sien. Sunny emitió un sonido ahogado y se apoyó en él, con un tipo de temblor diferente. Chance le enmarcó el rostro entre las manos y con los dedos pulgares le acarició con suavidad la comisura de los labios mientras la estudiaba. Le tocó la zona en que se había mordido, luego volvió a besarla y esa vez no hubo nada de suavidad.

El beso la sacudió hasta los cimientos. Fue hambriento, rudo, hondo. Había motivos para no responder a él, pero no los recordó. Le aferró las muñecas y se puso de puntillas para ladear los labios separados contra los suyos, abriendo la boca para la embestida de su lengua. Sabía a hombre y a sexo, una poderosa combinación que se le subió a la cabeza con más rapidez que un whisky fuerte. El calor se expandió desde la entrepierna y los pechos, un calor desesperado que le provocó un gemido bajo.

Él la envolvió con un brazo y la pegó a su cuerpo, moldeándola desde las rodillas hasta los senos mientras los besos se tornaban cada vez más profundos y ardientes. Ella le rodeó el cuello con los brazos y se arqueó, queriendo notar la sensación de su cuerpo musculoso con una urgencia que eliminaba toda razón. Instintivamente empujó las caderas contra las suyas y la evidente erección se hundió en la unión de sus muslos. Sunny gritó de necesidad, en un deseo que ardía a través de cada célula de su cuerpo. La mano de Chance se cerró sobre un pecho y le acarició el pezón a través de la blusa y el sujetador, mitigando e intensificando el ansia que hacía que se inflamaran ante su contacto.

De pronto él apartó la cabeza.

—No me lo creo —susurró. Alzó las manos y separó los brazos de ella para alejarla. Parecía aún más salvaje que momentos antes—. Quédate aquí —ordenó—. No te muevas ni un centímetro. He de comprobar el avión.

La dejó de pie en la arena, en la creciente oscuridad, dominada de pronto por un frío que penetraba hasta los huesos. Privada de su calor, de su fuerza, las piernas le cedieron despacio y se hundió en el suelo.

Chance maldijo en voz baja mientras inspeccionaba el aparato en busca de alguna filtración de combustible y otros daños. Adrede, había hecho que el aterrizaje fuera más duro de lo necesario, y el avión tenía un tren de aterrizaje reforzado además de protección adicional en el depósito de combustible, pero un piloto inteligente no daba nada por hecho. Debía inspeccionarlo, representar su papel.

Pero no quería hacerlo; lo que deseaba era pegarla contra una de esas rocas y levantarle la falda. ¡Maldición! ¿Qué le pasaba? En los últimos quince años había abrazado a muchas mujeres hermosas y mortíferas, y a pesar de que dejaba que su cuerpo respondiera, su mente siempre se había mantenido serena. Sunny Miller no era la más hermosa, bajo ningún concepto; era más diablillo que diosa, con ojos brillantes que invitaban a reír más que a la seducción. Entonces, ¿por qué ansiaba tanto meterse bajo su ropa interior?

El peligro potenciaba las emociones y derribaba las inhibiciones. Habían pasado por una situación extrema, estaban solos, y entre los dos existía una decidida atracción física. Él había orquestado las dos primeras circunstancias; la tercera era una bonificación. Se trataba de una situación de libro de texto; los estudios sobre la naturaleza humana demostraban que, si un hombre y una mujer se juntaban en una situación peligrosa y sólo contaban el uno con el otro, no tardaban en formar vínculos sexuales y emocionales. Chance tenía la ventaja de que sabía que el avión no había corrido ningún peligro de accidente. Sunny creería que se hallaban aislados, mientras que él sabía que no era así. Siempre que le hiciera la señal a Zane, los «rescatarían», aunque no pensaba hacerlo hasta que Sunny confiara en él y le hablara de su padre.

Todo estaba bajo control. Ni siquiera se hallaban en Oregón, como le había dicho. Se encontraban en Nevada, en un cañón estrecho que Zane y él habían explorado y elegido porque se podía hacer aterrizar una avioneta, y, a menos que se dispusiera de equipo para escalar rocas verticales, era imposible salir de él. No estaban cerca de ninguna ruta de vuelo comercial, había desactivado el radiotransmisor para que ningún avión de búsqueda captara su señal. Nadie los localizaría.

Sunny se hallaba completamente bajo su control; pero ella no lo sabía.

La creciente oscuridad imposibilitaba ver gran cosa y era evidente que si el avión tenía que estallar en llamas, ya lo habría hecho. Regresó al sitio donde Sunny se sentaba en el suelo, con las rodillas levantadas y los brazos alrededor de ellas y el maldito bolso cerca. Al acercarse se puso de pie.

—¿Todo bien?

—Todo bien. No hay ningún escape de combustible.

—Bien —logró sonreír—. Sería inútil que pudieras arreglar el depósito si no queda nada de gasolina.

—Sunny... si es un conducto taponado, puedo arreglarlo. Si la bomba se ha estropeado, no podré —decidió hacerle saber de inmediato que quizá no pudieran despegar al día siguiente.

Ella asimiló la información en silencio, al tiempo que se frotaba los brazos para mitigar el frío del aire del desierto. La temperatura descendía en picado cuando bajaba el sol, uno de los motivos por los que había elegido ese sitio. Tendrían que compartir el calor de sus cuerpos para sobrevivir.

Se inclinó y levantó el bolso, maravillándose otra vez de su peso, luego la tomó del brazo para caminar de vuelta al avión.

—Espero que tengas un abrigo en este maldito bolso, ya que lo consideraste tan importante como para arriesgar la vida para recuperarlo —gruñó.

—Un jersey —musitó ella distraída, mirando el cielo despejado con su dosel de estrellas. Las paredes negras del desfiladero se erguían a ambos lados, convirtiendo el lugar en un gran agujero en la tierra—. Estaremos bien —dijo—. Tengo algo de comida y...

—¿Comida? ¿Llevas comida ahí? —indicó el bolso.

—Cosas para una emergencia.

¿Por qué una mujer que estaba a punto de subir a un avión iba a guardar comida en su maleta?

Llegaron al avión y Chance dejó el bolso en la tierra.

—Deja que saque algunas cosas y buscaremos dónde acampar para pasar la noche. ¿Puedes meter algo más en su interior o está lleno?

—Está lleno —afirmó.

Él se encogió de hombros y sacó su propio bolso, donde guardaba las cosas que se suponía que llevaría un hombre en un vuelo chárter: artículos para el aseo y una muda de ropa. El bolso no era importante, pero no parecería adecuado que lo dejara atrás.

—¿Por qué no podemos acampar aquí? —inquirió Sunny.

—Es el lecho de un río. Ahora está seco, pero si llueve en alguna parte de las montañas, podríamos vernos atrapados por la corriente.

Mientras hablaba, sacó una linterna del salpicadero y una pistola del compartimento de la puerta lateral del piloto. La encajó en su cinturón y pasó la manta alrededor de los hombros de ella.

–Tengo algo de agua –extrajo un bidón de plástico que había rellenado con agua–. Esta noche no pasaremos ningún apuro –le entregó la linterna y recogió los dos bolsos–. Abre el camino –instruyó y señaló la dirección que quería.

El suelo del desfiladero era ascendente por un lado; el único terreno llano era el lecho del río. La marcha fue pesada y Sunny se mostró cautelosa con las rocas y las grietas.

Chance deseó que ella se hubiera quejado un poco, que no se mostrara tan agradable. La mayoría de la gente se habría puesto histérica o formularía interminables preguntas acerca de las posibilidades de ser rescatados en caso de no conseguir reparar la avioneta. Sunny no. Se enfrentaba a la situación, igual que lo había hecho en el aeropuerto, con un mínimo de nerviosismo. De hecho, sin ninguno. Se había mordido el labio para no distraerlo mientras aterrizaba.

El cañón era tan estrecho que no tardaron mucho en alcanzar la pared vertical. Chance eligió una zona bastante llana de tierra arenosa de color gris, con unas rocas grandes que formaban una especie de semicírculo.

–Esto nos protegerá algo del viento esta noche.

–¿Y qué me dices de las serpientes? –preguntó, clavando la vista en las rocas.

–Son posibles –dejó los bolsos. ¿Habría encontrado una debilidad que pudiera emplear contra ella?– ¿Les tienes miedo?

–Sólo a las humanas –miró alrededor como si evaluara la situación, luego irguió los hombros. Con un tono casi alegre, añadió–: Establezcamos el campamento para que podamos comer. Tengo hambre.

Se agachó junto a su bolso e introdujo la clave que abría el candado bastante grande que lo protegía. Se abrió con un clic y luego Sunny corrió la cremallera. Chance quedó sorprendido al descubrir que iba a poder averiguar con tanta facilidad qué guardaba en su interior; se agachó a su lado.

–¿Qué tienes? ¿Barras de chocolate?

–Nada tan rico –rió ella entre dientes.

Él le quitó la linterna e iluminó el bolso mientras Sunny iba sacando cosas. No había mentido cuando le dijo que no quedaba sitio para nada más. Colocó en el suelo una bolsa de plástico sellada.

–Barras de nutrición –lo miró–. Saben como cabe esperar de semejantes barras, pero están concentradas. Una barrita al día nos proporcionará todo lo que necesitamos para mantenernos con vida. Tengo una docena.

El siguiente artículo era un teléfono móvil. Al activarlo lo observó con un frágil destello de esperanza en los ojos. Chance sabía que allí no tendría señal, pero no la frenó, ya que algo en su interior anhelaba ver la decepción que sabía que la iba a dominar.

–Nada –ella hundió los hombros y lo apagó. Sin decir otra palabra volvió a concentrarse en la tarea de vaciar el bolso. Apareció una caja de plástico con la conocida cruz roja en la parte superior–. Botiquín de primeros auxilios –murmuró y continuó–: Pastillas para depurar agua. Un par de botellas de agua y de zumo de naranja. Barras de iluminación. Cerillas –enumeró cada cosa a medida que la dejaba sobre el suelo–. Champú, desodorante, pasta dentífrica, toallitas húmedas, cepillo para el pelo, rizador, secador, dos mantas... –calló al llegar al fondo del bolso y empezar a tirar de algo más grande que todo lo anterior–... y una tienda.

Una tienda de campaña. Chance la observó y reconoció que era de supervivencia, lo que la gente almacenaba en los refugios subterráneos en caso de una guerra o un desastre natural... o lo que guardaría alguien que esperaba pasar mucho tiempo a la intemperie.

—Es pequeña —se disculpó ella—. En realidad, es para una persona, pero tenía que conseguir una ligera para que yo pudiera transportarla. Aunque habrá espacio suficiente para que los dos podamos dormir en ella, si no te importa la estrechez.

¿Por qué iba a llevar una tienda de campaña a bordo de un avión, cuando esperaba pasar la noche en Seattle, en un hotel, y luego volver a Atlanta? ¿Por qué alguien iba a llevar un bolso tan pesado cuando podría haberlo facturado? La respuesta era que no quería desprenderse de él, pero Chance aún quería una explicación de por qué lo llevaba.

Algo no encajaba.

Su silencio la ponía nerviosa. Sunny observó el incongruente montón y automáticamente vació el bolso. Se puso el jersey y luego se sentó para enfundarse unos calcetines, después volvió a guardarlo todo. Había algo en la expresión de él que le provocaba escalofríos, una dureza que no había percibido con anterioridad. Recordó la facilidad con la que había capturado al ladrón en el aeropuerto, la fluidez y velocidad mortales con las que se había movido. No se trataba de un piloto corriente, y había quedado aislada con él.

Nada más verlo se había sentido atraída por él, pero no podía dejar que eso la cegara al peligro de bajar la guardia. Estaba acostumbrada a vivir con el peligro, pero ése era diferente y no tenía ni idea de la forma que podía cobrar. Chance podía ser uno de esos hombres bien capacitados para cuidar de sí mismo.

O podía estar en la nómina de su padre.

El pensamiento la heló aún más antes de que se impusiera el sentido común. No, era imposible que su padre pudiera haber preparado algo de lo que había sucedido ese día, imposible que hubiera sabido que iba a estar en Salt Lake City. Estar allí se había debido a la mala suerte. Ni ella sabía que terminaría en aquella ciudad. Si su padre hubiera estado involucrado, habría tratado de alcanzarla en Atlanta o Seattle.

Cuando su mente se desprendió de ese pánico silencioso, recordó el modo en que Chance la había sacado del avión, la manera en que la había cubierto con la manta, incluso la cortesía con que la había tratado en el aeropuerto. Era un hombre fuerte, acostumbrado a estar en vanguardia y a asumir riesgos. «Entrenamiento militar», pensó con un súbito destello de claridad y se preguntó cómo había podido pasar eso por alto. La vida de Margreta y la suya dependían de la precisión con que analizara a la gente, de su constante estado de alerta. Con Chance había bajado tanto la guardia, por la atracción que ejercía sobre ella, que su mente no había funcionado como siempre.

—¿Por qué la llevas? —preguntó al ponerse en cuclillas a su

lado y señalar la tienda–. Y no me digas que pensabas acampar en el vestíbulo del hotel.

No pudo evitarlo. El comentario le pareció tan ridículo que rió entre dientes. Ver el lado gracioso de las cosas era lo que la había mantenido cuerda todos esos años. Una mano grande se cerró en torno a su nuca.

–Sunny –continuó Chance con tono de advertencia–. Dímelo.

Sin dejar de sonreír, ella movió la cabeza.

–Esta noche nos encontramos aislados aquí, pero seguimos siendo desconocidos. Cuando salgamos de esta situación no volveremos a vernos jamás, de modo que no tiene sentido que nos contemos nuestra vida. Tú mantén tus secretos que yo mantendré los míos.

–De acuerdo –suspiró exasperado–. Por ahora. Además, no sé por qué importa tanto. A menos que pueda arreglar el avión, vamos a permanecer aquí mucho tiempo, y el motivo por el que llevas la tienda será irrelevante.

–Eso no es tranquilizador.

–Es la verdad.

–Cuando no aparezcamos en Seattle, alguien nos buscará. La Patrulla de Rescate Aéreo, alguien. ¿Tu avión no lleva uno de esos radiofaros de señales?

–Nos encontramos en un desfiladero –no era necesario que dijera nada más. Cualquier señal quedaría bloqueada por las paredes del cañón.

–Maldición –soltó ella.

En esa ocasión fue él quien rió; movió la cabeza al soltarle el cuello y ponerse de pie.

–¿Es lo peor que puedes decir?

–Estamos vivos. El resultado es tan bueno si pensamos en lo que podría haber pasado, que, en comparación, encontrarnos aislados aquí sólo se merece un «maldición». Quizá logres arreglar el avión –se encogió de hombros–. No tiene sentido desperdiciar palabras feas hasta que sepamos más.

Se inclinó y la ayudó a incorporarse.

–Si no consigo que arranque, te ayudaré con esas palabras. De momento, montemos la tienda antes de que la temperatura siga bajando.

–¿Qué te parece si encendemos un fuego?

–Mañana iré a buscar madera... si la necesitamos. Esta noche podemos pasar sin una hoguera, y no quiero desperdiciar las pilas de la linterna. Como tengamos que quedarnos algún tiempo, vamos a necesitarla.

–Tengo las barras de iluminación.

–También las reservaremos. Por las dudas.

Juntos montaron la tienda en unos momentos. Aunque limpiaron el suelo de piedras, no iban a gozar de una cama cómoda para la noche.

Al terminar, Sunny la observó con recelo. Era bastante larga para Chance, pero... midió mentalmente el ancho de sus hombros, luego el de la tienda. Iba a tener que dormir de costado toda la noche... o encima de él.

El calor que la recorrió le indicó qué opción prefería. El corazón le palpitó con más fuerza al pensar en la intimidad forzada que compartirían, en estar pegada a su cuerpo fuerte y cálido, quizá incluso en dormir en sus brazos.

Sin embargo, él no realizó ninguna insinuación, a pesar de que al mirar la tienda debió de llegar a la misma conclusión que ella. Se inclinó para recoger la bolsa con las barritas de nutrición y dijo:

–Sabía que esta noche ibas a aceptar cenar conmigo.

Ella rió, encantada por su tacto y su sentido del humor, y en ese momento se enamoró un poco de él.

Tendría que haberse sentido alarmada, pero no fue así. Sí, eso la volvía emocionalmente vulnerable, pero juntos habían pasado por una experiencia aterradora y en ese instante necesitaba un ancla emocional. Hasta entonces no había descubierto nada en él que no le gustara, ni siquiera esa insinuación de peligro que no dejaba de sentir. Algo que, en esa situación, era positivo.

Comieron una barrita y bebieron un poco de agua. Luego guardaron todo en el bolso menos dos mantas. No tenían que preocuparse de la presencia de osos, ya que en esa parte del país sólo debía de haber coyotes. Pero en principio su bolso era indestructible; aunque supuso que lo descubriría si aparecía algún coyote, ya que no había sitio en la tienda para guardarlo.

Chance comprobó el dial luminoso de su reloj.

—Todavía es temprano, pero tendríamos que meternos en la tienda para reservar nuestro calor corporal y no quemar calorías intentando mantenernos templados aquí afuera. Extenderé esta manta en el suelo y usaremos las dos tuyas para taparnos.

Por primera vez ella se dio cuenta de que sólo llevaba puesta la camiseta.

—¿No sería mejor que sacaras la chaqueta del avión?

—Es demasiado abultada para ponérmela en la tienda. Además, no siento tanto como tú el frío. Estaré bien sin ella —se sentó y se quitó las botas, las metió en el interior de la tienda y luego entró a gatas con la manta. Sunny se desprendió de los zapatos y se alegró de tener puestos los calcetines—. De acuerdo, pasa —indicó él—. Primero los pies.

Le entregó los zapatos, luego se sentó y entró como él le indicó. Estaba tendido de costado, lo cual le brindó espacio para moverse, pero le costó mantener la falda baja al tiempo que trataba de no subir la manta al acomodarse. Chance bajó la cremallera de las puertas de la tienda, se quitó la pistola del cinturón y la dejó junto a su cabeza. Sunny contempló la enorme pistola automática; no era una experta en armas, pero sabía que era de gran calibre, o bien una 45 o una 9 milímetros. Las había probado, pero le resultaban pesadas, por lo que había optado por una de calibre inferior.

Él ya había desplegado las mantas y las tenía preparadas para cubrirlos. Sunny pudo sentir su calor corporal en aquel espacio reducido.

Ambos se movieron, tratando de ponerse cómodos. Debido a lo grande que era, intentó cederle todo el espacio que pudo. Se puso de costado y dobló el brazo bajo la cabeza, aunque aún seguían tropezando entre sí.

—¿Lista? —preguntó.

—Lista.

Apagó la linterna. La oscuridad fue completa, como en la profundidad de una cueva.

—Gracias a Dios que no soy claustrofóbica —respiró hondo. El aroma de él le llenó los pulmones.

—Piensa que te encuentras a salvo —murmuró Chance—. La oscuridad puede proporcionar sensación de seguridad.

Se dio cuenta de que se sentía a salvo. Por primera vez en su memoria tenía la certeza de que nadie salvo el hombre que había a su lado sabía dónde se encontraba. No era necesario que comprobara las cerraduras, que buscara salidas alternativas. No tenía que preocuparse de que la siguieran o de que le pincharan el teléfono o de cualquiera de las otras cosas que podían pasar. La preocupaba Margreta, pero debía pensar de manera positiva. Al día siguiente, Chance descubriría que el problema era un conducto taponado, lo limpiaría y concluirían su viaje. Sería demasiado tarde para entregar el paquete en Seattle, aunque teniendo en cuenta lo sucedido, le importaba bien poco. Estaba profundamente agradecida de que se encontraran de una pieza y relativamente cómodos. Intentó cambiar de postura. El suelo era tan duro como una roca.

De pronto se sintió cansada. Los acontecimientos del día

al final empezaban a pasarle factura. Bostezó e inconscientemente trató de encontrar una postura más cómoda, volviéndose para apoyar la cabeza en el otro brazo. El codo chocó con algo muy sólido y Chance gruñó.

–Lo siento –musitó. Terminó de moverse y sin darse cuenta lo golpeó con una rodilla–. El espacio es tan reducido que tendré que dormir encima –oyó sus propias palabras y conmocionada comprendió que las había dicho en voz alta. Abrió la boca para volver a disculparse.

–O podría ser yo quien estuviera encima.

Las palabras de él la frenaron en seco. Contuvo el aliento y no fue capaz de soltarlo. La voz profunda pareció reverberar en la oscuridad y en su conciencia. De repente notó todos y cada uno de los centímetros de él, la promesa sensual de su voz. El beso podía achacarlo a una simple reacción; el peligro a veces obraba como un afrodisíaco. Pero eso no era una reacción; era deseo, cálido y curioso.

–¿He oído un no?

Los pulmones de ella volvieron a funcionar.

–No he dicho nada.

–A eso me refería –sonó divertido–. Creo que esta noche no tendré suerte.

–Supongo que no –repuso, más segura de sí misma–. Ya has agotado tu ración de suerte para un día.

–Volveré a intentarlo mañana –ella contuvo una carcajada–. ¿Eso significa que no te he asustado?

Pensó que, como mínimo, debería sentirse cautelosa. Pero no sabía por qué no se sentía alarmada. De hecho, se sentía muy tentada.

–No, no estoy asustada.

–Bien –bostezó–. Entonces, por qué no te quitas ese jersey y me dejas usarlo como almohada, y tú usa mi hombro. Los dos estaremos más cómodos.

El sentido común le indicó que él tenía razón, y también que sería buscarse problemas dormir en sus brazos. Confiaba en que Chance se comportara, pero no estaba tan segura de sí misma. Era sexy, la hacía reír, era fuerte y capaz, con un leve matiz perverso. Incluso era un poco peligroso. ¿Qué más podía querer una mujer?

Posiblemente eso fuera lo más peligroso de él, lo que hacía que lo deseara. No le había costado resistir a otros hombres, marchándose sin siquiera mirar atrás. Pero Chance conseguía que añorara las cosas que se había negado a sí misma, la hacía ser consciente de lo sola que se hallaba.

—¿Estás seguro de que puedes confiar en que yo me comporte? —preguntó ella medio en broma—. No quería decir eso de estar encima. Estaba adormilada y se me escapó.

—Creo que podré manejarte si despiertas. Además, te quedarás dormida en cuanto dejes de hablar.

—Lo sé —bostezó—. Me caigo, si disculpas la terminología.

—No nos caímos, aterrizamos. Vamos, quítate el jersey y luego podrás dormir.

No había espacio para sentarse, de modo que la ayudó a quitárselo. Lo enrolló y lo acomodó bajo la cabeza, luego, con suavidad, como si temiera asustarla, la atrajo hacia su lado derecho. Ella puso la cabeza en el hueco de su hombro.

La postura era sorprendentemente confortable. Pasó el brazo derecho por su torso, ya que no había ningún otro sitio donde ponerlo. Bueno, había otros, pero ninguno parecía seguro. Además, le gustaba sentir sus palpitaciones bajo la mano. Satisfacía su instinto primitivo, el deseo de no estar sola por la noche.

—¿Cómoda? —preguntó él en voz baja.

—Mmm.

Con la mano izquierda Chance tiró de una de las mantas y la cubrió hasta los hombros. Envuelta en una atmósfera de calidez y oscuridad, ella se rindió al absoluto placer de yacer junto a él. Los pechos, aplastados contra su costado, se contrajeron de placer y los pezones le vibraron, diciéndole que se habían endurecido. Se preguntó si él podría sentirlos. Quiso frotarse contra su cuerpo para intensificar la sensación, pero se quedó muy quieta y se concentró en el ritmo de sus latidos.

Al besarla le había tocado los pechos. Quería volver a experimentar eso, sentir su mano dura sobre su piel desnuda. Lo deseaba, anhelaba su contacto, su sabor y tenerlo dentro. La fuerza de su deseo físico era tan poderosa que sintió dolor por el vacío.

«Si no salimos de aquí mañana», pensó con desesperación justo antes de dormirse, «estaré debajo de él antes de que el sol vuelva a ponerse».

Sunny se hallaba acostumbrada a despertarse de inmediato cuando algo la perturbaba; en una ocasión, el tubo de escape de un coche había provocado en la calle un ruido parecido a un estallido, y ella había sacado la pistola de debajo de la almohada y saltado de la cama antes de que el ruido hubiera desaparecido por completo. Había aprendido a dormir cuando podía, porque jamás sabía cuándo tendría que huir para salvar la vida. Podía contar con los dedos de una mano las noches desde que dejó de ser niña en que había dormido sin despertar.

Pero despertó en los brazos de Chance consciente de que había dormido toda la noche; de un modo muy básico, su presencia la había tranquilizado. Allí se encontraba a salvo y muy relajada. La mano de él le acariciaba despacio la espalda; eso era lo que la había despertado.

Durante la noche se le había subido la falda, y en ese momento la tenía alrededor de la cintura. Sus piernas se encontraban entrelazadas. No estaba completamente encima de él, aunque faltaba poco. Tenía la cabeza apoyada en su torso en vez de en el hombro, y bajo el oído le llegaba el firme palpitar de su corazón.

El movimiento lento de su mano continuó.

—Buenos días —saludó él con voz ronca por el sueño.

—Buenos días —no quería levantarse, pero sabía que tenía que hacerlo. La luz de la mañana se filtraba a través de la tela de la tienda, bañándolos con un resplandor dorado.

Chance debería inspeccionar la bomba de gasolina para que pudieran despegar y entablar contacto por radio con alguien lo más pronto posible. Sabía lo que debía hacer, pero no se movió, satisfecha con vivir el momento.

Él le tocó el pelo y le levantó un mechón.

—Podría acostumbrarme a esto —murmuró.

—Ya has dormido con otras mujeres antes.

—Pero no contigo.

Quiso preguntarle en qué era diferente; sin embargo, prefirió no saberlo. Nada bueno podía salir de esa veloz atracción, porque no podía permitirlo. Debía creer que sería capaz de arreglar el avión, que en cuestión de horas se separarían y nunca más volvería a verlo. Eso fue lo único que le dio fuerzas para apartarse de él y arreglarse la ropa, apartarse el pelo de la cara y abrir la tienda.

El frío aire de la mañana irrumpió en el interior.

—Vaya —dijo—. Un poco de café caliente nos vendría bien, ¿verdad? No llevarás café instantáneo en el avión, ¿no?

—¿Quieres decir que no has metido café en ese bolso de supervivencia? —aceptó la actitud de ella y no prosiguió con la conversación provocativa de antes.

—No, sólo agua —salió a gatas y a través de la abertura él le pasó los zapatos y el jersey. Se los puso con rapidez.

Después siguieron las botas de Chance y a continuación él. Se sentó en el suelo y se calzó las botas.

–Maldición, hace frío. Iré a buscar la chaqueta a la avioneta. Yo me ocuparé de mis necesidades allí, y tú dirígete al otro lado de esas rocas. No debería de haber ninguna serpiente tan temprano, pero mantén ojo avizor.

Sunny sacó algunas toallitas de papel del bolsillo de la falda y comenzó a rodear las rocas. Diez minutos más tarde, después de haber satisfecho la llamada de la naturaleza, se lavó la cara y las manos con unas toallitas húmedas, y después se cepilló los dientes y el pelo. Sintiéndose más humana y capaz de enfrentarse al mundo, se tomó un momento para echar un vistazo al desfiladero.

Realmente era una rendija en la tierra, de no más de cincuenta metros de ancho. Más o menos a quinientos metros de distancia se ensanchaba un poco, pero la marcha era mucho más ardua. El lecho de la corriente era el único lugar donde podrían haber aterrizado a salvo. Justo más allá del punto más ancho, el cañón se desviaba hacia la izquierda, de modo que no supo qué extensión tenía. El suelo se hallaba lleno de piedras grandes y pequeñas y moteado de maleza. El terreno mostraba unos surcos profundos donde la lluvia había descendido por las paredes para dirigirse hacia la corriente.

Todas las tonalidades del rojo se encontraban representadas en la tierra y la roca, desde el ocre hasta el bermellón, pasando por un rosa arenoso. El color de la maleza era pálido y seco, como si lo hubiera aclarado el sol.

Ellos parecían ser las únicas criaturas vivas allí. No oyó el trinar de ningún pájaro ni el sonido de insectos. Tenía que haber algo de vida silvestre, como lagartijas y serpientes, lo cual significaba que habría algo para comer, aunque en ese momento la inmensa soledad resultaba casi abrumadora.

Al mirar en dirección al avión, vio que Chance ya inspeccionaba su interior. Metió las manos frías en los bolsillos de la rebeca y caminó hacia él.

–¿Quieres comer algo?

–Preferiría guardar la comida hasta que averigüe cuál es el problema –le sonrió–. No es mi intención ofenderte, pero no quiero comer otra de esas barritas a menos que sea absolutamente necesario.

–Y si logras que volvamos a despegar, crees que podrás aguantar hasta aterrizar en el aeropuerto.

–Bingo.

–Yo tampoco he comido una –confesó. Se acercó para observar qué hacía.

Comprobaba los conductos de gasolina, con la cara concentrada que ponían los hombres cuando realizaban trabajos mecánicos. Sunny se sintió inútil; podría haberlo ayudado si hubiera estado trabajando en un coche, pero no sabía nada de aviones.

–¿Puedo echarte una mano en algo? –preguntó al final.

–No, es sólo cuestión de sacar los conductos de la gasolina y comprobar si tienen algún tapón.

Esperó unos minutos más, pero el proceso pareció más tedioso que interesante, y comenzó a sentirse nerviosa.

–Creo que iré a explorar un poco.

–Mantente a distancia de grito –aconsejó él distraído.

La mañana, aunque fresca, empezaba a calentarse por momentos a medida que el sol inflamaba el aire del desierto. Caminó con cuidado, mirando dónde ponía el pie, porque una torcedura de tobillo podía significar la diferencia entre la vida y la muerte si tenía que correr. Pensó que algún día un esguince sólo representaría una molestia. Que algún día sería libre.

Alzó la vista al cielo azul y respiró hondo. Se había esforzado en retener la alegría en la vida. Margreta no llevaba las cosas tan bien, pero ya tenía que cuidar de su corazón débil, que, así como se podía controlar con medicación, representaba tomar ciertas precauciones. Si alguna vez la encontraban, su hermana carecía de su habilidad para desaparecer de vista, ya que de vez en cuando tenía que ir a ver a su médico para que le diera una nueva receta. Si se veía obligada a buscar un médico nuevo, eso significaría pruebas nuevas y mucho dinero.

Era el motivo por el que jamás la veía. Era más seguro si no estaban juntas, por si alguien buscaba a unas hermanas. Ni siquiera tenía el número de teléfono de Margreta. Era ésta quien la llamaba una vez a la semana al teléfono móvil, a una hora establecida, siempre desde una cabina distinta. De esa manera, si capturaban a Sunny, no dispondría de información que sus captores pudieran sonsacarle, ni siquiera con drogas.

Tenía cuatro días hasta que Margreta la llamara. Si no contestaba al teléfono, o si su hermana no llamaba, cada una debería suponer que la otra había sido descubierta. Si Sunny no respondía, Margreta escaparía de su escondite, porque con investigar a la compañía telefónica podrían deducir su paradero hasta la ciudad adecuada. Sunny no soportaba pensar en lo que podría suceder en ese caso; Margreta, dominada por el dolor y la furia, era capaz de olvidarse de la cautela y buscar venganza.

Cuatro días. El problema tenía que ser un conducto taponado. No podía ser otra cosa.

Atenta a la advertencia de Chance, Sunny no se alejó mucho. La verdad era que había poco que mirar, sólo tierra, rocas y maleza, y esas paredes verticales. El desierto tenía una belleza salvaje y solitaria que sabía apreciar más cuando no se hallaba perdida en él.

A medida que se calentaba el día, los reptiles comenzaron a despertar. Al acercarse vio que una lagartija marrón se metía en una grieta. Un ave que no reconoció bajó para atrapar a un insecto y volver a emprender el vuelo en libertad. Empezó a sentir hambre; un vistazo a su reloj le indicó que llevaba caminando por el cañón más de una hora. ¿Por qué tardaba tanto Chance? Si había un atasco en los conductos, ya debería de haberlo localizado.

Emprendió el regreso hacia el avión. Podía ver a Chance delante del motor, lo que significaba que probablemente no había encontrado nada. Experimentó una punzada fría de miedo, pero se negó a pensar en problemas. Se enfrentaría a las cosas a medida que fueran surgiendo, y si Chance no podía reparar la avioneta, entonces tendrían que encontrar otro modo de salir del desfiladero. No había explorado muy lejos; quizá el otro extremo estuviera abierto y simplemente pudieran salir a pie. No sabía a cuánta distancia se hallaban de una ciudad, pero estaba dispuesta a realizar el esfuerzo.

Al aproximarse, Chance alzó la mano para indicarle que la había visto, luego se concentró otra vez en el motor. Sunny admiró el modo en que la camiseta se pegaba a los músculos de su espalda y hombros. «El vaquero tampoco está mal», pensó al observar sus nalgas y largas piernas.

Algo se movió en la arena cerca de los pies de él.

Pensó que se iba a desmayar. Entornó los ojos hasta que pudo ver a la serpiente, peligrosamente cerca de su bota izquierda. Le dio un vuelco el corazón.

No tuvo sensación ni conocimiento de movimiento; el tiempo cobró una viscosidad de sirope. Lo único que supo fue que la serpiente se hacía más y más grande. Chance giró la cabeza para mirarla y se apartó del avión y casi la pisa. La serpiente echó la cabeza atrás y la mano de Sunny se cerró sobre su cuerpo, sorprendentemente cálido y suave, y arrojó la terrible cosa lo más lejos que pudo. Quedó brevemente perfilada contra una roca, luego se escabulló entre unos arbustos y se perdió de vista.

–¿Te encuentras bien? ¿Te ha mordido? ¿Estás herido? –no pudo dejar de farfullar mientras se arrodillaba y le palmeaba las piernas en busca de algún rastro de sangre, un desgarro en los vaqueros, cualquier cosa que le indicara que lo había mordido.

–Estoy bien. Estoy bien. ¡Sunny! No me ha mordido –la puso de pie y la agitó un poco para captar su atención–. ¡Mírame! Estoy bien.

–¿Seguro? –no parecía poder dejar de tocarlo, palmearle el pecho, sentir su cara, aunque sabía que la serpiente no habría sido capaz de llegar hasta allí. Tampoco podía dejar de temblar–. Odio las serpientes –manifestó con voz trémula–. Me aterran. La vi... justo al lado de tu pie. Estuviste a punto de pisarla.

—Sss —murmuró, abrazándola—. Está bien. No ha pasado nada.

Le agarró la camisa y enterró la cara en su torso. Su olor, ya tan familiar y en ese momento con un poco de grasa, la reconfortó. Su corazón palpitaba con naturalidad, como si nada hubiera pasado. Realmente era sólido como una roca.

—Oh, Dios mío —susurró ella—. Ha sido terrible —alzó la cabeza y lo miró con expresión consternada—. ¡Arghh! ¡La he tocado! —mantuvo la mano alejada de los dos—. Suéltame, he de ir a lavarme.

La soltó y ella corrió cuesta arriba hacia la tienda, donde estaban las toallitas húmedas. Sacó una y con vigor se frotó la palma de la mano y los dedos.

Chance reía en voz baja al seguirla.

—¿Qué sucede? Las serpientes no tienen piojos. Además, ayer me dijiste que no las temías.

—Mentí. Y no me importa lo que tengan, no quiero ver a ninguna cerca de mí —satisfecha de haberse lavado, suspiró.

—En vez de caer como un halcón —comentó él—, ¿por qué no me lo advertiste con un grito?

—No pude —gritar jamás se le había pasado por la cabeza. Toda su vida la habían enseñado a no gritar en momentos de tensión o peligro, porque ello delataría su posición. La gente normal podía gritar y chillar, pero a ella jamás le habían permitido ser normal.

Él le alzó la cara con un dedo bajo el mentón. La estudió largo rato y algo oscuro se movió en sus ojos; luego la acercó y bajó la cabeza.

Su boca fue fiera y hambrienta, la lengua curiosa. Sunny se hundió débilmente contra él, se agarró a sus hombros y le devolvió el beso con igual pasión. Y más. Sintió como si siempre hubiera tenido hambre, que jamás la habían alimentado. Bebió de la misma vida desde su boca y buscó más.

Las manos de Chance no paraban de recorrerla, por sus pechos, su trasero, alzándola contra la dura protuberancia entre sus piernas. Saber que la deseaba la llenaba con una profunda necesidad de conocer más, de sentir todo lo que siempre se le había negado. No sabía si habría sido capaz de detenerse, pero fue él quien rompió el beso. Apartó la cabeza y permaneció con los ojos cerrados y expresión sombría en la cara.

—¿Chance? —preguntó insegura.

Él gruñó algo en voz baja. Luego abrió los ojos y la miró con furia.

—No puedo creer que pare por segunda vez —expresó con frustración—. Para que lo sepas, no soy tan noble... —respiró hondo—. No es un conducto taponado. Debe ser la bomba. Necesitamos hacer otras cosas. No podemos permitirnos el lujo de perder más luz de día.

Margreta. Sunny se mordió el labio y contuvo un gemido de pesar. Lo miró fijamente y entre los dos flotó la sombra del peligro de la situación.

Aún no estaba vencida. Disponía de cuatro días.

—¿Podemos caminar?

—¿En el desierto? ¿En agosto? —levantó la vista hasta el borde del cañón—. Dando por hecho que podremos salir de aquí, deberíamos caminar por la noche y encontrar refugio por el día. Por la tarde la temperatura superará los cuarenta grados.

Ya estaba asada de calor con el jersey puesto. O quizá sólo fuera el deseo frustrado, pues no había notado el calor hasta ese momento. Se quitó la rebeca y la guardó en el bolso.

—¿Qué hemos de hacer?

Él la miró con admiración.

—Iré a reconocer el terreno. No podemos salir por este lado del cañón, pero quizá haya una salida en el otro extremo.

—¿Qué quieres que haga yo?
—Busca ramas, palos, hojas, cualquier cosa que arda. Recoge todo lo que puedas.

Partió en la dirección que Sunny había seguido antes y ella fue en la opuesta. La maleza se tornaba más densa en el extremo del desfiladero y allí sería más probable que encontrara madera. No quiso pensar en que quizá se quedaran mucho tiempo. Si no conseguían salir del cañón, al final terminarían por agotar sus escasos recursos y morirían.

Odiaba mentirle. La expresión de Chance era seria al caminar. Le había mentido a terroristas, maleantes y jefes de estado sin sentir el más leve remordimiento, pero cada vez le costaba más mentirle a Sunny. En el fondo de su ser protegía un intenso núcleo de honestidad, esa parte de él que sólo compartía con su familia. Pero Sunny no era lo que había esperado. Empezaba a sospechar que no trabajaba con su padre. Era demasiado... «galante» fue la palabra que brotó en su mente. Los terroristas no eran galantes. En su opinión, estaban locos o eran amorales. Sunny no era ninguna de esas dos cosas.

El episodio con la serpiente lo había agitado más de lo que dejó que ella viera. No por la propia serpiente... llevaba puestas las botas y como no había oído el sonido del cascabel, sospechaba que no había sido venenosa... sino por la reacción de ella. Jamás olvidaría la expresión que había tenido, lanzándose como un ángel vengador con el rostro pálido y expresión decidida. Ella misma había reconocido que las serpientes la aterraban; sin embargo, no había vacilado. ¿Qué clase de coraje había necesitado para alzarla con la mano desnuda?

Luego estaba el modo en que lo había tanteado en busca de una mordedura. Salvo con algunas personas, o durante los momentos de sexo, debía luchar para tolerar que lo tocaran.

Había aprendido a aceptar el afecto de su familia y le encantaba jugar con sus sobrinos, pero su familia había sido una excepción. Hasta ese momento. Hasta Sunny. Cerró la mano al recordar la sensación de su pecho en la palma de la mano, la magnífica resistencia que era al mismo tiempo suave y firme. Anhelaba sentir su piel, probarla. Quería desnudarla y colocarla debajo de él, y anhelaba hacerlo a plena luz del día para poder observar el placer en sus brillantes ojos.

Si no era quien era, la llevaría al sur de Francia, o tal vez a una isla del Caribe, a cualquier sitio donde pudieran tumbarse desnudos en la playa y hacer el amor al sol. A cambio, tenía que seguir mintiéndole porque, trabajara o no con su padre, eso no cambiaba el hecho de que era la clave para localizarlo.

No podía modificar el plan en ese momento. No podía «reparar» de repente el avión. No, debía seguir con la estrategia planeada, porque el objetivo era demasiado importante para abandonarlo, y tampoco podía correr el riesgo de que ella estuviera metida hasta las orejas.

Llegó al extremo opuesto del desfiladero y se cercioró de que nada había cambiado desde que Zane y él estuvieron allí. Ningún desprendimiento de tierra había abierto una salida. El goteo de agua seguía deslizándose por la roca. Vio huellas de conejos, aves, cosas que podían comer. Matarlos con la pistola sería fácil; pero tendría que construir algunas trampas y así ahorrar munición para emergencias.

Todo estaba tal como lo había dejado. El plan funcionaba. La atracción física que existía entre ellos era fuerte; Sunny no lo resistiría mucho más tiempo, quizá nada. Ciertamente, antes no había intentado pararlo. Y después de que fueran amantes... bueno, a las mujeres se las engañaba con facilidad con el placer sexual, con los lazos de la carne. Conocía el poder del sexo, sabía cómo emplearlo para que confiara en él.

Deseó poder confiar en ella, ya que entonces todo sería más sencillo, pero conocía demasiado la capacidad de mal que anidaba en el alma humana y esa cara bonita no significaba que detrás hubiera una persona bonita.

Cuando consideró que había pasado suficiente tiempo para haber reconocido todo el desfiladero, regresó. Vio que ella aún recogía ramas. Al acercarse alzó la vista y la esperanza iluminó su expresión.

—Es un cañón cerrado —movió la cabeza—. No hay salida —expuso sin rodeos—. La buena noticia es que en el otro extremo hay agua.

Ella tragó saliva y sus ojos reflejaron angustia.

—¿Tampoco podemos escalarlo?

—Es roca vertical —miró alrededor—. Debemos acercarnos al agua, por simple comodidad. Hay un saliente que nos protegerá del sol y el terreno es más arenoso, de modo que será más cómodo.

En silencio ella asintió y comenzó a plegar la tienda. Lo hizo con eficacia, sin desperdiciar movimientos, pero Chance vio que luchaba por mantener el control. Le acarició el brazo.

—Todo irá bien —le aseguró—. Tenemos que aguantar hasta que alguien vea nuestro humo y venga a investigar.

—Estamos en medio de ninguna parte —musitó ella—. Tú mismo lo dijiste. Y sólo dispongo de cuatro días hasta...

—¿Hasta qué? —preguntó cuando calló.

—Nada. No importa —miró ciegamente el cielo.

«¿Cuatro días hasta qué?», se preguntó Chance. «¿Qué iba a suceder? ¿Tenía que intervenir en algo? ¿Se había planeado un ataque terrorista? ¿Seguiría adelante sin ella?».

La curva del cañón tenía una extensión aproximada de ochocientos metros y el ángulo le daba más sombra que el lugar donde habían aterrizado. Trabajaron con rapidez y trasladaron el campamento. Sunny intentó mantener la mente en blanco, sin pensar en Margreta, para concentrarse en lo que la ocupaba en ese momento.

Era mediodía y tenían el sol justo sobre sus cabezas. El calor resultaba abrasador y la sombra del saliente tan agradable que ella suspiró de alivio cuando llegaron a ese refugio. Era más grande de lo que había sospechado y el sol jamás penetraría en él. La roca se curvaba hasta una altura de algo más de un metro en el fondo, pero la abertura era lo bastante alta como para que Chance pudiera permanecer de pie sin golpearse la cabeza.

—Esperaré hasta que refresque más para descansar —dijo él—. No sé tú, pero me muero de hambre. Tomemos ahora media de tus barritas de nutrición e intentaré cazar un conejo para la cena.

Sunny había perdido el apetito, pero sacó una de las barritas y la partió por la mitad, aunque ocultó el hecho de que la mitad de Chance era más grande que la suya. Él era mayor y necesitaba más. Comieron el alimento espartano de pie.

—Bebe toda el agua que quieras —instó él—. El calor te deshidrata incluso a la sombra.

Obediente, ella consumió una botella; la necesitaba para bajar la barrita de nutrición. Cada mordisco le había parecido que se tornaba más y más grande en su boca, dificultándole tragar. Al final se la terminó a mordiscos pequeños.

Después de comer, Chance estableció un círculo pequeño de rocas, amontonó ramas y hojas y encendió un fuego. Al rato una fina columna de humo salía por el cañón. No tardó más de cinco minutos en hacerlo, pero cuando regresó a la protección del saliente tenía la camisa empapada en sudor.

Ella le pasó una botella de agua, que Chance se bebió con ganas al tiempo que alargaba un brazo y la tomaba por la cintura. La acercó y le dio un beso en la frente. Ella lo rodeó con los brazos, desesperada por recibir su fortaleza. Hacía tiempo que no tenía en quién apoyarse; siempre había tenido que ser ella la fuerte. Y por primera vez no sabía qué hacer.

—He de pensar en algo —dijo en voz alta.

—Sss. Lo único que hemos de hacer es mantenernos vivos. Eso es lo más importante.

Tenía razón, desde luego. En ese momento no podía hacer nada sobre Margreta. El día anterior ese maldito desfiladero les había salvado las vidas, pero se había convertido en una prisión de la que no podía escapar. Debía jugar la mano que había recibido y no dejar que la depresión la debilitara. Tenía que esperar que Margreta no hiciera ninguna tontería y que se ocultara en alguna parte. No sabía cómo volvería a encontrarla, pero podría ocuparse de eso si sabía que su hermana estaba viva y a salvo.

—¿Tienes familia que vaya a preocuparse por ti? —le preguntó él.

«¡Dios, eso había ido al corazón!». Movió la cabeza. Sí tenía familia, pero Margreta no se preocuparía; simplemente asumiría lo peor.

—¿Qué me dices de ti? —preguntó, dándose cuenta de que se había enamorado un poco de él y desconocía todo sobre su situación.

Respondió con un gesto negativo de la cabeza.

—Vayamos a sentarnos —se dejaron caer en el suelo—. Esta tarde sacaré dos de los asientos del avión. En respuesta a tu pregunta, no, no tengo a nadie. Mis padres están muertos y no tengo hermanos. Hay un tío en alguna parte, por el lado de mi padre, y mi madre tenía unos primos, pero nunca nos mantuvimos en contacto.

—Es triste. La familia debería de mantenerse unida. ¿Dónde creciste?

—Aquí y allá. Mi padre no era conocido por su capacidad para retener un trabajo. ¿Y tus padres?

Ella guardó silencio un rato, luego suspiró.

—Fui adoptada. Eran buenas personas. Aún los echo de menos —trazó unas líneas en la tierra con el dedo—. Al no aparecer anoche en Seattle, ¿crees que alguien habrá avisado a las autoridades?

—Probablemente ya nos estén buscando. El problema es que primero lo harán por la zona donde deberíamos de haber estado según mi plan de vuelo.

—¿Nos desviamos? —preguntó en voz baja. La situación no paraba de empeorar.

—Nos desviamos al buscar un sitio donde aterrizar. Pero si alguien inspecciona esta zona, tarde o temprano verá el humo. Tendremos que mantener la hoguera encendida durante el día.

—¿Cuánto buscarán antes de abandonar?

Chance observó unos momentos el cielo.

—Mientras consideren que estamos vivos.

—Pero si creen que hemos sufrido un accidente...

—Al final detendrán la búsqueda —musitó—. Podría ser una semana, un poco más, pero pararán.

—De modo que si nadie nos encuentra, digamos en diez días... —no pudo continuar.

—No nos rendiremos. Siempre existe la posibilidad de que sobrevuele la zona un avión privado.

No dijo que era una posibilidad ínfima, aunque no era necesario. Ella misma había observado el terreno desde el aire y sabía lo estrecho que era el cañón y la facilidad con que se lo podía pasar por alto.

Alzó las rodillas y las rodeó con los brazos, clavando la vista en la delgada columna de humo.

—Solía desear poder encontrar un sitio en el que nadie

fuera capaz de localizarme. No pensé que no habría servicio de habitaciones.

Él rió entre dientes, se apoyó en un codo y extendió sus largas piernas.

—Nada te deprime durante mucho tiempo, ¿verdad?

—Intento no permitirlo. Nuestra situación no es magnífica, pero estamos vivos. Tenemos comida, agua y cobijo. Las cosas podrían ser peores.

—También entretenimiento. En el avión guardo una baraja. Podemos jugar al póquer.

—¿Haces trampas?

—No lo necesito.

—Bueno, yo sí, así que estás avisado.

—Advertencia aceptada. Sabes lo que le sucede a los tramposos, ¿no?

—¿Ganan?

—No si los descubren.

—Si son un poco buenos, eso jamás sucede.

Enroscó un dedo en un mechón de pelo de ella y tiró con suavidad.

—Sí, pero en caso contrario se meten en serios problemas. Tómalo como mi advertencia.

—Iré con cuidado —prometió. La sorprendió un bostezo—. ¿Cómo puedo tener sueño? Dormí mucho anoche.

—Es el calor. ¿Por qué no te echas un rato? Yo vigilaré el fuego.

—¿Y por qué tú no tienes sueño?

—Estoy acostumbrado —se encogió de hombros.

Realmente sentía sueño; además, no había otra cosa que hacer. No tenía ganas de montar la tienda, de modo que arregló su bolso y apoyó la cabeza en él. Se quedó dormida a los pocos minutos. No fue un descanso apacible, ya que tuvo conciencia del calor, de los movimientos de Chance, de su preocupación por Margreta. Sentía los músculos pesados y flojos y despertar significaba demasiadas molestias.

El problema con las siestas era que uno se levantaba atontado y de malhumor. Tenía la ropa pegajosa. Cuando al final bostezó y se sentó, vio que el sol comenzaba a exhibir un resplandor rojizo al hundirse, y aunque la temperatura aún era elevada, el calor había perdido intensidad.

Chance se hallaba sentado con las piernas cruzadas y entrelazaba unas ramas con la ayuda de hilos para formar una pequeña jaula. Algo en el modo en que actuaba provocó un reconocimiento instantáneo en ella.

—Eres un nativo americano, ¿verdad?

—Un indio americano —corrigió distraído—. Todos los que nacen aquí son nativos americanos, o eso es lo que siempre me dijo mi padre —alzó la cara y le sonrió—. Desde luego, «indio» tampoco es muy preciso. Pocas etiquetas lo son. Pero, sí, tengo mezcla de sangre.

—Y eres un ex militar —no supo por qué lo dijo. Quizá se debió a la destreza con la que preparaba la trampa. Algo en el modo en que trabajaba hablaba de entrenamiento de supervivencia.

—¿Cómo lo has sabido? —la miró sorprendido.

—Lo adiviné —movió la cabeza—. La manera en que manejaste la pistola, como si te sintieras cómodo con ella. Lo que haces ahora. Y empleaste la palabra «reconocimiento».

—Mucha gente está familiarizada con las armas, en particular las personas que trabajan a la intemperie, que también saben construir trampas.

—Te delata tu vocabulario —hizo una mueca—. Has dicho «armas» y no pistolas, tal como habría empleado la mayoría de la gente, incluida la que se mueve a la intemperie.

—De acuerdo —volvió a recompensarla con su deslumbrante sonrisa—, he llevado uniforme.

—¿En qué rama?

—El ejército. Los rangers.

Eso explicaba sus habilidades en la supervivencia. No sabía mucho sobre los rangers, o ninguna rama militar, pero sí que era un grupo de elite.

Dejó a un lado la trampa terminada y comenzó a trabajar en otra. Sunny lo observó durante un momento, sintiéndose inútil. Suspiró mientras se limpiaba el polvo de la falda. Se rindió con gracia a los viejos estereotipos.

—¿Hay suficiente agua para que lave nuestra ropa? Llevo puesta la misma desde hace dos días y ya es bastante.

Él la condujo fuera del saliente. Lo siguió por unas rocas. Al llegar a una zona más sombreada, chance se detuvo.

—Aquí —indicó un chorro fino de agua que bajaba por la pared. Debido a la irrigación, allí los arbustos eran más densos y la temperatura unos cuantos grados inferior.

Sunny volvió a suspirar al observar el hilo de agua. Rellenar las botellas sería tedioso. Lavarse resultaría fácil, pero lavar ropa... bueno, eso sería diferente. No había ni un charco en el que poder mojarla, ya que la tierra reseca la absorbía de inmediato. El suelo estaba húmedo, pero no saturado.

Lo único que podía hacer era rellenar una y otra vez una botella y limpiar el polvo.

—Tardaré una eternidad —se quejó.

—El tiempo no escasea, ¿verdad? —esbozó una sonrisa irritante y se quitó la camiseta, que le entregó.

Tuvo ganas de tirársela de vuelta y exigirle que se la pusiera, pero no por el comentario. No era una puritana boba, había visto torsos desnudos más veces de las que podía recordar, pero jamás había visto su torso desnudo. Tenía una musculatura fluida y poderosa, con unos pectorales que parecían de acero y un abdomen duro y liso. Una leve sombra de vello se extendía de una tetilla a otra. Quiso tocarlo. La mano anhelaba sentir su piel y tuvo que cerrarla con fuerza sobre la camiseta.

La sonrisa se desvaneció de su rostro y le acarició la mejilla. La expresión que exhibió el rostro de Chance era de puro deseo masculino.

—Sabes lo que va a pasar entre nosotros, ¿verdad? —preguntó en voz baja y ronca.

—Sí —apenas logró susurrar. La garganta se le había atenazado y el cuerpo respondió con intensidad a su contacto.

—¿Lo deseas?

«Tanto que me duele», pensó. Observó esos ojos dorados y tembló por la enormidad del paso que iba a dar.

—Sí.

«Es posible que jamás salgamos con vida de este cañón», pensó mientras lavaba mecánicamente la ropa de él y la extendía sobre las rocas calientes para que se secara. Y si lo conseguían, quizá pasaran semanas, tal vez meses. Y no había nada que pudiera hacer para impedir que Margreta llevara a cabo lo que se le pasara por la mente. Por primera vez en su vida, tenía que pensar sólo en sí misma y en lo que ella deseaba. Y era muy sencillo; deseaba a Chance.

Debía enfrentarse a los hechos. Era algo que llevaba haciendo toda la vida, se le daba bien. Y el hecho principal era que existía la posibilidad de que murieran en ese desfiladero. Si no sobrevivían, no quería aferrarse a las razones para no involucrarse con nadie, razones que podían ser válidas en la civilización, pero que allí no significaban nada. Ya se había involucrado. Ciertamente no quería morir sin saber lo que representaba ser amada por él, sentirlo dentro y abrazarlo con fuerza, y decirle que lo amaba. Tenía todo un mundo de amor embotellado en su interior, sin nadie a quien poder ofrecérselo, pero se le había presentado una oportunidad y no pensaba desaprovecharla.

Un psicoanalista le diría que sólo se trataba del síndrome de Adán y Eva. Algo le decía que Chance estaba acostumbrado a tener sexo cuando lo quería. Irradiaba una profunda seguridad sexual que atraería a las mujeres como si fueran moscas. Y en ese momento ella era la única mosca disponible.

Pero no se trataba sólo de eso. De haber llegado a Seattle sin problemas, habría sido lo bastante fuerte como para rechazar su invitación y alejarse. Jamás se habría permitido conocerlo. Puede que se hubieran conocido apenas veinticuatro horas antes, pero habían sido más intensas que nada de lo que había experimentado hasta el momento. Eso había establecido un vínculo entre ellos, como el de los soldados en una guerra.

De todas las cosas que había descubierto sobre él en las últimas veinticuatro horas, no había ninguna que no le gustara. Era un hombre dispuesto a correr riesgos, a involucrarse, de lo contrario no habría detenido al cretino del aeropuerto. Mantenía la calma en una crisis. Era autosuficiente y capaz, y más considerado que nadie que hubiera conocido. Por encima de todo, era tan sexy que le hacía la boca agua.

La mayoría de los hombres, después de oír su respuesta, de inmediato se habría lanzado al sexo. Chance no. En su lugar le había dado un beso muy dulce y había dicho:

—Traeré el resto de las cosas del avión, para poder cambiarme de ropa y darte la sucia para lavar.

—Cielos, gracias —había logrado responder ella.

—De nada —le había guiñado el ojo.

Era un hombre capaz de postergar su placer personal para ocuparse de lo inmediato. Y allí estaba ella, lavándole la ropa. No era lo más romántico del mundo, aunque resultaba una tarea íntima que fortalecía el lazo existente entre ellos. Él trabajaba para alimentarla; ella trabajaba para mantener la ropa limpia.

Cuando la dejó lo más limpia que pudo, titubeó un segundo antes de quitarse la suya y quedarse desnuda. No era capaz de tolerar ni un momento más las prendas sucias que llevaba. El aire caliente del desierto le acarició la piel e hizo que sus pezones se convirtieran en capullos erectos. Nunca antes había estado desnuda a la intemperie y se sintió decadente.

¿Y si Chance la veía? Si lo dominaba la lujuria al ver su cuerpo desnudo, no pasaría nada que no hubiera tenido que pasar. Sonrió con ironía al reconocer que no lo dominaría nada salvaje, ya que sus curvas distaban mucho de ser voluptuosas. No obstante, si un hombre veía a una mujer desnuda y disponible... podría suceder.

Se echó el contenido de una botella de agua, luego recogió un puñado de arena y comenzó a frotarse. Para quitarse la arena necesitó rellenar la botella varias veces. Al terminar se sintió bastante más limpia y con la piel suave como la de un bebé.

Desnuda y mojada, sintió que una leve brisa agitaba el aire y la enfriaba hasta que se sintió a gusto. No disponía de una toalla, de manera que se secó al natural mientras lavaba su ropa, luego se puso con rapidez los vaqueros de color crema y la camiseta verde que siempre portaba consigo. Eran colores que se fundirían bien con la vegetación en caso de tener que desaparecer en el campo. Habría elegido un traje real de camuflaje si ello no hubiera llamado más la atención en público. El sujetador estaba mojado, de modo que no se lo había vuelto a poner, y el fino algodón de la camiseta se ceñía a sus pechos, revelando con claridad su forma y el ligero balanceo al andar, junto con las suaves cumbres de los pezones. Se preguntó si Chance lo notaría.

—Eh —comentó él a su espalda en voz baja.

Sobresaltada, giró para mirarlo. Era como si lo hubiera invocado en sus pensamientos. Permanecía inmóvil a unos diez metros con los ojos entrecerrados y concentrado. Los ojos se posaron directamente en sus pechos. Era evidente que lo había notado.

Los pezones se le endurecieron aún más, como si se los hubiera tocado.

Tragó saliva e intentó controlar un ridículo tic de nervios. Después de todo, ya le había acariciado los pechos, y le había dado permiso para que hiciera más.

—¿Cuánto tiempo llevas ahí?

—Un rato. Esperaba que te dieras la vuelta, pero no lo hiciste en ningún momento. De todos modos, he disfrutado de la vista.

—Gracias —contuvo el aliento.

—Tienes el trasero más bonito que he visto jamás.

—Eres un seductor —sintió líquido el cuerpo—. ¿Y cuándo me toca mirar a mí?

—Cuando quieras, cariño —su voz se llenó de promesa sensual—. Cuando quieras —sonrió con melancolía—. Menos ahora. Hemos de quitar la ropa para que pueda instalar las trampas. Como el agua está aquí, es aquí adonde vendrán los animales. Intentaré capturar algo para la cena.

De nuevo se sintió complacida por la capacidad de Chance de no perder de vista cuáles eran las prioridades. En esa situación, no quería a Conan el Bárbaro; quería a un hombre en quien pudiera confiar para que hiciera lo más inteligente.

Él se puso a recoger la ropa mojada y Sunny se acercó para ayudarlo.

—Por lo general, ¿cuánto se tarda en atrapar a un animal? —preguntó cuando regresaban al saliente.

—No hay nada preestablecido —se encogió de hombros—. En otras ocasiones los he atrapado a los diez minutos de poner la trampa. Pero a veces tardas días.

No era que estuviera ansiosa por comerse un conejo, pero

tampoco deseaba alimentarse con las barritas de nutrición. Habría sido agradable que un pollo grande se hubiera perdido en el desierto. Después de un rato de fantasía, se conformó con el conejo... si es que tenían suerte. No les cabía otra solución que comer cualquier cosa que cayera en la trampa.

Al llegar a «casa», extendieron la ropa en otras rocas. Las primeras cosas que había lavado ya casi se habían secado; el calor seco del desierto era prácticamente tan eficiente como una secadora.

Al terminar, Chance recogió las dos trampas y las examinó una última vez. Sunny lo observó y percibió la misma intensidad que cuando las preparaba.

—Disfrutas con esto, ¿verdad? —preguntó levemente sorprendida.

No la miró, pero una ligera sonrisa le movió los labios.

—Supongo que no estoy tan molesto. Nos encontramos vivos. Tenemos comida, agua y refugio. Estoy solo con una mujer que he deseado desde el primer minuto en que la vi —sacó una barra de chocolate del bolsillo y comenzó a desmenuzarla.

—¿Vas a usar chocolate como cebo? —preguntó indignada—. ¡Dámelo a mí! Emplea las barritas de nutrición.

Chance sonrió y la esquivó cuando intentó quitarle el resto del chocolate.

—No sería un buen cebo. Ningún conejo que se precie la tocaría.

—¿Cuánto tiempo llevas escondiéndola?

—No la he escondido. La encontré en el avión al sacar el resto de las cosas. Además, se ha derretido de llevar allí todo el día.

—Eso no afecta al chocolate —desdeñó.

—Ah —asintió sin perder la sonrisa—. Eres una de ésas.

—¿De ésas qué?

—«Chocoadictas».

—No —protestó con el mentón levantado—. «Dulceadicta».

—Entonces, ¿por qué no metiste algo dulce en ese maldito bolso de supervivencia en vez de unas barritas que saben a hierba seca?

—Porque la idea es seguir con vida —lo miró con el ceño fruncido—. Si tuviera golosinas, me las comería el primer día, y luego tendría problemas.

—¿Cuándo vas a contarme por qué llevabas un equipo de supervivencia en un vuelo a Seattle? —mantuvo el tono de voz ligero.

Pero ella percibió el cambio. Se preguntó por qué era un asunto que se tomaba tan en serio. ¿Por qué podía importarle que llevara esas cosas? Era capaz de entender su curiosidad, pero no su insistencia.

—Soy paranoica —imitó su tono—. Estoy convencida de que surgirá alguna emergencia y me aterra no estar preparada.

—Tonterías. No intentes distraerme con tus mentiras.

Sunny podía tener una naturaleza amable, pero jamás se echaba para atrás.

—En realidad intentaba ser cortés para evitar decirte que no es asunto tuyo.

—Eso me parece mejor —para su sorpresa, él se relajó.

—¿Qué? ¿Ser ruda?

—Sincera —corrigió.

—Si hay cosas que no quieres contarme, perfecto. No me gusta, pero al menos será la verdad. Si consideramos nuestra situación, hemos de poder contar completamente con el otro, y eso requiere confianza. Debemos ser sinceros el uno con el otro, aun cuando la verdad no sea dulce.

—¿Incluso cuando eres demasiado curioso? —cruzó los brazos y lo miró—. Intentas convencerme de que me confiese.

—¿Funciona?

—Experimenté una momentánea punzada de culpa, pero luego imperó la lógica.

Chance sonrió y movió la cabeza.

—Vas a causarme muchos problemas —comentó al recoger las trampas y regresar al lugar donde corría el agua.

—¿Por qué? —preguntó Sunny a su espalda.

—Porque me temo que voy a enamorarme de ti —repuso por encima del hombro antes de desaparecer por el recodo del desfiladero.

De pronto ella sintió débiles las piernas y se apoyó en la pared rocosa. ¿De verdad había dicho eso? ¿Hablaba en serio? ¿Un hombre reconocería algo semejante si no se hubiera involucrado emocionalmente?

El corazón le palpitaba como si hubiera estado corriendo. Cuando se trataba de una relación romántica, se hallaba tan desamparada como un bebé en la selva... o en el desierto. Nunca había permitido que un hombre intimara lo suficiente como para que pudiera importar. Pero en esa ocasión no iba a desaparecer, no podía ir a ninguna parte. En esa ocasión estaba más metida en problemas que Chance, porque ella ya se había enamorado.

La sensación le provocaba un nudo de éxtasis y terror en el estómago. Lo último que quería hacer era amarlo, pero ya era demasiado tarde. Lo que ya había comenzado había florecido por completo cuando Chance no le hizo el amor después de que ella le dijera que podía. Entonces algo muy básico y primario lo había reconocido como su pareja.

Se sentía expuesta, como si todas sus terminaciones nerviosas y sus emociones hubieran perdido su protección, dejándola vulnerable a sentimientos que siempre había sido capaz de mantener a raya. Anhelaba protegerse, pero de pronto todos los escudos que había empleado a lo largo de los años resultaban inútiles.

Esa noche se convertirían en amantes y la última barrera habría caído de manera irrevocable. Para ella, el sexo no era sólo sexo; representaba un compromiso, una entrega del «yo», algo que formaría parte de ella el resto de su vida.

No era ingenua acerca de las otras implicaciones de hacer el amor con él. No tomaba ninguna precaución anticonceptiva, y así como era posible que él llevara preservativos, no tardarían en agotarlos. Y en cuanto hicieran el amor no podrían volver a una relación casta. ¿Qué haría si quedaba embarazada y no los rescataban? Debía mantener la esperanza de que no se quedarían allí para siempre, pero una parte lógica le indicaba que existía la posibilidad de que no los encontraran. ¿Y qué haría si se quedaba embarazada y los rescataban? Un bebé sería una complicación importante. ¿Cómo iba a protegerlo? De alguna manera, no se veía a sí misma, en compañía de Chance y de su bebé, llevando una vida como la de una familia americana normal; ella aún seguiría huyendo, porque era la única forma de mantenerse a salvo.

Mantenerlo a distancia, seguir con la relación platónica, era lo único sensato que podía hacer. Por desgracia, ya no controlaba su cordura. Sentía como si se hubiera alejado demasiado de la costa para lograr regresar. Para bien o para mal, lo único que podía hacer era dejarse llevar por la corriente y ver dónde la depositaba.

No obstante, intentó decirse lo estúpida que sería la irresponsabilidad de correr el riesgo de quedar embarazada bajo cualquier circunstancia, pero en particular ésa en la que se hallaban. Sí, mujeres de todo el mundo concebían y daban a luz en condiciones primitivas, pero, por los motivos que fueren, culturales, económicos o por falta de cerebro, no tenían otra elección. Ella sí. Lo que debía hacer era decir «no» y olvidarse de todos sus instintos femeninos que no paraban de gritar «sí, sí».

Cuando Chance regresó, Sunny seguía en el mismo sitio, con expresión conmocionada. Al instante él se puso alerta y sacó la pistola que llevaba a la cintura.

—¿Qué sucede?

—¿Y si me quedo embarazada? —inquirió de sopetón, indicando con la mano el entorno—. Sería una estupidez.

—¿No sigues ningún control anticonceptivo? —inquirió sorprendido.

—No, y aunque así fuera, no dispondría de un suministro ilimitado de pastillas.

Chance se frotó el mentón, intentando encontrar una salida sin revelar su plan. Sabía que sólo permanecerían allí hasta que ella le diera la información que necesitaba sobre su padre.

—Tengo algunos preservativos —repuso al final.

—¿Cuántos? —sonrió con ironía—. ¿Y qué haremos cuando se terminen?

Lo último que deseaba en ese momento era provocar su hostilidad. Decidido a arriesgarse a no hacer el amor con ella pero sí a mantener su confianza, le rodeó los hombros con el brazo y la pegó a su pecho. Era agradable tenerla cerca. No había sido capaz de dejar de pensar en cómo estaba desnuda: su espalda esbelta y grácil y su cintura pequeña, la curva compacta en forma de corazón de su trasero. Sus piernas eran tan firmes y perfectas como había esperado, y la idea de tenerlas en torno a su cintura le provocó una erección instantánea. La tenía tan pegada que era imposible que no notara su condición, pero no se arrimó. Mejor que pensara que era un caballero.

Le dio un beso en la cabeza y corrió el riesgo.

—Haremos lo que tú quieras —musitó—. Quiero que... que sepas que tengo unas tres docenas de preservativos...

Ella se apartó y lo miró con ojos centelleantes.

–¿Tres docenas? –preguntó horrorizada–. ¿Llevas contigo tres docenas de preservativos?

–Compré los suficientes –explicó con tono suave.

–¿Sabes?, tienen fecha de caducidad.

–Sí, pero no se pasan tan rápidamente como la leche. Duran al menos un par de años.

–¿Cuánto te durarían a ti treinta y seis preservativos? –lo miró con expresión de suspicacia.

–Más tiempo del que evidentemente piensas –suspiró.

–¿Seis meses?

Realizó unas operaciones veloces. Seis meses, treinta y seis preservativos... tendría que practicar el sexo más de una vez por semana. Si mantuviera una relación monógama, eso no sería nada, pero para un soltero sin compromiso...

–Mira –su voz y su expresión reflejaron frustración–, contigo, tres docenas podrían durarme una semana.

Sunny pareció sobresaltada, y él vio que hacía sus propias operaciones matemáticas. Al alcanzar la respuesta y abrírsele mucho los ojos, Chance le metió la mano en el pelo, le echó la cabeza hacia atrás y la inmovilizó mientras la besaba con toda su habilidad con el fin de excitarla. Dio la impresión de querer apartarlo, pero sus manos no la obedecieron. Introdujo la lengua en su boca, lenta y profundamente, sintiendo la respuesta de la suya y la presión de sus labios. Su sabor era dulce y su olor fresco muy femenino. Bajo la fina tela de la camiseta sintió que los pezones se le endurecían y de pronto tuvo la necesidad de tocarlos, de sentirlos contra sus manos. Metió la mano bajo la camiseta casi antes de que se le formara el pensamiento. Eran firmes y redondos y su piel como seda fresca que ardió bajo su contacto. Los pezones se contrajeron aún más cuando los tocó. Ella se arqueó en sus brazos con los ojos cerrados y un leve gemido en la garganta.

Su intención había sido besarla para desterrar ese súbito

ataque de responsabilidad. Pero el placer de tocarla se le subió a la cabeza como un whisky añejo, y de repente necesitó verla, probarla. Con un movimiento veloz le subió la camiseta, le desnudó los pechos y le arqueó la espalda sobre el brazo para que los firmes montículos se le ofrecieran en un festín sensual. Inclinó la cabeza y cerró la boca sobre un pezón duro y enrojecido y comenzó a succionarlo. Oyó el sonido que emitió ella, el grito de una mujer muy excitada, que le llegó directamente a la entrepierna. Fue un poco consciente de que las uñas se le clavaban en los hombros, pero el dolor no era nada comparado con la urgencia que lo dominó. La sangre atronó en sus oídos. La deseaba con una intensidad salvaje que lo espoleó a tomar en vez de a seducir.

Intentó recuperar el control. Sólo la experiencia y los años de entrenamiento le dieron la fuerza para contenerse. A regañadientes soltó el pezón y se despidió con una caricia. Ella tembló en sus brazos y Chance estuvo a punto de ceder otra vez.

Maldición, no podía esperar.

Con rapidez se inclinó y recogió la manta del suelo, luego pasó el brazo derecho por debajo de sus rodillas y la alzó en vilo, llevándola bajo el sol. Los pechos eran cremosos, con las venas formando delicados rastros azules a través de su piel pálida mientras los pezones pequeños brillaban húmedos en su dureza.

—Dios, eres hermosa —musitó con voz ronca.

La puso de pie y ella osciló, con los ojos aturdidos por la necesidad. Extendió la manta y alargó los brazos hacia ella antes de que esa necesidad comenzara a enfriarse. La quería encendida, tan lista como para exigirle la culminación.

Le quitó la camiseta, la soltó sobre la manta y enganchó los dedos pulgares en la cintura de los vaqueros. Con un rápido tirón y un descenso veloz se abrieron y la cremallera bajó hasta que los tuvo por los muslos.

Las manos de ella le aferraron los antebrazos.

—¿Chance? —sonó extrañamente insegura, un poco reacia. Si cambiaba de parecer en ese momento...

La besó, lenta y hondamente, y frotó sus pezones. Sunny soltó unos sonidos ahogados y se puso de puntillas para pegarse a él. Le bajó los vaqueros hasta los tobillos, la abrazó y la tendió sobre la manta.

—¿Aquí? ¿Ahora? —jadeó con la cabeza hacia atrás.

—No puedo esperar —la deseaba en ese momento, a la luz del sol, desnuda, cálida y espontánea. Le bajó las braguitas y le liberó los tobillos de los vaqueros y la ropa interior.

Dio la impresión de que tampoco ella quería esperar. Tiró de la camisa de él y la alzó. Con impaciencia, Chance se la quitó por la cabeza, luego le extendió las piernas y bajó su peso sobre ella, acomodándose en la unión de sus muslos abiertos.

Sunny se quedó muy quieta y con los ojos muy abiertos al mirarlo. Él buscó en el bolsillo el preservativo que había guardado antes allí, luego se elevó lo suficiente para soltarse los vaqueros y bajarlos. Con movimiento brusco y dominado se puso el preservativo. Cuando volvió a descender, ella apoyó las manos en sus hombros como si quisiera mantener una breve distancia entre ellos. Pero cualquier distancia era excesiva; le sujetó las manos con una suya y las levantó por encima de su cabeza, inmovilizándolas sobre la manta y arqueándole los pechos contra su torso. Con la mano libre guió su dura extensión hacia la suave y húmeda entrada de su cuerpo.

Sunny tembló, desvalida. Nunca antes se había sentido tan vulnerable o viva. La pasión de Chance no era controlada ni gentil, tal como había esperado; era fiera y tumultuosa, sacudiéndola con su fuerza. La empequeñeció con su enorme y musculoso cuerpo y ella aguardó con sensación trémula la poderosa embestida de la penetración. Estaba lista para él. Palpitaba por la necesidad; la quemaba. Quería suplicarle que se diera prisa, pero los pulmones no le funcionaban. Sintió el roce de los nudillos de él cuando llevó la mano entre sus piernas, luego la extensión rígida e inflamada que se abría paso en su abertura.

Todo en ella pareció contraerse, centrándose en esa íntima intrusión. La delicada piel entre sus piernas comenzó a arderle cuando la presión la dilató. Él la penetró más y la presión se convirtió en dolor. La invadió una frustración salvaje. Lo quería en ese momento, dentro, mitigando el dolor y la tensión, devolviéndole el placer febril.

Chance empezó a retroceder, pero ella no podía permitírselo, no podía soportar la idea de perder lo que su contacto había prometido. Se había negado tantas cosas... pero no eso, en ese momento. Cerró las piernas en torno a las suyas y levantó las caderas para entregarse con ardor y dejar atrás la resistencia de su cuerpo.

No fue capaz de contener el leve grito que escapó de su garganta. La conmoción le robó la fuerza a sus músculos y se quedó laxa sobre la manta.

Chance se movió encima y sus hombros anchos bloquearon el sol. Era una silueta oscura y enorme, su forma borrosa por las lágrimas. Murmuró palabras de tranquilidad incluso al entrar más hondo, hasta que toda su extensión quedó envuelta por ella.

Le soltó las manos para acunarla en sus brazos. Sunny se aferró a sus hombros con toda su fuerza, porque sin su fortaleza creía que podría fragmentarse. No había pensado que iba a dolerle tanto, que lo sentiría tan grueso y ardiente en su interior, ni tan profundo. La invadía toda, tomaba posesión de su cuerpo y dominaba sus reacciones, hasta su respiración, sus latidos, el torrente de sangre por sus venas.

Al principio se movió despacio. Le hizo cosas con las manos para devolverle el placer. La besó y la exploró con la lengua. Le tocó los pezones, los succionó, le mordisqueó el costado del cuello. Su tierna atención poco a poco consiguió una respuesta, un movimiento instintivo cuando sus caderas se alzaron y se acoplaron al ritmo de sus embestidas. La recorrió un calor abrumador y se oyó jadear.

Él le separó más las piernas y penetró todo, con fuerza y rapidez. Las sensaciones estallaron dentro de Sunny y le convulsionaron el cuerpo. Se retorció, incapaz de contener los gritos cortos y agudos que escaparon de su garganta atenazada. Los espasmos no remitían; continuaron sacudiéndola y haciendo que sollozara en busca de liberación, en busca de más, hasta que al final, cuando el cuerpo grande de Chance se puso rígido y comenzó a temblar, ya no deseó nada.

8

Una virgen. Sunny Miller era virgen. Cuando pudo pensar, intentó reflexionar en cuáles podían ser las posibles ramificaciones, pero nada de eso parecía importante en ese momento. La urgencia inmediata era consolar a una mujer cuya primera vez había sido en una manta extendida sobre el suelo duro, a plena luz del día, con un hombre que ni siquiera se había quitado las botas.

Permaneció tendido boca arriba. Ella se había puesto de costado, dándole la espalda, doblándose sobre sí misma mientras unos temblores visibles sacudían su cuerpo esbelto y desnudo. Moverse requería un esfuerzo, respirar era un esfuerzo, al quitarse el preservativo y tirarlo. Había alcanzado el orgasmo con tanta violencia que se sentía aturdido. Y si a él lo afectaba con tanta fuerza, con su experiencia, ¿qué estaría pensando ella? ¿Habría previsto el dolor o la había sorprendido?

Sabía que Sunny había logrado el clímax. Había estado tan excitada como él; cuando comenzó a retirarse con aturdida comprensión, había enlazado las piernas en torno a las suyas y forzado la penetración. Había visto el asombro en sus ojos, sentido la agitación de su cuerpo. Y había contemplado su cara mientras la excitaba, conteniéndose con implacable control hasta que sintió la salvaje contracción de los muslos de ella. Entonces nada había sido capaz de retenerlo y había estallado para liberarse.

Para que una mujer de veintinueve años permaneciera virgen, debía de tener unos motivos poderosos. Sunny había entregado su castidad por voluntad propia, pero no a la ligera. Se sentía humilde y honrado, y asustado como mil demonios. No la había tratado con delicadeza, ni en el proceso ni en la culminación. A primera vista el hecho de que hubiera alcanzado el orgasmo podía hacer que todo estuviera bien, pero sabía que no era así. Ella carecía de experiencia para asumir la violencia sensual que habían soportado su cuerpo y sus emociones. Necesitaba que la abrazaran y reafirmaran, hasta que dejara de temblar y recuperara el equilibrio.

Apoyó la mano en su brazo y le hizo dar la vuelta. No se resistió, pero estaba rígida, pálida, con un brillo inusual en los ojos, como si luchara contra las lágrimas. Le apoyó la cabeza en el brazo y se inclinó sobre ella, dándole la atención y el contacto que sabía que necesitaba. Sunny lo miró y luego apartó la vista, ruborizada.

Lo conmovió su rubor. Con suavidad le acarició el vientre y pasó los dedos por sus pechos. Las curvas inferiores llevaban las marcas de su barba de dos días; tomó nota mental de afeitarse cuando se lavara.

Era necesario decir algo, pero no sabía qué, ya que desde el momento en que vio a Sunny, el deseo se había apoderado de su habitual expresividad. Nada habría podido prepararlo para el fulgor de sus ojos y su sonrisa luminosa. Pero esa luz parecía apagada, casi embotada, como si lamentara la intimidad experimentada. En el transcurso de los años había perdido la cuenta de las mujeres que habían intentado aferrarse a él después del sexo, con lo que habían provocado su alejamiento físico y mental; sin embargo, no podía soportar que esa mujer no tratara de pegarse a él. Por algún motivo, sin importar que fuera demasiado en poco tiempo o por alguna razón más profunda, intentaba mantener la distancia. No se acurrucaba en sus brazos ni suspiraba satisfecha; se retiraba detrás de una barrera invisible, la que había estado allí desde el principio.

Todo en Chance rechazaba la idea. Una furia posesiva y primitiva lo dominó. Era suya y no la dejaría ir. Sus músculos se tensaron en una renovada ola de deseo; se puso encima y entró en la estrecha e inflamada unión de sus muslos. Ella respiró hondo, y la sorpresa del acto la sacó de su introspección. Colocó las manos entre los dos y hundió las uñas en su torso, pero no trató de apartarlo. Casi automáticamente, subió las piernas para rodearle las caderas. Él le agarró los muslos y los ajustó un poco más arriba, en torno a su cintura.

—Acostúmbrate —dijo con más aspereza de la que había querido emplear—. A mí. A esto. A nosotros. Porque no permitiré que te alejes de mí.

—¿Incluso por tu propio bien? —musitó con labios temblorosos.

Chance se detuvo un segundo, preguntándose si se refería a su padre.

—En especial por eso —repuso, y se concentró en la dulce tarea de excitarla.

Esa ocasión era completamente para ella; la cortejó con una destreza que iba más allá de la experiencia sexual. Su extenso entrenamiento en artes marciales le había enseñado cómo herir con un contacto, cómo matar con un golpe, pero también todos los puntos del ser humano que eran exquisitamente sensibles al placer. La parte posterior de sus rodillas y muslos, los delicados arcos de sus pies, la curva inferior de sus nalgas, todo recibió su debida atención. Despacio, ella cobró vida. Comenzó a moverse con sus mesurados embates, alzándose a su encuentro.

Sunny suspiró, separó los labios y cerró los ojos. Las mejillas le brillaron. Él percibió todas las señales de su excitación y la animó con murmullos. Ella ladeó la cabeza y sus pezones duros se posaron en su torso. Con suma suavidad mordió la curva tierna donde el cuello se unía al hombro.

Gritó y comenzó a experimentar el orgasmo, sorprendiéndolo. Lo mismo le sucedió a Chance. No había sido su intención tener un orgasmo, pero la delicada presión interior y la liberación de Sunny envió oleadas de placer por su cuerpo, hasta quedar más allá de su control.

Intentó parar, retirarse, pero su cuerpo no quiso obedecerlo. La penetró más y tembló salvajemente a medida que su simiente se lanzaba a las calientes y húmedas profundidades de ella. Oyó su propio grito ronco y bajo; luego el tiempo y el pensamiento se detuvieron y todo lo que quedaba de él se hundió exangüe sobre Sunny.

Las sombras se habían deslizado por el suelo del desfiladero cuando la envolvió en la manta y la llevó de vuelta a la protección del saliente. La roca bloqueaba el sol durante el día, pero también absorbía el calor, de modo que por la noche, cuando la temperatura descendía, en su pequeño refugio estaba más templado que en el exterior. Sunny bostezó, adormilada y satisfecha, y apoyó la cabeza en su hombro.

—Puedo caminar —musitó, aunque no hizo esfuerzo alguno por bajar los pies al suelo.

—Eh, éste es mi número de perfecto machista —protestó—. No lo estropees.

El tiempo había volado cuando se sumieron en la somnolienta estela de la pasión. El sol había caído tanto en el cielo que sólo el borde superior del cañón se veía iluminado, con unos rojos, dorados y púrpuras que se encendían en el crepúsculo.

—Voy a ir a comprobar las trampas mientras aún queda un

poco de luz –anunció él al depositarla en el suelo–. No tardaré mucho.

Sunny permaneció sentada y quieta unos dos segundos después de que él desapareciera de vista, luego se puso de pie de un salto. Se lavó y se vistió a toda velocidad, necesitada de la protección de la ropa. Tenía la incómoda sensación de que nada era como había sido. Había estado preparada para hacer el amor, pero no para esa abrumadora invasión a sus sentidos. Había esperado placer, pero a cambio encontró algo tanto más poderoso que no era capaz de controlarlo.

Pero, por encima de todo, Chance se había revelado como el depredador que era. El control de él le había ofrecido la rara y lujosa sensación de seguridad, y había estado tan hechizada que había soslayado el poder que esa compuerta contenía o lo que podría pasar si alguna vez se rompía. Esa tarde lo había averiguado.

Le había dicho que había estado en los rangers del ejército. Eso tendría que haberle indicado todo lo que necesitaba saber acerca del hombre que era. Sintió un escalofrío, una reacción plenamente sensual al recordar la hora tumultuosa pasada en la manta. Desde el principio había sabido que respondería a él como nunca lo había hecho con otro hombre, pero tampoco había estado preparada para la sublevación completa de sus sentidos.

Jamás en la vida se había sentido más aterrada.

Lo que había sentido antes hacia él no se comparaba con lo que la embargaba en ese momento. No sólo era sexo, que había resultado mucho más intenso y duro de lo que había imaginado. No, era la parte de su carácter que había revelado, ésa que había tratado de mantener escondida, que la llamaba con tanto magnetismo que sabía que únicamente la muerte podría poner fin al amor que la dominaba. Chance pertenecía a una raza especial de hombres, era un guerrero. El cuadro se había completado y formado la imagen de un hombre que siempre tendría algo salvaje e implacable en su interior, un hombre dispuesto a correr cualquier riesgo por proteger lo que amaba. Era la completa antítesis de su padre, cuya vida sólo estaba dedicada a la destrucción.

Sunny no había tenido mucha elección en los sacrificios realizados en su vida. Su madre las había entregado a Margreta y a ella en un esfuerzo por salvarlas, pero no había sido capaz de separarse por completo de las vidas de sus hijas. Les había enseñado todo lo que a ella tanto le había costado aprender: cómo esconderse, cómo desaparecer y, si era necesario, cómo luchar. Por necesidad, Pamela Vickery Hauer se había convertido en una experta en su propia clase de guerrilla. Siempre que le parecía seguro, las visitaba, y los amables Miller se afanaban por brindarle tiempo a solas con sus hijas.

Cuando Sunny cumplió los dieciséis años, la suerte de Pamela había terminado por agotarse. La red de su padre era amplia y disponía de más recursos que su fugitiva esposa. Lógicamente, había sido cuestión de tiempo que la encontrara. Y cuando eso sucedió, Pamela se había quitado la vida antes que correr el riesgo de que él, mediante la tortura o las drogas, pudiera sonsacarle el paradero de ellas.

Ése era el legado de Sunny, una vida en las sombras y una madre valerosa que se había matado con el fin de protegerlas. Nadie le había preguntado si era la vida que quería llevar; era la que tenía, de modo que la había aprovechado al máximo.

Tampoco había sido elección propia vivir lejos de Margreta; ésa había sido decisión de su hermana. Margreta era mayor, tenía sus propios demonios contra los que luchar, sus propias batallas que librar, y jamás había sido tan diestra como Sunny en el estilo de supervivencia que les había enseñado su madre. De modo que Sunny había perdido a su hermana, y cuando los Miller fallecieron, primero Hal y luego Eleanor, se había quedado totalmente sola. Las llamadas que le realizaba Margreta eran el único contacto que tenía, y sabía que ella se conformaba con que siguiera de esa manera.

No creía poseer la fuerza para abandonar también a Chance. Por eso se sentía aterrada hasta el punto del pánico, porque su sola presencia ponía en peligro la vida de él. Su único solaz radicaba en que debido a que era el hombre que era, resultaba duro y capaz de cuidar de sí mismo.

Respiró hondo e intentó no pensar en los problemas que depararía el futuro. Si alguna vez lograban salir de ese desfiladero, entonces decidiría qué hacer.

Como se hallaba demasiado nerviosa para quedarse quieta, comprobó la ropa que había lavado y descubrió que ya casi estaba seca. La recogió y, aunque sólo tardó unos minutos en completar la tarea, cuando regresó al saliente apenas había luz suficiente para ver nada.

Recordó que Chance no se había llevado la linterna. Era una noche sin luna; si no volvía en los próximos minutos, no podría ver el camino.

El fuego había ardido bajo todo el día, para maximizar el humo y conservar su preciado depósito de ramas, pero en ese momento añadió algunas para que ardieran con intensidad y le sirvieran de guía a él. A la luz de la hoguera buscó la linterna entre sus pertenencias, con el fin de tenerla cerca si debía salir en pos de Chance.

De pronto cayó la oscuridad total, como si la naturaleza hubiera extendido una mortaja sobre la tierra. Salió de la protección del saliente.

—¡Chance! —llamó, y se detuvo para escuchar.

La noche no estaba silenciosa. Había crujidos y susurros provocados por los seres nocturnos que se dedicaban a lo suyo. Una leve brisa agitó los matorrales, parecida a huesos secos al frotarse. Escuchó con atención, pero no oyó su respuesta.

—¡Chance! —gritó otra vez, más fuerte. Nada—. Maldita sea —musitó y, con la linterna en la mano, emprendió la marcha hacia el extremo del desfiladero.

Caminó con precaución, comprobando dónde apoyaba el pie. Un segundo encuentro con una serpiente era más de lo que sería capaz de soportar ese día. Mientras andaba no dejó de pronunciar su nombre de cuando en cuando, cada vez más irritada. ¿Por qué no le respondía? Ya debería de oírla.

Un brazo duro le rodeó la cintura y la hizo girar para pegarla a un cuerpo igual de duro. Gritó alarmada, pero una boca cálida cortó el sonido. Se apoyó en sus hombros. Chance se tomó su tiempo, provocándola con la lengua, besándola hasta que la tensión abandonó su cuerpo y se adaptó con fluidez a él.

Al alzar la cabeza respiró de forma entrecortada.

—Me has asustado —se quejó Sunny, aunque la voz sonó más ronca que áspera.

—Recibiste lo que te merecías. Te dije que te quedaras quieta —la besó de nuevo, como si no pudiera evitarlo.

—¿Esto forma parte del castigo? —murmuró cuando pararon para recuperar el aire.

—Sí —y ella sintió que sonreía contra su sien.

—Castígame más.

Obedeció y Sunny vibró con el fuego febril que volvía a arder en su interior. Recordó cómo le había hecho el amor; no debería de sentir el deseo renovado tan pronto, pero lo sentía. Quería experimentar el poder de su cuerpo extraordinariamente fuerte, llevarlo dentro de ella y abrazarlo, notar cómo temblaba a medida que el placer también lo abrumaba a él.

—Ten piedad —musitó él al apartar la boca de la suya—. No tendré la oportunidad de morirme de hambre. Voy a morir de agotamiento.

El comentario le recordó las trampas, ya que estaba hambrienta.

—¿Capturaste algún conejo? —preguntó esperanzada.

—No, sólo un pájaro flacucho —alzó la mano libre y vio que sostenía el cuerpo de un ave que era mucho más pequeña que un pollo.

—No será el Correcaminos, ¿verdad?

—¿Qué tienes con los animales imaginarios? No, no se trata del Correcaminos; intenta mostrarte un poco más agradecida.

—Entonces, ¿qué es?

—Un pájaro —repuso con sencillez—. Después de ensartarlo y hacerlo girar un rato sobre las llamas, será un pájaro asado. Eso es lo único que importa.

—Bueno, de acuerdo —el estómago le crujió.

Rió y la tomó del brazo; regresaron al campamento.

—A propósito, ¿por qué me llamabas? —preguntó Chance de repente.

—Por si no lo has notado, está oscuro. No te llevaste la linterna.

—¿Venías a rescatarme? —inquirió con incredulidad.

Ella se sintió un poco avergonzada. Desde luego, un antiguo ranger sería capaz de encontrar en la oscuridad el camino de vuelta al campamento.

—No pensé —reconoció.

—Pensabas demasiado —corrigió y la pegó a su costado.

Al llegar al saliente, el fuego que Sunny había avivado aún ardía. Chance dejó el pájaro sobre una roca, con una rama improvisó rápidamente un espetón y con la navaja afiló el extremo de otra. Con esa rama atravesó al ave y la depositó en las muescas de la otra, luego añadió algunas más pequeñas a la hoguera. Al rato el pájaro comenzó a chorrear jugos sobre el fuego. El olor delicioso a carne asada le hizo la boca agua a Sunny.

Acercó una roca plana al fuego y se sentó, observándolo girar el pájaro. Estaba lo bastante cerca como para sentir el calor en los brazos; sólo en una ocasión había salido de acampada, pero las circunstancias no se parecían en nada a las de ese momento. Para empezar, había estado sola.

El destello ambarino de las llamas iluminaba los ángulos duros del rostro de Chance; vio que se había lavado, ya que aún llevaba el pelo húmedo. Sonrió para sí misma.

—¿Te encuentras bien? —preguntó Chance al alzar la vista y ver que lo miraba.

—Sí —levantó las rodillas, las rodeó con los brazos y apoyó la cara en ellas.

—¿Sangras?

—Ahora no. Y sólo fue un poco, al principio —añadió con presteza cuando él entrecerró los ojos con preocupación.

—Ojalá lo hubiera sabido —volvió a concentrarse en el ave.

Ella deseó que no lo hubiera sabido nunca. Los motivos para haber perdido tan tarde la virginidad no eran algo de lo que quisiera hablar.

—¿Por qué? —preguntó con tono ligero—. ¿Habrías sido noble y te habrías parado?

—Diablos, no. Lo habría hecho un poco diferente, eso es todo.

—¿Qué habría sido diferente?

—Lo rudo que fui. El tiempo que duró.

—Duró suficiente —le aseguró con una sonrisa—. Las dos veces.

—Podría haber hecho que fuera mejor para ti.

—¿Y para ti?

—Cariño —sonrió con ironía—, si hubiera sido todavía mejor para mí, mi corazón habría cedido.

—Lo mismo digo.

—La segunda vez no me puse preservativo.

—Lo sé —la prueba había sido imposible de pasar por alto.

Sus miradas se encontraron y de nuevo quedaron unidos por esa comunicación silenciosa. Los dos sabían que existía la posibilidad de que la hubiera dejado embarazada.

—Si no estuviéramos aislados aquí... —comenzó, luego se encogió de hombros.

—¿Qué?

—No me importaría.

El deseo la invadió y estuvo a punto de lanzarse sobre él. Se controló y luchó para permanecer sentada. Pensó que las hormonas eran diablos traicioneros, dispuestos a socavar su sentido común sólo por el hecho de que Chance mencionara que quería dejarla embarazada.

—A mí tampoco —admitió y comprobó si él experimentaba la misma reacción. Su rostro adquirió más color y un músculo en su mandíbula se tensó. Apretó la mano que sostenía el espetón hasta que los nudillos se le pusieron blancos. «Sí», pensó fascinada, «es recíproco».

Cuando Chance consideró que el pájaro estaba hecho, quitó el espetón y acercó una roca con el pie para sentarse a su lado. Con la navaja cortó un trozo de carne y se lo entregó.

—Ten cuidado, no te quemes —advirtió, cuando ella lo recogió con ansiedad.

Fue cambiándolo de mano a medida que le soplaba para que se enfriara. Cuando pudo sostenerlo bien, dio un primer mordisco tentativo. La boca se le inundó de sabor a madera, humo y ave asada.

—Oh, está bueno —gimió, masticando despacio para exprimir al máximo el placer.

Chance cortó una tira para él y dio el primer mordisco, con expresión tan satisfecha como ella. Comieron en silencio durante un rato. Él tuvo cuidado de repartir la carne con igualdad, hasta que ella se vio obligada a parar antes de quedar satisfecha. Él era mucho mayor, y si comían la misma cantidad, estaría descompensado.

En el acto descubrió lo que Sunny se proponía.

—Vuelves a cuidar de mí —observó—. Somos muy parecidos. Se supone que soy yo quien debe cuidar de ti.

—Eres mucho más grande que yo. Necesitas porciones mayores.

—Deja que yo me preocupe de la comida, cariño. No nos moriremos de hambre. Hay más piezas que capturar, y mañana buscaré algunas plantas comestibles para complementar nuestra dieta.

—Aves y matorrales —bromeó—. Están de moda.

Él sonrió y la convenció de comer un poco más, luego terminaron lo que quedaba de una de las barritas de nutrición. Saciado el apetito, comenzaron a prepararse para dormir.

Chance apagó el fuego mientras Sunny montaba la tienda. Se cepillaron los dientes y se ocuparon de sus necesidades físicas.

—¿Quieres ponerte mi camiseta esta noche? Se parecerá más a un camisón en ti.

No había nada dócil en el modo en que la miraba. A ella se le aceleró el corazón y el calor ya familiar comenzó a extenderse por su cuerpo. Pensó que era lo único que tenía que hacer; una mirada bastaba para excitarla. Había enseñado bien a su cuerpo durante el breve tiempo que había yacido con él en la manta. En ese momento, al saber muy bien lo que era recibirlo en su interior, anhelaba la sensación. En un instante de claridad cegadora, supo que ningún otro hombre en el mundo podría conseguir lo mismo. Nunca más volvería a estar completa sin él.

Debió de exhibir una expresión aturdida, porque de inmediato lo tuvo a su lado, sosteniéndola con el brazo por la cintura mientras con suavidad la guiaba hacia la tienda. Carraspeó, buscando el equilibrio.

—Necesitarás la camisa para mantenerte caliente...

—Bromeas, ¿verdad? —le sonrió—. ¿O pensabas que habíamos terminado por esta noche?

Ella no pudo evitar sonreír.

—Jamás se me pasó por la cabeza. Pensé que la necesitarías después.

—No lo creo —sus manos se ocuparon en quitarle los vaqueros.

Ambos se desnudaron y entraron en la tienda en tiempo récord. Chance apagó la linterna para ahorrar pilas y la oscuridad total se cerró en torno a ellos. Hacer el amor ayudado sólo por el tacto, de algún modo potenció los otros sentidos. Fue consciente de los callos que había en las manos de él, de los poderosos músculos que sobresalían bajo la exploración de sus propias manos. Su sabor la llenó; sus besos fueron un festín. Le frotó las tetillas y las sintió contraerse bajo sus dedos. Le encantó el gemido ronco que emitió cuando ella exploró las partes más íntimas de su cuerpo.

Quedó sorprendida al cerrar la mano alrededor de su palpitante erección. Se preguntó cómo diablos había podido recibirlo. Su tacto era suave y húmedo.. Embriagada, se dobló hasta que pudo introducirse la punta en la boca y lamer el fluido.

Él soltó un juramento explosivo y la puso de espaldas, invirtiendo la posición. El espacio reducido de la tienda restringía sus movimientos, pero logró realizar el cambio con su habitual gracia.

—¿No te ha gustado? —rió, maravillada por la magia que reinaba entre ellos.

—He estado a punto de tener un orgasmo —gruñó—. ¿Tú qué crees?

—Que aún me saldré con la mía. Puede que deba dominarte y atarte, aunque me parece que lo lograré.
—No lo dudo. Hazme saber cuando pienses hacerlo, para que antes me quite la ropa.

Aquella tarde, atrapada en el remolino del acto sexual, no habría creído que pudiera sentirse tan relajada con él, que pudieran dedicarse a esas bromas sensuales. Jamás habría imaginado que sus muslos se separarían para acomodar sus caderas ni lo cómoda que se sentiría, como si la naturaleza los hubiera diseñado para encajar tan bien.

Chance le ofreció una muestra de su propia medicina al bajar por su cuerpo para enseñarle una tortura tan dulce que la destrozó. Cuando pudo respirar de nuevo, cuando los puntos luminosos dejaron de brillar bajo sus párpados cerrados, él le besó el vientre y apoyó la cabeza en su suavidad.

—Dios mío, eres fácil —susurró.
—Imagino que sí —logró emitir un sonido ahogado parecido a una risa—. En todo caso, para ti.
—Sólo para mí —el tono sombrío de posesión masculina subrayó sus palabras.

Se puso un preservativo y se deslizó entre sus muslos. Sunny contuvo un grito; estaba inflamada e irritada y él era grande. Chance se movió con suavidad hasta que ella lo aceptó con más facilidad y la incomodidad se desvaneció, pero poco a poco sus embestidas se tornaron más impetuosas. Cuando alcanzó el orgasmo, se apartó para que sólo la mitad de su extensión quedara en su interior y permaneció allí mientras era sacudido por temblores.

Después, le puso la camiseta por la cabeza y en el acto ella quedó envuelta por su fragancia. La prenda amplia le llegaba hasta la mitad de las rodillas, o así habría sido si no se le hubiera subido hasta la cintura. La acunó en sus brazos, con una mano grande sobre su trasero para mantenerla bien pegada a él. Empleó el jersey enrollado como almohada mientras ella se apoyaba en su torso.

—¿Te llamas Sunny de verdad o es un apodo? —preguntó somnoliento.

Incluso relajada como estaba, saciada, un destello de cautela la hizo titubear. Nunca antes le había revelado su nombre verdadero a nadie. Tardó un momento en recordar que eso ya no importaba.

—Es un apodo —murmuró—. Mi nombre real es Sonia, pero nunca lo he usado. Sonia Ophelia Gabrielle.

—Santo cielo —la besó—. Sunny te sienta bien. De modo que vas cargada con cuatro nombres, ¿eh?

—Sí. Aunque jamás empleo los otros. ¿Y tú? ¿Tienes otro nombre?

—No. Sólo Chance.

—¿En serio? ¿No me estarás mintiendo porque es horrible, tipo Eustaquio?

—Palabra de honor.

—Supongo que es un modo de compensación. Yo tengo cuatro y tú dos... juntos, alcanzamos la media de tres.

—Qué te parece.

Captó la sonrisa en su voz. Lo recompensó con un pellizco. Un rato después él dejó de burlarse para ponerse otro preservativo.

Sunny se quedó dormida más tarde sabiendo que sentía una felicidad que nunca antes había experimentado.

A la mañana siguiente las trampas se hallaban vacías. Ella contuvo su desilusión. Después de una noche tan idílica y llena de pasión, el día tendría que haber sido igual de maravilloso. Un desayuno rico y caliente habría sido perfecto.

–¿Puedes abatir algo? –le preguntó mientras masticaba media de las barritas–. Nos quedan ocho –si comían una al día, significaba que en cuatro días se quedarían sin comida.

Y en tres días Margreta iba a llamarla.

Desterró ese pensamiento. Estaba fuera de su control que consiguieran salir a tiempo para responder a la llamada de su hermana. La comida era un problema más inmediato.

Chance entrecerró los ojos para otear el borde del cañón, como si buscara una salida.

–Tengo quince balas en la pistola, y ninguna munición extra. Preferiría guardarlas para emergencias, ya que no sabemos el tiempo que permaneceremos aquí. Además, una bala de nueve milímetros destrozaría a un conejo, y no dejaría lo suficiente de un pájaro para comérnoslo. Siempre y cuando pudiera darle, por supuesto.

No la preocupaba su puntería. Probablemente era mucho mejor con un rifle, pero con su pasado militar, sería más que competente con la pistola. Bajó la vista a las manos.

—¿Te iría mejor con uno del calibre treinta y ocho?

—No es tan potente, de modo que con piezas pequeñas, sí, sería mejor... pero es una cuestión académica, ya que sólo tengo una del nueve.

—Yo tengo una —dijo despacio.

—¿Qué has dicho? —giró la cabeza y algo peligroso centelleó en sus ojos.

—Tengo un treinta y ocho —con la cabeza señaló el bolso.

—¿Querrías explicármelo? —pidió despacio—. ¿Cómo es que llevas un arma encima? Ibas en un vuelo comercial. ¿Cómo lograste pasar los detectores?

No le gustaba contar todos sus secretos, ni siquiera a él. No obstante, se hallaban juntos en eso.

—Tengo algunos envases especiales.

—¿Dónde? —espetó—. Te vi sacar todo del bolso y no había nada... ah, diablos. La laca para el pelo, ¿no?

Ella se sintió incómoda. ¿Estaría enfadado? Enderezó los hombros.

—Y en el secador.

Se plantó ante ella como un ángel vengador.

—¿Hace cuánto que introduces armas a escondidas a bordo de aviones?

—Siempre que vuelo —repuso con frialdad, irguiéndose—. La primera vez tenía dieciséis años —se dirigió al bolso y extrajo los artículos pertinentes. Chance se inclinó y le arrebató la lata de laca. Le quitó la tapa y la examinó, luego la apartó de él y apretó el rociador. Salió un chorro vaporizado de líquido—. De verdad es laca, aunque contiene poco —le quitó la lata y desenroscó el fondo. Un tambor cayó en sus manos. Lo dejó y levantó el secador, que desmontó con igual habilidad, hasta obtener las partes restantes del revólver. Lo montó con la facilidad de alguien que lo ha hecho tan a menudo que sería capaz de realizarlo con los ojos cerrados. Luego introdujo las balas en el tambor, lo cerró, invirtió el arma y se la ofreció por la culata.

—¿Qué diablos haces con un arma? —espetó al tiempo que el revólver casi desaparecía en su mano grande.

—Supongo que lo mismo que tú —se alejó y no vio la expresión de sorpresa que apareció en su cara. De espaldas a él agregó—: La llevo por defensa propia. ¿Por qué llevas la tuya?

—Alquilo mi avión a diferentes personas, y a la mayoría no las conozco. A veces vuelo a zonas muy aisladas. Y la mía está registrada. ¿La tuya?

—No —repuso, reacia a mentir—. Pero soy una mujer que viaja sola con paquetes lo bastante valiosos como para contratar un servicio de entrega. Las personas a las que se los entrego son desconocidas. Piensa en ello. Tendría que ser una tonta para no llevar un medio de protección —hasta ahí era verdad.

—Si tus motivos para llevarla son legítimos, ¿por qué no tienes licencia?

Sintió como si la interrogara, y no le gustó. El amante tierno y bromista de la noche había desaparecido, y en su lugar había alguien que parecía un fiscal.

—Tengo mis razones —de hecho, jamás la había solicitado porque no quería que nadie comprobara sus datos y llamar la atención de algún funcionario.

—Y no piensas contármelas, ¿verdad? —la miró furioso y partió en dirección a las trampas.

Sin nada mejor que hacer, se dirigió en sentido contrario, hacia el avión, para recoger más ramas para la vital hoguera. Como Chance intentara quedarse con su revólver en cuanto salieran de allí, y tenía que esperar que lo conseguirían, entonces sería la guerra entre ellos.

Chance examinó el revólver. No se parecía a ninguno que hubiera visto, por el sencillo motivo de que no procedía de un fabricante. Lo había fabricado un armero muy diestro. No tenía número de serie, ni nombre ni indicación de dónde se había fabricado. Era imposible de rastrear.

No se le ocurría ninguna buena causa para que estuviera en poder de Sunny, pero sí varias malas.

Después de la noche anterior, había estado casi convencido de su inocencia, de que era imposible que estuviera involucrada con su padre. Había cometido la estupidez de comparar la castidad con la honradez. El que una mujer no se acostara con nadie no significaba que fuera una buena ciudadana. Sólo representaba que, por alguna causa, no había tenido sexo.

Pero estaba más acostumbrado a tratar con la negrura del alma humana que con su bondad, porque había elegido vivir en las alcantarillas. Diablos, procedía de las alcantarillas. La negrura de su propia alma estaba siempre ahí, oculta a varias capas de profundidad, y jamás dejaba de ser consciente de su presencia. Y al mantener un contacto tan íntimo con el infierno, con los retorcidos seres humanos, debería de saber que un cabello dorado y unos ojos luminosos no pertenecían necesariamente a un ángel. Shakespeare había dado en el blanco al advertir al mundo de los malvados que sonreían.

Lo que sucedía era que Sunny había atravesado sus defensas, que él había considerado impenetrables, y lo había hecho con tanta facilidad que era como si nunca hubieran existido. La deseaba y casi se había convencido de su inocencia.

Casi. Había demasiadas cosas en ella que no encajaban, y en ese momento se sumaba ese revólver imposible de rastrear que introducía muy bien escondido a bordo de los aviones. Si Sunny era capaz de subir armada a bordo de un aparato, entonces otros también podían. Sintió un escalofrío al pensar en las armas que debían andar de un lado a otro en los aviones. La seguridad en los aeropuertos no era su rama de trabajo, pero iba a encargarse de mover algunos hilos para que lo investigaran.

Olvidó su furia y se concentró en la misión. Esperaba no haberla estropeado al perder los estribos con ella, pero su desilusión había sido demasiado intensa para ocultarla. El placer de la primera noche pasada juntos debería superar la primera discusión que tenían. La falta de experiencia de Sunny con los hombres obraba en su contra; sería fácil de manipular, mientras que una veterana de las guerras entre sábanas se mostraría más cautelosa y cínica. Aún tenía los triunfos en la mano y no tardaría en jugarlos.

Llegó a un punto determinado del cañón y se situó entre las profundas sombras de la mañana. Ella no podría sorprenderlo allí. Extrajo un láser del bolsillo, un tubo de cinco centímetros de largo y grueso como un lápiz que, una vez que se oprimía, emitía un haz extraordinariamente brillante de luz. Lo apuntó a la roca del borde y comenzó a enviar destellos de luz en el código que Zane y él habían acordado. Todos los días se ponía en contacto con él de esa manera, tanto para hacerle saber que todo iba bien como para informarlo de que aún no debían rescatarlos.

Obtuvo un destello de respuesta que indicaba que el mensaje había sido recibido. Al terminar, se ocultó para vigilar las trampas junto al goteo de agua. Si no atrapaba nada, tendría que abatir una pieza de un disparo. Estaba dispuesto a pasar hambre para alcanzar su fin, pero sólo como último recurso. Si un conejo hacía acto de presencia, sería historia.

Mientras Sunny caminaba recogiendo las ramas que encontraba, estudiaba las paredes de roca en busca de una fisura que se les hubiera podido pasar por alto, un rastro de animales, cualquier cosa que pudiera apuntar hacia la libertad. En su mayor parte las paredes eran perpendiculares. Incluso cuando se ladeaban un poco, el ángulo apenas era inferior a los noventa grados. La erosión del viento y la lluvia, a lo largo de millones de años, había abierto surcos que parecían ondas en el agua. La única señal de que el cañón no resultaba inexpugnable era el ocasional montón de escombros donde se habían amontonado las rocas pequeñas al derrumbarse.

Una leve esperanza se agitó en su interior al investigar uno de esos montones. Daba la impresión de que una roca grande se había desprendido del borde para destrozarse con el impacto. Recogió una piedra del tamaño de un puño y frotó el pulgar por su superficie; tenía la textura de papel de lija. Sin duda se trataba de arenisca. Tenía un precioso color rosado y era blanda.

Para cerciorarse, la golpeó contra una roca más grande y se partió en varias piezas.

Pero ese sitio no era bueno, ya que resultaba demasiado vertical. Caminó a lo largo de la pared mirando hacia el borde con el propósito de hallar un sitio donde se ladeara un poco. Era lo único que pedía, un lugar donde el ángulo no fuera demasiado extremo.

Allí. Una de las ondas se curvaba hacia atrás; cuando se abrió paso entre las rocas y los matorrales para investigar, descubrió la oportunidad que había estado buscando. Pasó la mano por la piedra y quedó encantada al comprobar que tenía la misma textura.

Corrió de vuelta al campamento y recogió la barra metálica del bolso. Chance no lo había preguntado, pero el revólver no era la única arma que llevaba. Desenroscó el tubo metálico y extrajo un cuchillo del interior. Era una hoja fina, más para cortar que para desbastar, pero afilada y casi indestructible.

Necesitaba guantes para protegerse las manos, pero no los tenía. Abrió el botiquín de primeros auxilios y sacó el rollo de gasa. Se cubrió las palmas con ella y la pasó por entre los dedos, luego pegó los extremos con esparadrapo. El resultado era tosco pero serviría. Había visto los guantes que llevaban los que practicaban escalada, y les dejaba al aire libre los dedos y los pulgares; esa aproximación improvisada tendría que funcionar. Quizá se hiciera ampollas, pero era un pequeño precio si conseguían salir de allí.

Con el cuchillo en la mano, regresó al punto elegido y trató de calcular el mejor modo de acometer su plan. Comprendió que necesitaba otra roca, una que no fuera blanda. Buscó en derredor y encontró una piedra oscura y con agujeros del tamaño de un pomelo, con el peso idóneo.

Clavó la punta del cuchillo en la arenisca blanda de la pared, aferró la piedra con la mano derecha y golpeó el cuchillo, clavándolo más hondo. Sacó la hoja, la movió un poco a la derecha y volvió a golpearla. La siguiente vez lo introdujo en ángulo recto al orificio original y lo golpeó hacia abajo. Se desprendió un trozo de arenisca, dejando un bonito hueco.

—Puede que funcione —dijo en voz alta y se concentró en el trabajo. No se permitió pensar el tiempo que tardaría en abrir asideros en la roca hasta la cumbre, ni si era posible. Iba a intentarlo; se lo debía a Margreta y a sí misma.

Casi dos horas más tarde, el estallido de un disparo la sobresaltó tanto que estuvo a punto de caer. Se agarró a la roca con la mejilla pegada a la áspera superficie. El corazón le latía con fuerza. No había subido tanto, apenas unos tres metros, pero el suelo del desfiladero estaba lleno de piedras y cualquier caída podría causar lesiones.

Se secó el sudor de la cara. La temperatura subía por minutos y la roca empezaba a calentarse cada vez más. Con los pies metidos en los asideros que acababa de abrir, debía inclinarse hacia la pared para mantener el equilibrio, ya que necesitaba las dos manos libres para manejar el cuchillo y la piedra. Ya no era capaz de proyectar mucha fuerza, pues en caso contrario el impacto le haría perder estabilidad.

Jadeando, alzó las manos por encima de la cabeza y a ciegas golpeó la roca. A veces daba en el blanco, pero otras se golpeaba la mano. Tenía que haber una manera mejor de hacerlo, pero no se le ocurría ninguna. Era una experta en trabajar con lo que disponía, y también en esa ocasión podría conseguirlo. Sólo tenía que ser cautelosa y paciente.

—Puedo hacerlo —susurró.

Chance llevó el conejo despellejado y limpio de vuelta al campamento. También había encontrado un cacto, al que le había cortado dos ramas, pinchándose varias veces mientras le quitaba las espinas. Era comestible y nutritivo; por lo general se freía, pero supuso que tendrían que conformarse con asarlo.

Su mal humor se había mitigado. Todo seguía según lo planeado. Lo único que tenía que hacer era recordar no dejarse engatusar por esa cara bonita y todo saldría según lo esperado. Quizá no consiguiera que ella lo amara, pero podía hacerle creer que así era, y eso era lo único que necesitaba. Un poco de confianza, un poco de información.

Se situó bajo el saliente, agradecido por el alivio de la sombra, y se quitó las gafas de sol. Sunny no estaba. Giró e inspeccionó lo que podía ver del cañón, aunque no logró avistarla. De pronto pensó si había elegido los vaqueros beis y la camiseta verde como camuflaje. Sin duda; todo lo que llevaba en ese bolso había sido elegido para la supervivencia.

—¡Sunny! —llamó. La voz produjo ecos que murieron al rato. Escuchó, pero no obtuvo respuesta.

Maldición, ¿dónde estaba?

El fuego se había reducido, lo que significaba que llevaba un rato sin cuidarlo. Se agachó para introducir más ramas, luego ensartó el conejo y lo colocó sobre el espetón, más que nada para mantenerlo alejado de los insectos. El fuego era demasiado bajo para que lo asara, pero el humo le daría un buen sabor. Guardó los trozos de cacto en el pañuelo y los dejó en el interior del saliente hasta que pudiera asarlos.

Lo primero que vio fue el botiquín de primeros auxilios abierto.

Sintió una punzada de alarma. Comprobó que había usado las gasas y el esparadrapo. Otro detalle captó su atención. Había desmontado el tubo de hierro; las dos mitades yacían sobre la arena.

Soltó un juramento. Debió de recordar eso y no dar por hecho que el revólver era su única arma. Allí no habría podido esconder una pistola, pero sí un cuchillo.

No vio sangre, pero sin duda se había herido. ¿Dónde demonios se hallaba?

—¡Sunny! —rugió al salir bajo el sol. Por respuesta sólo recibió silencio.

Estudió el suelo. Sus pisadas estaban por doquier, pero vio desde dónde había ido hacia su bolso, sin duda para sacar el botiquín de primeros auxilios; luego las pisadas conducían al desfiladero. Iban en la dirección del avión.

De no haber sido por las huellas, la habría pasado por alto. Se encontraba casi en el otro extremo del cañón, más allá de la avioneta. Se aferraba a la pared rocosa a unos cuatro metros del suelo.

Asombro, ansiedad, alivio e ira se juntaron en sus entrañas. Con furia muda la observó alzar las manos por encima de la cabeza y clavar un cuchillo en la arenisca, luego, sin apartar la cara de la superficie de la pared, usar otra piedra para clavarlo. En vez del asa del cuchillo se golpeó la mano y el juramento que soltó hizo que enarcara las cejas.

Tenía gasa envuelta en torno a las manos. No sabía si lo había hecho porque se las había lastimado o para evitar eso mismo. Lo único que sabía era que si se caía lo más probable fuera que se destrozara en las rocas, y que tenía unas ganas locas de azotarla.

Contuvo el deseo de gritarle. Lo último que quería era sobresaltarla. Se metió el revólver en la cintura por la espalda y subió hasta quedar justo debajo de ella, para poder agarrarla si se caía.

Se obligó a hablar calmado.

—Sunny, estoy justo debajo de ti. ¿Puedes bajar?

Ella se detuvo con la mano derecha preparada para dar un golpe. No bajó la vista.

—Probablemente —reconoció—. Debe de ser más fácil que subir.

Estaba convencido de que sabía lo que se proponía, pero la enorme magnitud de la tarea, su imposibilidad física, lo aturdieron.

—¿Qué haces? —preguntó para confirmarlo.

—Abrir asideros en la roca para salir de aquí —repuso con voz apagada, como si también comprendiera las probabilidades en contra a las que se enfrentaba.

Chance cerró los puños para mantener el control. Los

cuatro metros que había subido sólo eran una décima parte de la distancia que le quedaba... y para colmo la más fácil.

—Cariño, la roca está demasiado caliente —dijo sin gritar, que era lo que más deseaba—. Baja antes de que te quemes.

Ella rió, pero sin su habitual humor.

—Es demasiado tarde.

—Tira el cuchillo y baja de esa maldita roca —ordenó; al cuerno con la persuasión.

Para su sorpresa, ella obedeció. Tenía todos los músculos del cuerpo tensos al comenzar el descenso tanteando con los pies. Él estaba atento a cualquier resbalón que pudiera sufrir. Sunny flexionó los músculos de los brazos y Chance volvió a pensar en lo fuerte que era. Ese tipo de fortaleza se conseguía sólo con dedicación y esfuerzo. Como mínimo debía de trabajar entre una y dos horas al día.

Ella tuvo cuidado y se tomó su tiempo, a pesar de que la roca le estaría quemando los dedos. Él no volvió a hablar, ya que no quería distraerla; esperó con poca paciencia a que se pusiera a su alcance. Entonces guió sus pies hasta el siguiente asidero.

—Gracias —jadeó Sunny.

Al llegar cerca del suelo, le rodeó las rodillas y la sacó de la roca. Antes de que pudiera recuperar el aire, la hizo girar y la colocó sobre su hombro.

—¡Eh! —la protesta indignada quedó apagada contra la espalda de él.

—Cállate —dijo con los dientes apretados; se agachó para recoger el cuchillo y emprendió la vuelta al campamento—. Me has asustado.

—Te lo merecías —se equilibró sujetándose a su cintura. Chance esperó que no le quitara el revólver de la cintura y le pegara un tiro.

—¡No te atrevas a bromear! —tenía su trasero muy cerca de

la mano. La tentación lo carcomió. Pasada la tensión, temblaba y quería vengarse por la ansiedad que le había provocado. Apoyó la mano en sus nalgas y cedió a la fantasía de bajarle los vaqueros y ponerla sobre sus rodillas.

Pero sabía que algunas cosas jamás iban a suceder. Después de tratarle las manos y recriminarle el riesgo corrido, pensaba quemar tanta tensión con una o dos horas en la manta con ella.

No sabía cómo podía desearla tanto todavía. Eso no formaba parte del trabajo, ya que de lo contrario habría podido sobrellevarlo. Era una obsesión que le quemaba las entrañas. Si ella hubiera tenido más experiencia, comprendería que un hombre no le hacía el amor cinco veces en una noche a una mujer sólo porque estaba disponible. A ese paso, las tres docenas de preservativos no le durarían ni una semana. Ya había usado seis y quizá necesitara tres más para olvidar el susto que le había causado.

Debía recuperar el control, concentrarse en el trabajo. Esa relación no podría funcionar.

Al acercarse al campamento la oyó olisquear.

—¿Te has vuelto loca? —exigió incrédulo.

—No seas tonto —olisqueó otra vez—. ¿Qué es ese olor? —respiró hondo—. Huele a... comida.

—Abatí un conejo —explicó.

Ella giró sobre su hombro para poder ver el fuego. El grito que soltó casi le rompió los tímpanos. No pudo evitar sonreír; jamás había conocido a alguien que le sacara tanto gozo a la vida, que fuera tan vibrante. No comprendía cómo podía formar parte de una red dedicada a eliminar vidas.

La dejó en el suelo bajo el saliente y se puso en cuclillas a su lado, tomándole las dos manos para inspeccionarlas. Hizo una mueca. Tenía los dedos en carne viva y sangrando.

Al ver el daño que se había provocado se sintió otra vez dominado por la furia. Se levantó.

—¡De todas las insensateces...! ¿En qué demonios pensabas? Maldita sea, Sunny, arriesgaste la vida con esa estúpida idea...

—No era estúpida —gritó. Se levantó para encararse a él con los ojos entrecerrados. Cerró las manos—. Conozco los riesgos. También sé que es mi única esperanza de salir de este maldito cañón antes de que sea demasiado tarde.

—¿Demasiado tarde para qué? —espetó él—. ¿Es que este fin de semana tienes una cita? —soltó con sarcasmo.

—¡Sí! ¡Da la casualidad de que sí! —lo miró furiosa—. Se supone que mi hermana me va a llamar.

¿Una hermana? Chance la miró fijamente. Su investigación no había revelado nada sobre una hermana. Los Miller no habían tenido hijos propios y únicamente había encontrado papeles de adopción de Sunny.

–Dijiste que no tenías familia.

–Bueno, pues tengo una hermana –lo miró con expresión pétrea.

–¿Arriesgarías la vida por una llamada de teléfono? –con una sensación de desolación pensó que debían de estar planeando algún acto terrorista. Por eso había cargado con la tienda de un lado a otro. No sabía cómo encajaba en el plan, pero era evidente que pensaba desaparecer de vista.

–Sí por esta llamada –giró con el cuerpo tenso–. He de intentarlo. Margreta llama a mi teléfono móvil todas las semanas a la misma hora. Es el modo en que sabemos que seguimos con vida –volvió a mirarlo y gritó–: ¡Si no respondo, pensará que estoy muerta!

Una vez más, las piezas del rompecabezas que era Sunny volvían a desparramarse. ¿Margreta? ¿Sería un nombre en clave? Hurgó en la memoria, pero no encontró nada ni a nadie con ese nombre. Era tan convincente...

—¿Por qué te creerá muerta? —demandó—. Podrías estar en un sitio sin cobertura... como éste. ¿Es que está loca?

—Siempre me aseguro de hallarme en un lugar con cobertura. ¡Y no, no está loca! —repuso con furia por la situación y su propio desamparo—. Su problema es el mismo que el mío... ¡somos hijas de nuestro padre!

A Chance se le aceleró el corazón. Ya estaba. No había necesitado seducción; la ira había hecho el trabajo.

—¿Tu padre? —repitió con cautela.

Le cayeron lágrimas por las mejillas y con gesto colérico se las quitó.

—Nuestro padre —corrigió con amargura—. Llevamos toda la vida huyendo de él.

«Tranquilo», se advirtió. «No parezcas demasiado interesado. Averigua exactamente a qué se refiere; podría aludir a su influencia».

—¿Qué quieres decir con eso de huir?

—Huir. Escondernos —se secó más lágrimas—. Nuestro querido padre es un terrorista. Nos matará si nos encuentra.

Con gentileza, Chance le limpió las manos con alcohol del botiquín y alivió las partes enrojecidas con ungüento para quemaduras y las zonas despellejadas con crema antibiótica. La gasa con la que se había cubierto le había protegido las palmas, pero los dedos habían sufrido. Sunny se sentía desconcertada. Durante un instante se gritaban y al siguiente la curaba.

Después la consoló como una madre a su hija, acunándola, secándole las lágrimas. La tormenta emocional que la había sacudido la había dejado aturdida y desorientada; permitió que hiciera lo que quisiera sin protestar, aunque no tenía motivos para ello. Era agradable apoyarse en él.

Satisfecho con el cuidado que le había proporcionado a sus manos, la dejó sentada en la roca mientras iba a añadir ramas al fuego y le daba la vuelta al conejo. Al regresar al saliente, extendió la manta contra la roca, la tomó en brazos y se acomodó con ella pegada a él. Luego le alzó la cara para darle un beso ligero.

—¿A qué viene eso? —esbozó una sonrisa trémula—. ¿Quieres recuperarme con un beso?

—Algo parecido —le acarició el labio inferior con el dedo pulgar.

—Lamento haber llorado tanto. Por lo general soporto mejor las cosas.

—Dime qué está sucediendo —pidió en voz baja—. ¿Qué pasa con tu padre?

Apoyó la cabeza en su hombro, agradecida por su fortaleza.

—Cuesta creerlo, ¿verdad? Pero es el líder de un grupo terrorista que ha cometido algunos actos terribles. Se llama Crispin Hauer.

—Jamás he oído hablar de él —mintió.

—Opera principalmente en Europa, pero su red se extiende a los Estados Unidos. Incluso tiene a alguien infiltrado en el FBI —fue incapaz de mantener la amargura fuera de su voz—. ¿Por qué crees que no tengo licencia para el arma? No sé quién es su hombre, ni hasta dónde llega, pero sé que está en posición de enterarse si el FBI recibe alguna información que Hauer quiera. No deseaba figurar en ninguna base de datos, por si averiguaba quién me había adoptado y qué nombre utilizo.

—¿De modo que no sabe quién eres?

Ella movió la cabeza. Había dedicado una vida entera a mantener embotellados su miedo y preocupación, y en ese momento parecía que no era capaz de contenerse.

—Mi madre se llevó a Margreta y lo abandonó antes de que yo naciera. Nunca lo conocí. Estaba embarazada de cinco meses cuando huyó.

—¿Qué hizo?

—Logró perderse. Los Estados Unidos son muy grandes. Se trasladaba constantemente y siempre pagaba en efectivo, con el dinero que sacó de la caja fuerte de él. Llegado el momento, su intención había sido dar a luz sola, en el motel en el que se había registrado a pasar la noche. Pero mi parto se complicó y supo que algo no iba bien. Margreta tenía hambre y estaba asustada. De modo que llamó a urgencias.

—¿Cuál era el problema? —le apartó un mechón de pelo de la cara.

—Venía al revés. Tuvo que someterse a una cesárea. Mientras estaba atontada por la anestesia, le preguntaron el nombre del padre y no se le ocurrió inventarse uno, soltó el suyo. Así es como entré en el sistema y la razón por la que él conoce mi existencia.

—¿Cómo sabes que él lo sabe?

—En una ocasión estuvo a punto de alcanzarnos —tembló y él la abrazó más—. Envió a tres hombres. Nos encontrábamos... en Indianapolis, creo. Yo tenía cinco años. Mamá había comprado un coche viejo e íbamos a alguna parte. Nos vimos metidas en un atasco. Los vio bajarse de un vehículo. Ella nos había enseñado lo que teníamos que hacer si alguna vez nos decía que corriéramos. Nos sacó del coche y gritó: «¡Corred!» Yo obedecí, pero Margreta se puso a llorar y se agarró al brazo de mamá. La alzó en vilo y emprendió la carrera. Dos hombres fueron tras ellas y el otro detrás de mí. Me escondí en un callejón, debajo de la basura. Lo oía llamarme. «Sonia, Sonia». Una y otra vez. Conocían mi nombre. Esperé una eternidad, hasta que al final se fue.

—¿Cómo volvió a encontrarte tu madre? ¿O la atraparon?

—No, Margreta y ella también consiguieron escapar. Yo permanecí oculta. Mamá nos había dicho que en ocasiones, cuando pensábamos que se habían ido, los hombres malos seguían vigilando, esperando a ver si salíamos. De modo que pensé que los hombres malos seguían vigilando, y me quede todo lo quieta que pude. Al caer la noche tuve frío. Estaba asustada y hambrienta y no sabía si alguna vez volvería a ver a mi madre. Sin embargo, no me fui y al final la oí llamarme. Debió de ver hacia dónde había corrido y logró regresar cuando consideró que era seguro. Lo único que sabía yo era que me había encontrado. Después de aquello, decidió que ya no era seguro mantenernos con ella, así que empezó a buscar a alguien que nos adoptara.

Chance frunció el ceño. No había localizado más que un solo registro de adopción.

—¿La misma familia os aceptó a las dos?

—Sí, pero fui yo a la única a la que adoptaron. Margreta no quiso —musitó con suavidad—. Margreta... recuerda cosas. Lo había perdido todo menos a mamá, de modo que imagino que se aferró con más fuerza que yo. Le había costado mucho adaptarse —se encogió de hombros—. Al crecer como lo hice, puedo adaptarme a casi todo.

Quería dar a entender que se había enseñado a no aferrarse a nada. Con su personalidad abierta, había encontrado gozo y belleza allí donde podía.

—Pero... dijiste que intentaba matarte. Da la impresión de que se esforzaba con ahínco por recuperarte.

—Intentaba recuperar a Margreta —movió la cabeza—. A mí no me conocía. Yo sólo representaba un medio con el que poder obligar a mi madre a devolverle a Margreta. Si me captura, cuando se entere de que no sé dónde se encuentra ella, le seré inservible.

—¿No lo sabes? —preguntó sorprendido.

—Es más seguro de esa manera. Hace años que no la veo —su voz proyectó una añoranza inconsciente de su hermana—. Ella tiene el número de mi teléfono móvil y me llama una vez por semana. Mientras responda a la llamada, sabe que todo va bien.

—¿Y no sabes cómo ponerte en contacto con ella?

—No. No puedo revelarles lo que no sé. Me muevo mucho, de manera que el mejor modo para comunicarnos era un teléfono móvil. Mantengo un apartamento en Chicago, el sitio más pequeño y barato que pude localizar, pero no vivo allí. Es más una tapadera. Supongo que si vivo en alguna parte, se puede decir que es en Atlanta, pero acepto todos los encargos que puedo. Rara vez paso más de una noche en un mismo sitio.

—¿Cómo podrá encontrarte ahora, si te has cambiado el nombre? A menos que sepa quién te adoptó, pero, ¿cómo puede enterarse? —el mismo Chance sólo había sido capaz de dar con ella debido al incidente de Chicago, cuando le robaron el paquete que llevaba y comprobó su historial. Pero en seguida se dio cuenta de que el topo del FBI habría hecho lo mismo; iba a encargarse de rastrearlo. ¿Habría penetrado tanto como él en las capas de la burocracia? Se preguntó si a Sunny se le habría pasado por la cabeza que quizá su tapadera había sido descubierta.

—No lo sé. Sólo sé que no puedo dar por hecho que estoy a salvo hasta que él haya muerto.

—¿Y qué me dices de tu madre? ¿Y Margreta?

—Mi madre murió —respiró hondo—. La capturaron. Antes que dar información de nosotras prefirió quitarse la vida. Nos había dicho que lo haría llegado el caso... y lo hizo —calló y Chance le brindó tiempo para recuperarse—. Margreta usa otro nombre, que yo desconozco. Tiene un problema de corazón, de modo que para ella es mejor quedarse en un lugar.

Pensó que Margreta llevaba una vida bastante normal mientras Sunny no dejaba de ir de un lado a otro, mirando siempre por encima del hombro. Era lo que había conocido desde que llegó al mundo, la manera en que la enseñaron a encarar las situaciones. Pero, ¿y los años pasados con los Miller? Entonces, ¿su vida había sido normal?

Ella misma respondió a sus cavilaciones.

—Echo de menos tener un hogar —dijo con melancolía—. Pero si te quedas en un solo sitio, llegas a conocer a gente, formas relaciones. No podía hacer que la vida de otra persona corriera ese peligro. Dios no permita que me case y tenga hijos. Si Hauer me encontrara alguna vez... —calló y tembló al pensar en lo que sería capaz de hacerle a alguien a quien ella quisiera con el fin de conseguir las respuestas que buscaba.

Chance pensó que una cosa no tenía sentido. Hauer era implacable y astuto y estaba loco, y llegaría a cualquier extremo para recuperar a su hija. Sin embargo, ¿por qué Margreta y no Sunny también?

—¿Por qué tiene tanta fijación con tu hermana?

—¿No lo adivinas? —volvió a temblar—. Por eso mamá huyó con Margreta. Lo encontró haciéndole... cosas. Mi hermana apenas tenía cuatro años. Era evidente que llevaba un tiempo abusando de ella, quizá desde que nació. Por ese entonces mamá había averiguado quién era, aunque no había hecho acopio de valor para irse. Cuando lo encontró con Margreta, no le quedó otra alternativa —susurró con agonía—. Margreta lo recuerda.

Chance se sintió asqueado. Aparte de ser un canalla asesino y miserable, Hauer también era un pervertidor de menores. Matarlo era demasiado bueno para él; merecía que lo descuartizaran... despacio.

Agotada por el agotamiento físico y la tormenta emocional, Sunny se quedó dormida. La sostuvo, contento de dejarla descansar. El fuego necesitaba más ramas, pero, ¿qué importaba? Abrazarla era más importante. Analizar la situación era más importante.

Lo principal era que creía cada palabra que ella le había dicho. Sus emociones habían sido descarnadas como para haber fingido. Por primera vez todas las piezas del rompecabezas encajaban, y lo dominó un gran alivio. Sunny era inocente. No tenía nada que ver con su padre, jamás lo había visto, había dedicado toda la vida a huir de él. Por eso iba pertrechada con equipo de supervivencia, lista para desaparecer en cualquier momento hasta que considerara que era seguro volver a rehacer su vida.

No tenía manera de ponerse en contacto con Hauer. Entonces, el único modo de llegar hasta él era usarla como cebo. Y teniendo en cuenta todo lo que provocaba en ella su padre, jamás, bajo ninguna circunstancia, aceptaría algo que atrajera su atención.

Debería de llevarlo a cabo sin su consentimiento. No le gustaba usarla, pero lo que había en juego era demasiado importante para abandonarlo. Hauer no podía continuar en libertad para sembrar el mundo de destrucción. Si no lo capturaban, ¿cuántas personas inocentes morirían sólo ese año?

Ya no tenía sentido seguir en el cañón; había averiguado lo que quería saber. Sin embargo, Zane no comprobaría la situación hasta el día siguiente. Acomodó a Sunny en los brazos y apoyó la cabeza sobre su cabeza. Emplearía el tiempo para formular un plan... y para gastar todos los preservativos que pudiera.

—Aléjate de mí —gruñó ella a la mañana siguiente, apartando la cara del beso de él. Le quitó la mano del pecho—. No me toques... visón.

Chance soltó una carcajada.

Ella le tiró del vello del torso.

—¡Ay! —se alejó todo lo que pudo en el espacio reducido de la tienda—. Eso me ha dolido.

—¡Bien! Creo que no puedo caminar —rápida como una serpiente, alargó la mano para tirarle otra vez del vello—. De esta manera, puedes divertirte tanto como me estoy divirtiendo yo.

—Sunny —empleó un tono seductor.

—Nada de Sunny —advirtió mientras se vestía. Él se puso a esquivar codos y rodillas y sus manos se apoyaron en algunos sitios interesantes—. ¡Para! ¡Hablo en serio, Chance! Estoy demasiado dolorida para seguir haciendo el mono.

Más para provocarla que por otra cosa, él se centró en un sitio interesante que hizo que ella chillara. Salió disparada de la tienda y él cayó de espaldas, muerto de risa... hasta que Sunny apartó la solapa de la tienda y le arrojó agua fría a la cara.

—Toma —soltó, muy complacida por el grito sorprendido de él—. Lo que necesitabas era una ducha fría —luego emprendió la carrera.

Si creyó que por el hecho de estar desnudo su carrera se iba a ver entorpecida, se equivocó. Recogió una botella de agua al pasar junto a los suministros y la alcanzó antes de que hubiera recorrido cincuenta metros. Sunny reía como una loca, de lo contrario, quizá hubiera podido salirse con la suya. La inmovilizó con un brazo y vertió el agua sobre su cabeza. Estaba gélida de permanecer fuera toda la noche; Sunny gritó, se retorció y rió, y se aferró a él cuando las rodillas le flojearon.

—Demasiado dolorida para caminar, ¿eh?

—No... no caminaba —rió entre dientes al apartarse el pelo mojado de la cara. Unas gotas salpicaron a Chance y tembló.

—Maldición, está fría —el sol apenas había salido y la temperatura aún era fresca.

—Entonces, ponte algo —le palmeó el trasero—. ¿Dónde crees que estamos, en una colonia nudista?

Le pasó el brazo por los hombros y juntos regresaron al campamento. Su deseo de jugar le encantaba; diablos, todo en ella le encantaba. Al despertar la tarde anterior había estado melancólica, algo normal después de unas emociones tan intensas. Chance habló poco y dejó que se relajara. Lo acompañó a comprobar las trampas, que seguían vacías, y se bañaron juntos. Después de una cena tranquila consistente en conejo y cacto, se fueron a la cama, donde él dedicó el resto de la noche a mejorar su estado de ánimo. Sus esfuerzos habían funcionado.

—¿Cómo están tus manos? —preguntó. Si podía tirar de su vello y azotarle las nalgas, la crema antibiótica debía haber obrado milagros.

Las alzó con las palmas hacia fuera para que pudiera verlas. La irritación de las rozaduras había desaparecido, y las yemas con ampollas exhibían una franca mejoría.

—Les pondré unas tiritas antes de empezar —indicó ella.

—¿Empezar qué?

—A abrir asideros en la roca, desde luego —lo miró asombrada.

Aturdido, la observó sin creer lo que oía.

—¡No vas a volver a trepar por esa maldita pared! —espetó.

—Por supuesto que sí —afirmó convencida.

Chance apretó los dientes. No podía decirle que ese día los iban a «rescatar», pero bajo ningún concepto iba a permitir que corriera ese riesgo.

—Yo lo haré —gruñó.

—Yo soy más pequeña —objetó—. Es más seguro para mí.

Otra vez intentaba protegerlo. Tuvo ganas de golpearse la cabeza contra la pared dominado por la frustración.

—No, no lo es —le contestó—. Mira, es imposible que en los próximos dos días abras asideros suficientes para que salgamos de aquí. ¿Cuánto avanzaste ayer? ¿Cuatro metros? Si consiguieras cuatro metros al día, y hoy no lograrás tanto, con el estado en el que se encuentran tus manos, tardarías más de una semana en llegar a la cima. Siempre que no te cayeras y te mataras.

—Entonces, ¿qué se supone que he de hacer? —replicó—. ¿Rendirme?

—Hoy no vas a hacer nada. Dejarás que tus manos sanen, aunque para ello tenga que atarte, ¿de acuerdo?

Dio la impresión de querer discutir, pero Chance era mucho más grande que ella, y su expresión le indicó que hablaba en serio.

—De acuerdo —musitó—. Sólo por hoy.

Esperaba que mantuviera su palabra, porque iba a tener que dejarla sola cuando fuera al sitio donde se comunicaba con Zane. Se vistió a toda velocidad y juntos tomaron otro desayuno de agua fría y una barrita de nutrición, ya que no quedaba nada del conejo de la noche anterior. Se prometió que al día siguiente el desayuno sería de beicon con huevos, con muchas tostadas y café caliente.

—Voy a comprobar las trampas —mintió—. Cuida el fuego. Hoy debes dedicarte a reponerte. Yo lavaré la ropa por la tarde.

—Trato hecho —aceptó, aunque él supo que pensaba en Margreta.

La dejó sentada junto al fuego. Fue una caminata de diez minutos hasta el punto elegido. Sacó el láser del bolsillo y comenzó a emitir la señal de recogida. De inmediato Zane pidió confirmación, para cerciorarse de que no hubiera un error. Después de todo, no habían esperado que sucediera tan deprisa. Chance repitió el mensaje y en esa ocasión recibió una señal afirmativa.

Guardó el láser en el bolsillo. No sabía cuánto tardaría Zane en preparar el rescate, pero probablemente poco. Conociéndolo, ya tendría todo preparado.

Regresaba al campamento cuando la pequeña avioneta de dos motores sobrevoló el desfiladero. Chance sonrió.

Comenzó a correr, sabiendo que Sunny estaría agitada. La oyó gritar antes de verla; luego apareció dando saltos de alegría al ir a su encuentro.

—¡Me ha visto! —gritó, riendo y llorando al mismo tiempo—. Movió los alerones de las alas. Volverá a buscarnos, ¿verdad?

La atrapó cuando se arrojó a sus brazos y no pudo evitar plantarle un beso largo y apasionado.

—Volverá —confirmó—. A menos que pensara que sólo lo saludabas —bromeó.

—Oh, no —susurró conmocionada.

No tuvo frialdad para mantener la farsa.

—Claro que volverá —repitió—. Mover los alerones era la señal de que te había visto y enviaría ayuda.

—¿Estás seguro? —contuvo las lágrimas.

—Lo prometo.

—Me las pagarás.

Tuvo que besarla por eso y no paró hasta que se derritió en sus brazos. Al rato suspiró y la soltó.

—Deja de volverme loco. Hemos de guardar todo.

La sonrisa que le regaló fue brillante, como el sol al salir, y desterró de su ser el frío que aún sentía.

Recogieron sus pertenencias. Chance le devolvió el revólver y la observó desmontarlo y guardarlo en sus distintos escondites. Luego se dirigieron hacia el avión y esperaron.

El rescate llegó en un helicóptero; el cañón reverberó con el ruido de las hélices. Se posó en tierra como un mosquito gigante. La arena remolineó en el aire, azotándolos, y Sunny escondió la cara en la camisa de él.

Un hombre de unos sesenta años con rostro amigable y barba cana bajó del aparato.

—¿Necesitan ayuda, amigos? —preguntó.

—Sí —repuso Chance.

Cuando estuvo más cerca, les dio la mano para presentarse.

—Charlie Jones, Patrulla Aérea Civil. Llevamos buscándolos un par de días. No esperaba encontrarlos tan al sur.

—Me desvié del rumbo en busca de un sitio donde aterrizar. Se estropeó la bomba de la gasolina.

—En ese caso, tienen mucha suerte. Por aquí el terreno es muy agreste. Puede que éste sea el único sitio en ciento cincuenta kilómetros a la redonda en el que podrían haber aterrizado. Vamos. Imagino que tendrán ganas de darse una ducha y de comer algo.

Chance alargó la mano hacia Sunny y ella volvió a regalarle esa sonrisa brillante al aceptársela y caminar juntos hacia el helicóptero.

Sunny se sentía casi mareada de alivio y pesar; alivio porque no perdería la llamada de Margreta, pesar porque su tiempo con Chance, incluso en unas condiciones tan duras, había sido el más feliz y satisfactorio de su vida, y se iba a acabar. Desde el principio había sabido que su unión estaba limitada; en cuanto regresaran al mundo normal, todas las viejas reglas recuperarían su vigor.

No podía arriesgar su vida dejando que formara parte de la suya. Le había dado dos noches de felicidad y una vida entera de recuerdos. Eso tendría que bastar, sin importar lo mucho que le doliera la idea de alejarse de él para no volver a verlo. Al menos ya sabía lo que era amar a un hombre, y eso enriquecía sus experiencias. No habría cambiado esos pocos días con él por ninguna cantidad de dinero, sin importar el precio de soledad que tuviera que pagar por ellos.

Le sostuvo la mano durante el trayecto en helicóptero hasta un pequeño y destartalado campo de aterrizaje. El único edificio estaba hecho con planchas de metal, con un anexo de madera que albergaba la oficina. Hacía tiempo que la arena había carcomido la capa de pintura. Después de vivir bajo una roca durante tres días, a Sunny le pareció el cielo.

Siete avionetas de diversos modelos se hallaban aparcadas

casi con precisión militar a un lado de la pista. Charlie Jones posó el helicóptero sobre una plataforma de cemento detrás del edificio principal. Tres hombres, uno limpiándose las manos grasientas en un trapo rojo, salieron de la estructura por la puerta de atrás y caminaron hacia ellos con las cabezas bajadas debido a la turbulencia de los rotores.

Charlie se quitó los auriculares y bajó del helicóptero con una sonrisa en la cara.

—Los he encontrado —le gritó con alegría al trío que se acercaba. A Chance y a Sunny les dijo—: Los dos de la izquierda realizan servicios de vuelo conmigo. Saúl Osgood, el del extremo izquierdo, es quien avistó el humo esta mañana y transmitió su posición por radio. El del centro se llama Ed Lynch. El de las manos sucias es Rabbit Warren, el mecánico. Su verdadero nombre es Jerome, pero nunca lo reconocerá.

Sunny controló las ganas de reír y estrecharon las manos de los tres hombres mientras se presentaban.

—No me lo creía cuando vi su pájaro en ese desfiladero estrecho —comentó Saúl Osgood mientras movía la cabeza a medida que Chance les contaba lo sucedido—. Es un milagro que lo haya encontrado. Y realizar un aterrizaje forzoso... —movió otra vez la cabeza—. Lo único que puedo decir es que alguien velaba por ustedes.

—Así que cree que fue la bomba de la gasolina, ¿eh? —inquirió Rabbit Warren mientras se dirigían al hangar.

—Todo lo demás funciona bien.

—Es un Skylane, ¿verdad?

—Sí —Chance le indicó el modelo y Rabbit se frotó la mandíbula.

—Puede que tenga una bomba para ese modelo. El año pasado pasó por aquí un tipo que pilotaba un Skylane. Solicitó algunos repuestos, luego se marchó y jamás volvió a buscarlos. Lo comprobaré mientras se refrescan.

Si «refrescarse» tenía algo que ver con un cuarto de baño, Sunny estaba más que lista. Chance le cedió el primer turno, y ella a punto estuvo de gritar de placer al ver la cantidad de agua que salía del grifo. ¡Y encima había un retrete! Estaba en el cielo.

Cuando Chance terminó, bebieron unos refrescos fríos que sacaron de una máquina expendedora. Al lado había una máquina que vendía cosas de comer.

—¿Cuánto cambio tienes? —le preguntó.

Él lo sacó del bolsillo y lo alargó para que Sunny lo viera. Escogió dos monedas de un cuarto de dólar y las introdujo en la ranura, apretó una tecla y en la bandeja cayó un paquete de galletitas de queso.

—Pensé que ibas a decidirte por una tableta de chocolate —comentó él mientras introducía más monedas en la máquina y seleccionaba un paquete de cacahuetes.

—Eso viene a continuación —enarcó las cejas—. No pensarías que me iba a conformar con las galletitas, ¿verdad?

Ed Lynch abrió la puerta de la oficina.

—¿Necesitan hacer alguna llamada? Hemos notificado a la Patrulla Aérea Civil para que cancele la búsqueda, pero si quieren hablar con algún familiar, pueden usar el teléfono.

—Yo debo llamar a mi empresa —hizo una mueca. Tenía una excelente excusa para no haber realizado la entrega, pero al final tenían a un cliente insatisfecho.

Chance esperó hasta que se puso a hablar, luego se acercó a donde Rabbit fingía inspeccionar la bomba de combustible. Chance pensó que sus hombres eran buenos; claro está que se ganaban la vida con el subterfugio.

—Todo va a la perfección —anunció en voz baja—. Podéis marcharos en cuanto Charlie nos lleve de vuelta al cañón con la bomba de la gasolina.

Rabbit sacó una caja grasienta de una estantería improvisada. Por encima del hombro de Chance observó a Sunny a través del cristal de la oficina.

—En esta ocasión has sacado adelante una misión complicada, jefe —comentó con admiración—. Es la cara más dulce que he visto en bastante tiempo.

—Y detrás también hay una persona dulce —indicó al recoger la caja—. No forma parte de la organización.

—De modo que todo ha sido por nada —comentó Rabbit.

—No, la operación sigue en marcha. Lo único que ha cambiado es el papel que desempeña ella. En vez de ser la clave, es el cebo. Lleva toda la vida huyendo de Hauer. Si él averigua dónde está, saldrá de su escondite —miró alrededor para asegurarse de que Sunny seguía al teléfono—. Haz correr la noticia de que hemos de ir con suma cautela con ella, cerciórate de que no salga herida. Hauer ya ha causado suficiente daño en su vida.

«Y yo mismo voy a causarle más», pensó con pesar. A pesar del terror que le producía Hauer, cuando se enterara de que Chance había filtrado adrede su paradero, iba a volverse loca. Sin duda eso representaría el fin de la relación, aunque desde un principio él había sabido que sólo se trataba de algo temporal. Igual que ella, no se hallaba en posición de mantener lazos permanentes. Las circunstancias de Sunny cambiarían cuando no estuviera su padre, pero no las de él; pasaría a ocuparse de otra crisis, de otra amenaza para la seguridad.

El simple hecho de ser su primer amante, no significaba que sería el último.

La idea le provocó una poderosa furia interior. «Maldita sea, es mía...», ahogó el pensamiento posesivo. Sunny no era suya; era una mujer independiente, y si encontraba la felicidad en la vida con otros hombres, se alegraría por ella. Merecía todo lo bueno que pudiera surgirle.

Pero no se sentía feliz. Su risa, su pasión... lo quería todo para él. Saber que no podría tenerla ya empezaba a abrirle un agujero en las entrañas, pero se merecía algo mejor que un mestizo con las manos manchadas de sangre. Había elegido el mundo en el que vivía y estaba preparado para él. Se hallaba acostumbrado a vivir una mentira, a fingir ser alguien que no era, a permanecer siempre en las sombras. Sunny era... luminosa. Disfrutaría de ella mientras la tuviera, pero al final sabía que debería marcharse.

Ella terminó la llamada y abandonó la oficina. Al oír que la puerta se cerraba, Chance se volvió para verla acercarse. Vio que fruncía la nariz.

—Todo el mundo se alegra de que el avión no se estrellara, de que esté viva... pero el hecho de no haber muerto hace que sea menos perdonable no haber entregado el paquete. Aunque el cliente aún lo quiere, de manera que he de ir a Seattle.

Se aproximó a él con tanta naturalidad como si llevaran años juntos, y con igual naturalidad Chance le rodeó la cintura con un brazo.

—Qué se fastidien —descartó. Alzó la caja de herramientas—. Adivina lo que tengo.

—Las llaves del reino —se le iluminó la cara.

—No andas muy descaminada. Charlie va a llevarme de vuelta al avión para que pueda cambiar la bomba de la gasolina. ¿Quieres acompañarme o prefieres quedarte hasta que vuelva?

—Iré contigo —dijo de inmediato—. No sé nada sobre aviones, pero te puedo hacer compañía mientras trabajas. ¿Volveremos aquí?

—Claro. Es tan buen lugar como cualquier otro para repostar —además, así no descubriría que no se encontraban en Oregón, tal como él le había dicho.

—Entonces dejaré el bolso aquí, si a Rabbit le parece bien —lo miró y el otro asintió.

Sunny fue a buscar el bolso. Chance comprendió que se sentía a salvo, de lo contrario jamás abandonaría su posesión. Descartando la preocupación que le inspiraba Margreta, los últimos días debió de sentirse libre, aliviada de la constante necesidad de mirar por encima del hombro.

Él también había disfrutado de todos los minutos de su pequeña aventura, ya que sabía que no se encontraban en peligro. Sunny lo hacía sentir más vivo que nunca, incluso cuando lo asustaba por los riesgos que corría. Y cuando se hallaba dentro de ella... estaba más cerca del cielo de lo que jamás lograría estar. El placer de hacerle el amor resultaba tan intenso que era cegador.

Sonrió para sí mismo al alzar su propio bolso. Bajo ningún concepto pensaba dejarlo; después de todo, en él guardaba los preservativos. No se sabía qué podía pasar cuando estuviera a solas con ella.

La tarde moría cuando Charlie posó el helicóptero en el suelo del cañón. Observó la luz con ojo de piloto veterano.

—¿Cree que tiene tiempo suficiente para cambiar la bomba antes de que oscurezca?

—No hay problema —después de todo, los dos sabían que a la bomba no le pasaba nada. Haría que hurgaba un rato para darle más realismo. Sunny no iba a quedarse pegada a él todo el tiempo, y si lo hacía, ya se ocuparía de distraerla. Bajaron del helicóptero y luego Chance sacó el bolso—. Nos vemos en unas horas.

—Si no consiguen regresar al campo de aterrizaje, sabemos dónde se encuentran —indicó Charlie, saludando.

Se agacharon para evitar la turbulencia del despegue del aparato. Sunny se apartó el pelo de la cara y observó el desfiladero con una sonrisa en la cara.

—Otra vez en casa —rió—. Es gracioso lo acogedor que parece ahora que sé que no estamos atrapados.

—Voy a echarlo de menos —le guiñó un ojo. Llevó el bolso y la caja con la bomba hasta el avión—. Pero esta noche averiguaremos si una cama es más divertida que una tienda.

Para su sorpresa, ella exhibió una expresión de tristeza.

—Chance... una vez que nos vayamos de aquí... —movió la cabeza—. No reinará una situación de seguridad.

Despacio, él se detuvo y dejó el bolso y la caja en el suelo. Se volvió hacia ella.

—Si dices lo que creo que dices, puedes olvidarlo. No vas a dejarme.

—¡Ya conoces mis circunstancias! No tengo elección.

—Yo sí. No has sido un revolcón momentáneo mientras estábamos aquí. Me importas, Sunny —musitó—. Cuando mires por encima del hombro, vas a ver mi cara. Acostúmbrate a ello.

Los ojos brillantes de ella se llenaron de lágrimas.

—No puedo —murmuró—. Porque te amo. No me pidas que arriesgue tu vida, porque no podré soportarlo.

Chance sintió un nudo en el estómago. Había planeado hacerle el amor o al menos involucrarse en una aventura apasionada. Había tenido éxito en ambas cosas. Se sentía honrado y entusiasmado... y asqueado, porque iba a traicionarla.

La tuvo en brazos antes de ser consciente de que se movía; la besó con pasión. Se sentía desesperado por probarla, como si hubieran pasado días y no horas desde la última vez. La respuesta de ella fue inmediata y entregada. Chance probó sus lágrimas saladas y se apartó para pasar los dedos pulgares por sus mejillas húmedas. Apoyó la frente en la suya.

—Olvidas una cosa —susurró.

—¿Qué?

—Fui un ranger, cariño. No se me mata con facilidad. Necesitas a alguien que te guarde las espaldas, y yo puedo hacerlo. Piénsalo. Probablemente salgamos en las noticias.

Cuando lleguemos a Seattle, que no te sorprenda ver cámaras de televisión. Aparte de eso, la Patrulla Civil Aérea informó de nuestra desaparición, y eso habrá llegado a los archivos federales. Nuestros nombres quedarán vinculados. Si el topo del FBI lo descubre, los matones de tu padre me perseguirán... en particular si no logran dar contigo.

—¿Televisión? —Sunny palideció.

Se parecía mucho a su madre; Chance había visto fotos de Pamela Vickery Hauer. Cualquiera que la conociera establecería la similitud.

—Estamos juntos en esto —se llevó la mano de ella a los labios y le besó los nudillos, luego le sonrió—. Tienes suerte, ya que puedo ser un canalla despiadado cuando es necesario... suerte para ti y mala suerte para ellos.

Mientras se duchaba en la suite del hotel en la que se habían instalado aquella noche, desesperada pensó que nada de lo que pudiera decirle lo disuadiría. Habían elegido una suite porque tenía más de una salida. Chance había acertado con lo de las cámaras de televisión. Todas las cadenas de Seattle habían querido emitir el lado humano de la historia. El problema era que lo mismo había sucedido con las cadenas nacionales.

Sunny había esquivado las cámaras todo lo que había podido, pero los reporteros habían parecido obsesionados con ella, acribillándola a preguntas. Chance había exhibido una expresión tan intimidatoria que ni siquiera las presentadoras se le acercaron. Ante las cámaras había decidido no contestar nada, pero a instancias de Chance, había aceptado realizar un comentario breve fuera de emisión.

Lo único positivo es que llegaron tan tarde que la historia no pudo salir en la última edición de los noticiarios. Pero a menos que algo más sonado pasara en unas horas, su historia sería emitida a miles de personas durante el desayuno.

Debía dar por hecho que su tapadera había volado. Eso significaba abandonar la empresa de mensajería, trasladarse e incluso cambiar de nombre. Tendría que adoptar una nueva identidad.

Siempre había sabido que pasaría y se había preparado para ello, tanto mental como burocráticamente. Cambiar de nombre no modificaría quién era; sólo se trataba de una herramienta para escapar de su padre.

El verdadero problema era Chance. No podía quitárselo de encima, sin importar cuánto lo intentara, y sabía que ese tipo de cosas se le daban bien. Había tratado de despistarlo en el aeropuerto, metiéndose en un taxi cuando estaba de espaldas a ella. Pero daba la impresión de que él poseía un sexto sentido, ya que se metió por la otra puerta antes de que pudiera darle al conductor la dirección donde debía entregar el paquete. Había permanecido pegado a ella hasta que entraron en la suite.

En eso lo había subestimado. Justo cuando empezaba a lavarse el pelo, se abrió la cortina de plástico y, desnudo, se metió en la ducha con ella.

—Pensé que lo mejor era ahorrar agua y ducharme contigo —explicó.

—¡Ja! Tenías miedo de que me fuera mientras tú te duchabas —le dio la espalda.

—Me conoces muy bien —una mano grande le palmeó el trasero.

Ella contuvo una sonrisa. «Maldición, ¿por qué tenían que hacer tan buena pareja en todos los sentidos?».

Giró la ducha y se enjuagó el pelo. Él esperó hasta que terminó, luego ajustó el agua para que le diera en el pecho. También cayó de pleno sobre la cara de Sunny. Escupió y le dio un codazo.

—Es mi ducha y no te he invitado. Tengo el control —supo que desafiarlo había sido un error.

—¿Ah, sí? —y la pelea continuó.

Antes de que ella se diera cuenta, ambos reían y el cuarto de baño estaba salpicado de agua. Había jugado más con Chance que con nadie desde que era pequeña; a pesar de sus problemas, en su compañía se sentía alegre. Sus cuerpos húmedos y desnudos se pegaron y ninguno pudo agarrar bien al otro. Las manos de él estaban por todas partes: en sus pechos, en sus nalgas, entre sus piernas, mientras Sunny reía y las apartaba. Un dedo largo logró abrirse paso a su interior y ella chilló, tratando de soltarse al tiempo que la excitación le recorría las venas. La sesión de lucha empezaba a surtir un efecto predecible en ambos. Sunny logró empuñar la ducha y lanzarle un chorro de agua a la cara, y mientras él intentaba desviarlo, consiguió escapar de la bañera y envolverse con una toalla.

Él la siguió y antes de que llegara hasta la puerta, la cerró de un manotazo.

—Has dejado la ducha abierta —acusó ella.

—Yo no la abrí —sonrió y le arrebató la toalla.

—El agua chorrea por el suelo —intentó amonestarlo.

—De todas maneras, había que secarlo.

—Nos van a expulsar del hotel —se apartó un mechón mojado de la cara—. El agua se filtrará y caerá a la habitación de abajo.

La hizo girar para dejarla de cara a la ducha.

—Si te preocupa, ciérrala, entonces.

Obedeció porque odiaba desperdiciar agua, aparte de que estaba poniendo todo perdido.

—Ya, espero que te quedes satisfecho.

—En absoluto —le dio la vuelta y la pegó a él—. ¿Te he dicho hoy lo sexy que estás?

—¿Hoy? ¡No me lo has dicho nunca!

—Sí.

—No. ¿Cuándo?

—Anoche. Varias veces.

—Eso no cuenta. Todo el mundo sabe que no puedes creer lo que dice un hombre cuando está...

—¿Dentro de ti? —terminó él con una sonrisa.

—Iba a decir en una situación extrema —logró mostrar una expresión severa.

Bajó la vista a sus pechos y la expresión de su cara se alteró, junto con la sonrisa. Subió la mano libre para tomárselos y ambos observaron cómo sus dedos cetrinos moldeaban las pálidas cumbres.

—Eres sexy —murmuró con voz ronca. Ella conocía muy bien ese tono, ya que lo había oído muchas veces las últimas noches—. Y hermosa. Tus pechos son cremosos y rosados, hasta que te beso los pezones. Entonces se contraen y se ponen rojos como si me suplicaran que los succionara.

Los pezones se irguieron. Chance gimió y bajó la cabeza; el agua chorreó sobre la piel de Sunny mientras le besaba los pechos. Ella estaba echada hacia atrás, apoyada en su brazo y aferrada con desesperación a sus hombros. No supo cuánto tiempo lograría seguir de pie. La entrepierna le palpitaba y jadeó en busca de aliento.

—Y tus nalgas —gruñó él—, son las más apetitosas del mundo.

Le dio la vuelta para poder acariciárselas. A Sunny le temblaron las piernas y tuvo que apoyarse en el borde del tocador. Detrás, un espejo de pared abarcaba todo el cuarto. Apenas logró reconocerse en la mujer desnuda que vio reflejada allí. Su expresión irradiaba deseo, tenía el rostro acalorado y los párpados pesados.

Chance alzó la vista y sus miradas se encontraron a través del espejo. La electricidad crepitó entre los dos.

—Y aquí —susurró, deslizando la mano alrededor de su vientre para introducirla entre sus piernas. Su mano grande le cubrió por completo el montículo oscuro. Ella sintió los dedos entre los labios, frotándola como le gustaba. Gimió y se hundió contra él, con las piernas laxas—. Eres tan suave y firme —continuó la letanía erótica junto a su oído—. Apenas logro penetrarte. Pero en cuanto lo consigo... se me para el corazón. Y no puedo respirar. Creo que voy a morir, pero no puedo, porque es demasiado bueno para dejarlo —los dedos bajaron más y dos entraron en ella.

Ella se arqueó al experimentar esa sensación, próxima al clímax mientras sus dedos la estiraban. Se oyó gritar de un modo que revelaba lo cerca que se hallaba de la liberación.

—Todavía no, todavía no —instó él, quitándole los dedos para inclinarla hacia delante. Le apoyó las manos en el tocador—. Aguanta, cariño.

Ella no supo si se refería al tocador o a su control. Ninguno era posible.

—No puedo —gimió, al tiempo que ondulaba las caderas en busca de alivio—. Chance, no puedo... ¡por favor!

—Estoy aquí.

Acomodó las piernas entre sus muslos para extenderlas. Sunny sintió la parte inferior de su vientre contra sus nalgas, luego la penetración suave y dura de su sexo. Instintivamente se adelantó para facilitársela, aceptándolo en toda su extensión. Él comenzó a embestirla y a la segunda ella quedó dominada por convulsiones y gritando de placer. Un momento más tarde fue él quien estalló en un orgasmo y se derrumbó sobre su espalda, manteniéndose lo más dentro que pudo mientras gemía y se sacudía.

Sunny cerró los ojos y luchó por respirar. Lo amaba tanto que le dolía. No era lo bastante fuerte como para alejarlo de su vida, ni siquiera por su propia protección. Si de verdad hubiera puesto todos sus sentidos en la tarea, habría conseguido esquivarlo, pero en lo más hondo sabía que no podía abandonarlo. Sin embargo, debería de hacerlo pronto para mantenerlo con vida.

«Un día más», pensó con lágrimas en los ojos. «Un día más. Luego me iré».

Diez días más tarde, Sunny aún no había conseguido dejarlo. No sabía si estaba perdiendo su toque o si los ex rangers del ejército eran muy buenos en evitarlo.

Se habían marchado de Seattle a primera hora de la mañana siguiente. Se mostró muy cauta al volar de regreso a Atlanta; tal como había temido, los noticiarios transmitieron la «aventura romántica» que Chance y ella habían compartido. Mencionaron el nombre de él, pero por algún capricho perverso en ningún momento exhibieron su cara. La cámara captaba la parte de atrás de su cabeza o un cuarto de su perfil, mientras que la de ella apareció con nitidez de costa a costa del país.

Uno de los equipos de reporteros incluso los rastreó hasta el hotel, para despertarlos a las tres de la mañana con el fin de preguntarles si aceptaban presentarse en los estudios para una entrevista en directo.

–Diablos, no –había gruñido Chance por teléfono antes de colgar de golpe.

Después de aquello, lo mejor fue desaparecer del alcance de los medios de comunicación. Antes del amanecer dejaron el hotel y tomaron un taxi hasta el aeropuerto. La avioneta estaba preparada para despegar. Cuando el sol salió, ya se hallaban en el aire. Chance no presentó un plan de vuelo, de modo que nadie podía averiguar adónde iban. Ella misma no lo supo hasta que aterrizaron en Boise, Idaho, donde compraron ropa nueva. Sunny siempre llevaba mucho dinero en efectivo para una situación de ese estilo, y daba la impresión de que a Chance tampoco le faltaba. No obstante, él tuvo que emplear su tarjeta de crédito para pagar el combustible, por lo que ella supo que dejaban un rastro, aunque esos registros sólo mostrarían dónde habían estado, no hacia dónde iban.

La presencia de Chance alteró su plan. Sabía cómo desaparecer, pero él y la avioneta complicaban las cosas.

Desde una cabina telefónica en Boise, Sunny llamó a Atlanta para dimitir de su trabajo, dejando instrucciones para que depositaran su última paga en el banco. Haría que le transfirieran el dinero a cualquier parte donde lo necesitara. En algunos momentos, a la deriva de la vida que se había creado, se preguntó si reaccionaba con exceso ante la posibilidad de que alguien la reconociera. Su madre llevaba muerta más de diez años; había pocas personas en el mundo capaces de ver la semejanza. Las probabilidades debían de ser astronómicas para que una de dichas personas hubiera visto la breve historia de su aventura.

Pero todavía estaba viva gracias a que su madre le había enseñado que cualquier probabilidad resultaba inaceptable. De modo que prosiguió la huida, tal como había aprendido a hacerlo en los primeros cinco años de su vida. Después de todo, las probabilidades también estaban en contra de que quedara embarazada, pero allí estaba, a la espera de un período que aún no se había materializado. Sólo habían cometido dos deslices, uno en el desfiladero y el otro en el cuarto de baño del hotel de Seattle. El momento tampoco había sido el más propicio para que quedara embarazada, aunque no hubieran usado protección; entonces, ¿por qué no le había llegado el período? Su ciclo era de una regularidad pasmosa, y ya llevaba dos días de retraso.

No se lo mencionó a Chance. Quizá sólo fuera un retraso debido al terror que sintió cuando pensó que iban a tener el accidente; eso sucedía.

«Sí, y también me pueden salir alas y volar», pensó desesperada. Estaba embarazada. Lo sabía en los huesos, como si de algún modo su cuerpo se comunicara con el embrión microscópico que albergaba.

Sería tan fácil dejar que Chance lo llevara todo. No creía que él hubiera notado lo distraída que había estado los últimos días, aunque tampoco sabía cuándo debía tener el período.

Había hablado con Margreta dos veces y le había dicho que pensaba ocultarse. Iba a contratar un nuevo número de teléfono móvil antes de que le desconectaran el que ya tenía. Había intentado contarle a su hermana todo lo que pasaba, pero las llamadas de Margreta, como de costumbre, fueron breves. Sunny lo entendía. Le costaba sobrellevar todo lo concerniente a su padre. Quizá algún día pudieran llevar vidas normales, tener una relación fraternal normal; tal vez algún día Margreta lograra superar lo que él le había hecho y encontrar algo de felicidad.

Luego estaba Chance. A veces se pellizcaba porque era demasiado bueno para ser verdad. Los hombres como él no aparecían todos los días; la mayoría de las mujeres jamás conocía a un hombre capaz de volver del revés su mundo con una sola mirada.

Esa situación de ir de un lado para otro no podía durar mucho más. Para empezar, era caro. Chance no ganaba dinero mientras volaban de un remoto campo de aterrizaje a otro, y tampoco ella. Necesitaba iniciar el papeleo para un nuevo nombre, un nuevo móvil... e ir a ver a un obstetra, lo cual sería caro. Se preguntó cómo lo había conseguido su madre, con una niña asustada y traumatizada de la mano y embarazada de otra. Pamela debió de pasar años aterrada; sin embargo, Sunny la recordaba riendo, jugando con ellas y haciendo que la vida fuera divertida aun cuando las enseñaba a sobrevivir. Sólo esperaba poder ser la mitad de fuerte que había sido su madre.

Esos días estaba llena de esperanzas locas. Esperaba que no la hubieran reconocido. Esperaba que su bebé fuera sano y feliz. Y, por encima de todo, esperaba que Chance y ella pudieran construir una vida juntos, que se mostrara encantado al enterarse de que iba a ser padre, incluso cuando no lo habían planeado, que la quisiera tanto como parecía quererla. En ningún momento le había dicho que la amaba, pero se reflejaba en su voz, en sus actos, en sus ojos y en su contacto cuando le hacía el amor.

Todo tenía que salir bien. Había demasiado en juego.

Sunny dormía durante el aterrizaje en Des Moines. Chance la miró, pero estaba profundamente dormida, como una niña, la respiración profunda y las mejillas encendidas. Sabiendo lo que se les avecinaba, la dejó dormir.

El plan marchaba a la perfección. Había arreglado que la cara de Sunny fuera emitida por toda la nación y el cebo había sido mordido de inmediato. Sus hombres habían localizado a dos de los matones de Hauer en el país y mantenían una discreta vigilancia de sus pasos. Chance se ocupó de que seguirlos resultara difícil, de lo contrario habría resultado demasiado obvio. Pero había dejado un leve rastro que, si los sabuesos eran buenos, serían capaces de desentrañar. Y los sabuesos de Hauer eran buenos. Llevaban una semana yendo un día por detrás de ellos, pero hasta que no apareciera en persona Hauer, se cercioraba de que jamás los alcanzaran.

Las noticias que esperaba habían llegado el día anterior. Según los rumores en las organizaciones terroristas, Hauer había desaparecido. Hacía días que no se lo veía y se decía que se hallaba en los Estados Unidos planeando algo grande.

De algún modo había conseguido salir de Europa y entrar en los Estados Unidos sin ser detectado, pero como Chance ya sabía que había un topo en el FBI que lo ayudaba, no le sorprendía.

Hauer era demasiado inteligente para reunirse abiertamente con sus hombres, pero andaría cerca. Era el tipo de hombre que, cuando capturaran a Sunny, querría interrogar a su hija rebelde en persona.

Lo despedazaría con sus propias manos antes que dejar que eso pasara.

Pero tendría que permitir que creyeran que la tenían sin saber que estaban rodeados en todo momento por sus hombres. Esperaba que a él mismo no le metieran una bala al principio. Si los secuaces de Hauer eran listos, comprenderían que podrían usar amenazas contra Chance para mantener a Sunny a raya, y ya habían demostrado que eran inteligentes. Ésa era la parte arriesgada, pero había tomado todas las precauciones posibles sin delatarse.

De un modo u otro, su tiempo con Sunny terminaría esa noche. Si todo marchaba bien, ambos sobrevivirían y ella sería libre para llevar su vida sin ocultarse. Esperaba que un día no lo odiara, que se diera cuenta de que había hecho lo que debía con el fin de capturar a Hauer. Incluso era posible que alguna vez volvieran a encontrarse.

Guió el Cessna hasta su punto designado y apagó el motor. Sunny seguía durmiendo a pesar del silencio súbito. Sonrió a pesar de la tensión interior. Las últimas dos semanas se había atiborrado de sexo, como si subconscientemente hubiera intentado acumular recuerdos y sensaciones para cuando ya no la tuviera a su lado. Pero, sin importar lo a menudo que la había tenido, aún la deseaba. Más. De hecho, con sólo pensar en ella, se había excitado.

La movió con suavidad y ella abrió los ojos adormilados con una expresión de tanta confianza y amor que sintió el corazón en un puño. Se irguió, se estiró y miró alrededor.

—¿Dónde estamos?

—Des Moines —desconcertado, añadió—: Te dije adónde íbamos.

—Lo sé —bostezó—. Lo que pasa es que me siento aturdida. He dormido mucho. Por lo general no duermo por el día. Es evidente que no descanso lo suficiente por la noche —parpadeó—. Me pregunto por qué.

—No tengo ni idea —repuso con absoluta inocencia. Abrió al puerta y bajó; se volvió para tomarle las manos y depositarla en el suelo. Alzó la vista al cielo azul y se estiró para eliminar la tensión—. Es un bonito día. ¿Quieres ir de picnic?

—¿De qué? —lo miró como si hablara en otro idioma.

—De picnic. Ya sabes, donde te sientas en el suelo y comes con las manos y luchas contra los animales salvajes por la comida.

—Parece divertido. Pero, ¿no lo hemos hecho ya?

—En esta ocasión lo haremos bien —rió—. Mantel a cuadros, pollo frito, y todo lo demás.

—De acuerdo, me has convencido. ¿Y adónde iremos? ¿Junto a la pista?

—Alquilaremos un coche y buscaremos un sitio.

A Sunny comenzaron a brillarle los ojos al darse cuenta de que él hablaba en serio. Chance pensó que eso era lo que más le encantaba de ella, su capacidad para divertirse.

—¿De cuánto tiempo disponemos? ¿Cuándo nos iremos de aquí?

—Quedémonos un par de días. Iowa es un lugar agradable y mi trasero agradecería olvidarse durante un rato del asiento de la avioneta.

Al concluir el papeleo con el aeropuerto, fue al mostrador de alquiler de vehículos y volvió con unas llaves en la mano.

—¿Has alquilado una furgoneta? —bromeó ella al ver el Ford Explorer verde—. ¿Por qué no pediste algo con estilo, como un descapotable rojo?

—Porque mido un metro noventa —repuso—. Las piernas no me caben en un deportivo.

Ella había comprado una pequeña mochila negra que llevaba en lugar del bolso grande. Le cabía una muda de ropa y algunos artículos personales, y con eso bastaba para la única noche que solían pasar en un lugar. Eso significaba que siempre llevaba el revólver encima, montado cuando no debían pasar por un detector, y Chance no protestaba. Él también llevaba su pistola a la cintura, debajo de la camisa holgada. Dejó la mochila en el suelo y se sentó. Chance se situó detrás del volante.

—Me da miedo arrancar este aparato. Es imposible saber qué podría suceder.

—Gallina. ¿Qué sería lo peor?

—Me alegra saber que los Explorer no tienen asientos proyectables —musitó al meter la llave en el arranque. El motor cobró vida de inmediato. La radio atronó, los limpiaparabrisas se movieron a máxima velocidad y las luces de emergencia comenzaron a parpadear.

Sunny rió cuando Chance disparó la mano hacia los controles de la radio y bajó el volumen a un nivel aceptable. Se puso el cinturón de seguridad.

Disponía de un mapa de la agencia de alquiler, aunque ya

sabía adónde iba. El empleado le había dado instrucciones precisas, de modo que recordaría adónde se dirigían cuando fuera interrogado por los hombres de Hauer. Él en persona había explorado la zona antes de poner el plan en marcha. Sería en el campo para eliminar el riesgo de daños colaterales a civiles inocentes. Sus hombres, que estarían en su sitio antes de que ellos dos llegaran, disponían de una buena cobertura. Y lo más importante, Hauer y sus hombres no podrían llegar sin ser detectados. Además, sabía que Zane estaría presente. Por lo general no participaba en el trabajo de campo, pero en esa ocasión protegía la espalda de su hermano. Chance prefería tenerlo a él antes que a un ejército entero; era increíblemente bueno.

Se detuvieron en un supermercado para comprar la comida para el picnic. Incluso adquirieron un mantel de cuadros rojos. Compraron pollo frito, ensalada de patatas, bollos, ensalada de col, pastel de manzana y una cosa verde que Sunny dijo que era ensalada de pistachos. Luego una nevera pequeña con hielo y refrescos. Cuando consiguió sacarla de allí, había pasado más de una hora.

Guardó todo en la parte de atrás de la furgoneta.

Ella bajó la ventanilla y dejó que el viento le agitara el pelo. Mientras miraba el paisaje exhibía una sonrisa feliz. El sol de agosto calentaba cuando se detuvo en el costado del camino. Ante ellos se extendía un campo moteado de árboles.

—Vayamos hasta aquellos árboles de allí —indicó una hilera situada a unos cien metros—. Puede que haya un arroyo cerca.

—¿No deberíamos de solicitar permiso? —ella miró alrededor.

—¿Ves alguna casa cerca? —Chance enarcó las cejas—. ¿A quién se lo pedimos?

—Bueno, de acuerdo, pero si nos metemos en problemas, será por tu culpa.

Él llevó la nevera y casi toda la comida. Sunny se pasó la mochila al hombro y cargó con el mantel.

—Podrías ayudarme —gruñó.

Ella se puso de puntillas para mirar por el borde de la bolsa de la comida. El pastel de manzana se hallaba encima de todo.

—No.

Chance no dejó de quejarse hasta que llegaron al lugar elegido, más que nada porque eso parecía divertirla. Era el último día que podría provocarla, o ver esa sonrisa y oír su risa.

—¡Oh, hay un arroyo! —exclamó ella al llegar a los árboles. Desplegó el mantel sobre la hierba con la precisión y economía de movimientos que parecían tener todas las mujeres. Soplaba una ligera brisa, de modo que lo sujetó con la mochila en un extremo.

Chance dejó la nevera y la comida y se tendió sobre el mantel.

—Ahora estoy demasiado cansado para disfrutarlo —se quejó.

Ella se inclinó y le dio un beso.

—¿Crees que no sé lo que te propones? Luego se te habrá metido algo en un ojo y tendré que acercarme mucho para ver qué es. Después te picará la espalda y deberás quitarte la camisa. Y antes de que me dé cuenta, ambos nos encontraremos desnudos y habrá llegado el momento de irnos, sin que hayamos comido nada.

—Lo tenías todo planeado, ¿verdad? —la miró con curiosidad.

—Hasta el último detalle.

—Me parece bien —intentó acercarla, pero con una carcajada Sunny se alejó.

Se lanzó en pos de ella, y en el momento en que se movió el árbol que había a su espalda saltó y un milisegundo más tarde oyó el sonido de un disparo.

Giró en el aire y cayó sobre Sunny para rodar y dejarla a cubierto detrás de otro árbol.

13

—¡No te muevas! —rugió Chance, metiéndole la cara en la hierba.

Sunny no habría podido moverse aunque lo hubiera querido, incluso sin que los cien kilos de él no hubieran estado encima de ella. Se sentía paralizada y el terror le helaba las venas al darse cuenta de que su peor pesadilla se había hecho realidad; su padre los había encontrado y Chance no era más que un obstáculo que había que destruir. Esa bala no había ido dirigida contra ella. Si no se hubiera apartado y Chance no hubiera decidido ir tras ella, la bala que había arrancado trozos de madera le habría volado la mitad de la cabeza.

—Hijo de perra —musitó encima de ella—. Un francotirador.

La tierra explotó a cinco centímetros de su cabeza y envió polvo sobre su cara, al tiempo que diminutos trozos de grava la aguijonearon como abejas. Chance la empujó a un lado y volvió a rodar con Sunny; el suelo cedió y su estómago experimentó un movimiento que la mareó. La caída se detuvo tan pronto como se inició. Aterrizó con fuerza en ocho centímetros de agua.

Él había rodado hacia el arroyo, donde la ribera les proporcionaba más protección. Con un giro de su poderoso cuerpo se levantó con la pistola en la mano mientras se tumbaba sobre la ribera. Sunny logró ponerse de rodillas, resbalando en el fondo del arroyo para arrastrarse al lado de Chance. Se sentía embotada, como si los brazos y las piernas no le pertenecieran.

No era real. No podía serlo. ¿Cómo la habían encontrado?

Cerró los ojos mientras luchaba contra el terror. Era un peligro para Chance a menos que mantuviera el control. En el pasado había estado en situaciones comprometidas y las había sobrellevado bien, pero nunca antes había visto al hombre que amaba a punto de que lo mataran delante de ella. Nunca antes había estado embarazada, con tanto que perder.

Los dientes le castañeteaban. Apretó la mandíbula con fuerza.

En el campo reinó el silencio. Oyó un coche por el camino y durante un momento se preguntó por qué no paraba. Sin embargo, nadie notaría lo que pasaba. Sólo imperaba el silencio, como si los insectos se hubieran paralizado y los pájaros hubieran dejado de trinar; incluso la brisa había dejado de agitar las hojas. Era como si la naturaleza contuviera el aliento, conmocionada por esa súbita violencia.

El disparo había surgido desde la dirección del camino, aunque no había visto a nadie. Ellos mismos acababan de llegar; era como si quien les disparó ya hubiera estado allí, a la espera. Pero eso resultaba imposible. El picnic había sido un impulso y el lugar elegido al azar; bien podrían haber parado en un parque.

La única explicación que se le ocurría era que el francotirador no tenía nada que ver con su padre. Quizá se trataba de un propietario loco que disparaba a todos los intrusos.

¡Si tuviera el teléfono móvil! Pero Margreta no debía llamarla hasta después de unos días, y aunque lo hubiera llevado, estaría en la mochila, que aún seguía sobre el mantel. La distancia de unos metros bien podía ser un kilómetro. También la pistola estaba en la mochila; aunque era inútil contra un francotirador, se sentiría mejor si dispusiera de algún medio de protección.

Chance no había disparado; conocía la futilidad mejor que ella. Sus ojos escrutaban el campo, en busca de cualquier cosa que delatara la posición del agresor. El ángulo del sol a última hora de la tarde mostraba detalles increíbles de los árboles y matorrales, pero nada que pudiera ayudarlos.

Sólo la noche los ayudaría. Si pudieran aguantar... ¿cuánto? ¿Otra hora? Dos horas, como mucho. Cuando oscureciera, podrían arrastrarse corriente arriba o abajo, no importaba.

Si vivían tanto. El francotirador tenía ventaja. Lo único de que disponían ellos era de la somera protección de una ribera.

Fue consciente de que los dientes volvían a castañetearle. Volvió a cerrar la mandíbula para aquietar el movimiento. Chance la miró un segundo antes de volver a otear los árboles en busca del tirador.

–¿Te encuentras bien? –preguntó; no se refería a su condición física.

–Asustada –logró responder.

–Sí. Yo también –ella pensó que no parecía asustado; sí fríamente furioso. Alargó la mano y le frotó el brazo en un leve gesto de consuelo.

Tuvo ganas de llorar. Deseó haberle hablado del retraso en el período. No podía contárselo en ese momento; lo distraería demasiado.

Si sobrevivían, no guardaría el secreto ni un minuto.

–No pueden ser los hombres de Hauer –soltó Sunny–. Es imposible. No se nos podrían haber adelantado, porque ni nosotros sabíamos que vendríamos aquí. Debe de tratarse de un granjero loco, o de... un imbécil que habrá pensado que sería divertido dispararle a alguien.

—Cariño —volvió a tocarle el brazo y ella se dio cuenta de que farfullaba—. No puede ser un granjero loco ni un imbécil de gatillo rápido.

—¿Cómo lo sabes? ¡Podría ser!

—El francotirador es demasiado profesional.

Cinco palabras que le hundieron el corazón. Chance tenía entrenamiento en ese tipo de cosas.

Pegó la frente a la ribera verde, buscando el coraje de poder hacer lo que tenía que hacer. Su madre había muerto protegiéndolas a Margreta y a ella; ¿es que no era capaz de ser igual de valiente? No podía contarle nada a Hauer sobre su hermana, de modo que ésta se hallaba a salvo, y si podía salvar a Chance, entonces morir valdría la pena...

Su bebé moriría con ella.

«No me hagas elegir», rezó en silencio. «El bebé o su padre».

Si sólo fuera ella, ni titubearía. En el breve tiempo desde que conocía a Chance... ¿Únicamente habían pasado dos semanas?... le había regalado una vida de felicidad y amor. Gustosa entregaría su vida a cambio de eso.

La vida que llevaba dentro realmente aún no era un bebé; era un grupo de células que se dividían con rapidez. No se habían formado ni órganos ni huesos, nada reconocible como un ser humano. Quizá tuviera el tamaño de la cabeza de un alfiler. Pero el potencial... el potencial. Amaba a esa diminuta bola de células con una intensidad que ardía en cada fibra de su ser. Era como si hubiera parpadeado y dicho: «Hola», porque un segundo había sido inconsciente de su existencia y al siguiente de algún modo lo había sabido.

«El bebé o el padre. El bebé o el padre».

Las palabras se retorcieron en su cerebro, reverberando.

Los amaba a los dos. ¿Cómo podría elegir? No era capaz; ninguna mujer debería enfrentarse a semejante decisión. Odió aún más a su padre por forzarla a esa situación. Odió los cromosomas y el ADN con que había contribuido a su existencia. No era un padre, jamás lo había sido. Era un monstruo.

—Dame tu pistola —oyó las palabras, pero la voz no le pareció la suya.

—¿Qué? —giró la cabeza con rapidez y la miró como si hubiera perdido el juicio.

—Dame la pistola —repitió—. Él... ellos... no saben que la tenemos. Tú no has disparado. La guardaré en la parte de atrás de los vaqueros y caminaré...

—¡Y un cuerno! —la miró furioso—. Si crees que...

—¡No, escucha! —exclamó con urgencia—. A mí no me dispararán. Él me quiere viva. Cuando se acerquen lo suficiente para que pueda emplear la pistola...

—¡No! —la agarró por la camisa y la pegó a él hasta que sus narices se tocaron—. Como hagas un movimiento para levantarte, te juro que te derribaré de un golpe. ¿Me has entendido? No te dejaré ir hacia ellos.

La soltó y Sunny se desplomó contra la ribera. Desolada, pensó que físicamente no podría superarlo. Era demasiado fuerte y estaba muy alerta como para que pudiera sorprenderlo.

—Hemos de hacer algo —susurró.

—Esperaremos —expuso con firmeza, sin mirarla—. Eso es lo que haremos. Tarde o temprano, el canalla se mostrará.

Esperar. Era la primera idea que se le había pasado a ella por la cabeza, esperar hasta que oscureciera y escabullirse. Pero si Hauer tenía a más de un hombre allí, el francotirador podría mantenerlos quietos mientras el otro los rodeaba para acercarse por la espalda...

—¿Podemos movernos? —preguntó—. Arroyo arriba o abajo... no importa.

—Es demasiado arriesgado —movió la cabeza—. El arroyo es poco profundo. El único sitio que nos protege es éste. Si intentamos movernos, nos quedamos expuestos a sus disparos.

—¿Y si hay más de uno?

—Lo hay —afirmó convencido. Sus labios esbozaron una sonrisa feroz—. Como mínimo son cuatro, tal vez cinco. Espero que sean cinco.

Ella movió la cabeza, tratando de entender. Cinco a dos representaba una probabilidad en contra mortal.

—¿Eso te alegra?

—Mucho. Cuantos más sean, mejor.

Sunny experimentó una oleada de náuseas y cerró los ojos para contener el impulso de vomitar. ¿Es que creía que el espíritu combativo los mantendría con vida?

La mano fuerte de él le acarició la cara.

—Anímate, cariño. El tiempo está de nuestra parte.

Chance decidió que ése no era el momento de dar explicaciones. Las respuestas serían demasiado largas y complicadas. Su situación se hallaba delicadamente equilibrada entre el éxito y la catástrofe; no podía relajar la guardia. Si acertaba y había cinco hombres queriendo cazarlos, y la única explicación radicaba en que uno de sus propios hombres era un traidor y le había dado a Hauer el paradero de su picnic supuestamente improvisado, en cualquier momento podían planear encerrarlo en una maniobra de pinza. Con sólo una pistola y Sunny a un lado de él, no sería capaz de manejar un ataque procedente de más de dos direcciones. El tercero lo alcanzaría, y probablemente también a Sunny. En un tiroteo, las balas volaban como avispas furiosas, y casi ninguna daba en el blanco elegido. Eso significaba que impactaría contra otra cosa... u otra persona.

Sus propios hombres habrían sido abatidos o enviados a unas coordenadas falsas. Por eso no se había producido ningún fuego de represalia cuando les dispararon... no había nadie. Para que eso sucediera, el traidor debía de ser alguien en una posición de autoridad, un jefe de grupo o aun superior. Lo averiguaría. Desde luego que lo averiguaría. A lo largo de los años había habido varias traiciones, pero ninguna localizable. Una de ellas había estado a punto de costarle la vida a Barrie, la mujer de Zane. Chance llevaba cuatro años tratando de identificar al canalla, pero éste había sido muy inteligente. Sin embargo, en esa ocasión era rastreable. En esa ocasión sus hombres sabrían quién había modificado las órdenes.

El traidor tuvo que haber pensado que valía la pena revelar su tapadera con el fin de disponer de esa oportunidad para matar al mismo Chance Mackenzie. Y debería de estar allí en persona, para cerciorarse de que el trabajo culminaba bien. Los dos hombres de Hauer harían que fueran tres, y Hauer sería el cuarto. El único modo en que habría podido entrar en el país para moverse con libertad era contando con ayuda interior... el topo del FBI. Si Chance tenía suerte, el topo también estaría allí, haciendo que la totalidad llegara a cinco hombres.

Pero habían cometido un gran error. No conocían el as que se guardaba en la manga: Zane. No sabían que estaba allí; Chance lo había preparado en secreto. Si Zane no resultaba necesario, nadie sabría jamás que había estado presente. Los hombres de Chance eran muy buenos, de primera, pero no alcanzaban el nivel de Zane. Nadie lo alcanzaba.

Su hermano era un estratega extraordinario; siempre tenía un plan, y otro plan para apoyar el primer plan. Al instante habría visto qué sucedía y habría llamado por teléfono para que sus hombres regresaran a la posición de la que los habían alejado. Cuánto tardarían en llegar dependería de lo lejos que se hallaran, dando por hecho que se encontrarían en las proximidades. Y después de la llamada, Zane se habría puesto en marcha para buscar a Hauer y sus hombres. Cada minuto que pasaba aumentaba las probabilidades a favor de Chance.

En ese momento no podía explicarle nada de eso a Sunny, ni siquiera para mitigar la palidez que le provocaba ganas de abrazarla y tranquilizarla. Tenía los ojos apagados. Toda su vida se había esforzado para cerciorarse de que no la capturaran con la guardia baja, y sin embargo era lo que le había sucedido; y él era el responsable de todo.

El conocimiento le causaba un sabor amargo en la boca. Ella estaba aterrada a causa del monstruo que implacablemente la había acosado durante toda su vida; no obstante, había estado dispuesta a salir y ofrecerse en sacrificio. ¿Cuántas veces en las dos semanas desde que la conocía se había puesto en peligro para protegerlo? La primera vez, cuando se lanzó a agarrar a la serpiente que tenía cerca de su pie, apenas se conocían. Las serpientes le causaban pavor, pero lo había hecho. En ese momento temblaba de miedo, pero sabía que si la dejaba, haría exactamente lo que había dicho. Esa clase de valor lo asombraba y maravillaba.

Giró la cabeza, tratando de vigilar todas las direcciones. Los minutos pasaron. El sol se deslizó por detrás del horizonte, aunque aún había abundante luz; el crepúsculo no empezaría a intensificarse hasta pasados quince o veinte minutos más. Cuanto más oscuro estuviera, más en su elemento se encontraría Zane. En ese momento ya se habría ocupado de un hombre, quizá de dos...

Un hombre salió de detrás del árbol bajo el cual habían intentado celebrar el picnic y apuntó una pistola negra de nueve milímetros a la cabeza de Sunny. No dijo «Suéltala» ni nada por el estilo. Simplemente sonrió, los ojos clavados en los de Chance.

Éste depositó con cuidado su arma en la hierba. Si le hubiera apuntado a su propia cabeza, habría corrido el riesgo de probar si sus reflejos eran más rápidos. Pero jamás arriesgaría la vida de Sunny. En cuanto apartó la mano de la pistola, el cañón del arma del otro se centró entre sus ojos.

—¿Sorprendido? —preguntó el hombre en voz baja.

Al oírlo, Sunny giró en redondo y sus pies resbalaron en el fondo de la ribera. Chance alargó un brazo y la equilibró sin apartar la vista de un hombre al que conocía muy bien.

—En realidad, no —repuso—. Sabía que había alguien.

—¿Lo conoces? —preguntó ella consternada.

—Sí —debería de haber estado preparado para eso. Al saber que uno de los suyos se hallaba involucrado, tendría que haber supuesto que el traidor poseería la habilidad para acercarse en silencio.

—¿Y... y eso? —tartamudeó ella.

—Hemos trabajado juntos durante años —explicó Melvin Darnell, sin perder la sonrisa. Los otros lo conocían como Mel the Man, porque siempre se ofrecía voluntario para cualquier misión, sin importar el peligro.

—Te has vendido a Hauer —movió la cabeza—. Es una bajeza.

—No, es lucrativo. Tiene hombres en todas partes. El FBI, el Departamento de Justicia, la CIA... incluso aquí, justo bajo tus narices —Mel se encogió de hombros—. ¿Qué puedo decir? Paga bien.

—Te juzgué mal. Jamás pensé que eras el tipo de hombre que disfrutaría torturando. ¿O te vas a rajar en cuanto la tenga en su poder? —con la cabeza indicó a Sunny.

—Buen intento, Mackenzie, pero no funcionará. Es su padre. Lo único que desea es a su pequeña –sonrió con expresión desagradable.

–Piénsalo –bufó Chance–. ¿Crees que ella estaría tan aterrada si lo único que él quisiera fuera conocerla mejor?

Mel volvió a mirarla unos segundos. Estaba absolutamente blanca, incluso los labios. No había modo de malinterpretar su miedo. Se encogió de hombros.

–Bueno, me equivoqué. No me importa lo que le haga.

–¿No te importa que abuse de menores? –debía ganar tiempo para Zane.

–Olvídalo –repuso Mel con indiferencia–. Podría ser la reencarnación de Hitler y eso no cambiaría el color de su dinero. Si crees que voy a desarrollar una conciencia... bueno, eres tú quien debería pensárselo mejor.

Hubo un movimiento detrás de Mel. Se acercaban tres hombres, como si no hubiera nada que temer. Dos llevaban unos trajes, el otro unos pantalones y una camisa abierta al cuello. Éste y uno de los otros llevaban pistolas. El del traje tenía que ser el informador del FBI, el de los pantalones uno de los secuaces de Hauer. El hombre del centro, el que lucía un traje cruzado de confección italiana, con la piel bronceada y el pelo castaño hacia atrás, era Hauer. Sonreía.

–Querida –comentó con tono jovial al llegar hasta ellos–. Es tan agradable conocerte al fin. Un padre debería de conocer a sus hijos, ¿no crees?

Sunny guardó silencio un momento. Observó a su padre con horror y desprecio manifiestos. A su lado, Chance sintió que el miedo desaparecía y que sutilmente conseguía relajarse. A veces el terror extremo era así. Cuando alguien temía que algo fuera a suceder, eran el pavor y la ansiedad los que resultaban tan mutiladores. Una vez que el acontecimiento tenía lugar, no quedaba nada de miedo. La tomó del brazo, deseando que hubiera seguido aterrada. Sunny era bastante valiente asustada; cuando creía que no le quedaba nada por perder, era imposible saber lo que sería capaz de hacer.

—Pensé que serías más alto —dijo al final, mirándolo con indiferencia.

Crispin Hauer se acaloró. No era un hombre grande; mediría un metro setenta de altura y su complexión era delgada. Los dos hombres que lo flanqueaban resultaban más altos.

—Por favor, sal del barro... siempre que puedas abandonar el lado de tu amante. Te lo recomiendo. Los disparos en la cabeza pueden ser desagradables. No querrás recibir sus sesos sobre ti, ¿verdad? Tengo entendido que la mancha jamás se puede limpiar de la ropa.

Sunny no se movió.

—No sé dónde está Margreta —expuso—. Será mejor que me mates ahora, porque no podré revelarte nada.

Él movió la cabeza con fingida simpatía.

—Como si me lo creyera —extendió la mano—. Puedes salir por tus propios medios o mis hombres te ayudarán.

Chance pensó que no quedaba mucha luz. Si Sunny conseguía retrasar a su padre sin provocar una respuesta violenta, Zane no tardaría en llegar. Con Hauer al descubierto, su hermano debía de estar situándose para poder tener a los cuatro hombres bajo su punto de mira.

—¿Dónde está tu otro secuaz? —preguntó para distraerlos—. Erais cinco, ¿no?

El del FBI y el otro sabueso miraron alrededor, en la dirección de los árboles del otro lado del camino. Parecieron vagamente sorprendidos de no hallar a nadie detrás de ellos.

Mel no apartó la vista de Chance.

—No dejéis que os ponga nerviosos —indicó con firmeza—. Mantened la mente centrada en los negocios.

—¿No te preguntas dónde puede estar? —insistió Chance.

—Me importa un bledo. Para mí no representa nada. Quizá se cayó del árbol y se partió el cuello —repuso Mel.

—Ya basta —cortó Hauer con desagrado—. Sonia, sal de ahí ahora mismo. Te prometo que no te gustará si mis hombres tienen que sacarte.

La mirada despectiva de Sunny lo recorrió de los pies a la cabeza. Increíblemente, se puso a cantar. Y las palabras que entonó fueron una de esas cosas crueles que los escolares cantan para burlarse de un compañero que les cae mal.

—El hombre mono, el hombre mono, es el feo hombre mono. Es tan feo y tan bajo que necesita una escalera para llegar a su trasero.

Con sorprendida diversión, Chance se dio cuenta de que no rimaba. A los niños no les importaban esas sutilezas. Lo único que buscaban era la eficacia de su burla.

Resultó efectiva más allá de sus más descabelladas expectativas.

Mel Darnell contuvo una carcajada. Los otros dos se quedaron paralizados, con cautelosa impasibilidad en sus caras. Crispin Hauer se puso colorado y los ojos casi se le desencajan de las órbitas.

—¡Zorra! —gritó y alargó la mano para quitarle la pistola al topo del FBI.

Una gigantesca flor roja se expandió en el pecho de Hauer, acompañada de un sonido extraño y apagado. El terrorista se detuvo como si hubiera chocado contra una pared de cristal, con el rostro inexpresivo.

Mel tenía unos reflejos excelentes, sumados a un magnífico entrenamiento. Un segundo antes de que el ruido del disparo llegara hasta ellos, Chance vio que el dedo de su antiguo compañero comenzaba a cerrarse sobre el gatillo; se lanzó hacia su propia arma, a sabiendas de que no iba a ser lo suficientemente rápido. Entonces Sunny lo golpeó con fuerza y todo su cuerpo chocó contra el suyo para apartarlo a un lado y su grito casi ahogó el estallido atronador de la pistola de gran calibre de Mel. Salió de encima de él casi con la misma celeridad con que lo había golpeado, tratando de trepar por la ribera herbosa para llegar hasta el otro antes de que pudiera hacer un segundo disparo, pero Mel jamás dispuso de otra oportunidad de apretar el gatillo. De hecho, jamás dispuso de nada más, porque el disparo de Zane le dio de lleno en el pecho.

Entonces se desató el infierno. Los hombres de Chance, que al fin habían recuperado sus puestos, abrieron fuego sobre los otros dos. Chance agarró a Sunny y la pegó otra vez contra el arroyo, cubriéndola con su propio cuerpo y reteniéndola allí hasta que Zane ordenó un alto el fuego y en la noche reinó el silencio.

Sunny permanecía sentada a un costado de la escena de pesadilla, iluminada en ese momento por unos focos intensos que captaban todo con nitidez y proyectaban sombras negras. Desde alguna parte, uno de los hombres que de pronto habían invadido el campo le presentó un cubo que puso boca abajo para que ella pudiera sentarse. Estaba empapada y con un frío intenso, a pesar de la calidez de la noche de agosto. La ropa embarrada también estaba fría, y la manta con la que se envolvió con dedos muertos no la ayudó mucho, pero no la soltó.

Sentía dolor, con una terrible agonía que amenazaba con tirarla del cubo, pero se forzó a mantenerse erguida. Una voluntad férrea la mantuvo sobre el cubo.

Los hombres que la rodeaban eran profesionales. Se mostraron silenciosos y competentes al ocuparse de los cinco cuerpos que tendieron en el suelo en una fila precisa. Fueron corteses con las autoridades locales que llegaron en un ejército, con las sirenas aullando y las luces azules hendiendo la noche, aunque en ningún momento reinó duda alguna sobre quién tenía jurisdicción allí.

Y Chance era su jefe.

El hombre que primero les había apuntado con un arma lo había llamado «Mackenzie». Y en varias ocasiones algunos de los agentes locales se habían dirigido a él como «Señor Mackenzie», de manera que no había ningún error.

Los acontecimientos de la noche eran un borrón caótico en su mente, pero un hecho sobresalía: toda esa escena era una trampa, y ella había sido el cebo.

No quería creerlo, pero la lógica no le permitía negarlo. Era obvio que él estaba al mando. En vista de ese conocimiento, todo lo sucedido desde que lo conoció adquiriría otro significado. Incluso le pareció que reconocía al cretino que le había robado el maletín en el aeropuerto de Salt Lake City.

Todo había estado preparado. Todo. No sabía cómo lo había hecho, su mente no conseguía asimilar el tipo de influencias necesarias para lograrlo, pero, de algún modo, Chance había manipulado sus vuelos para que se encontrara en el aeropuerto de Salt Lake City a una hora determinada, para que el asaltante le arrebatara el maletín y él pudiera interceptarlo. Se trataba de una maniobra muy elaborada, en la que se requerían destreza, dinero y más recursos de los que ella podía imaginar.

Con un súbito destello de intuición, pensó que debió de imaginar que trabajaba con su padre. Todo había acontecido después del incidente de Chicago, lo que sin duda hizo que Chance se fijara en ella. ¿Cuál había sido su plan? ¿Conseguir que se enamorara de él con el fin de utilizarla para infiltrarse en la organización de su padre? Pero no había funcionado de esa manera. No sólo no estaba involucrada en su organización, sino que lo temía y lo odiaba. Entonces, cuando él se enteró del motivo por el que Hauer la buscaba, modificó el plan y la utilizó como cebo.

Qué estrategia tan astuta. Y qué extraordinario actor era Chance; merecía ganar un Oscar.

La avioneta no había sufrido ningún fallo. No se le pasó por alto la importancia de la sincronización de su «rescate». Charlie Jones los había encontrado a primera hora de la mañana después de que le confesara a Chance la situación con su padre. De algún modo debió hacerle una señal.

Qué fácil le había resultado engañarla. Se dejó cegar por su amor y su encanto. Chance había sido una luz brillante, un cometa que irrumpió en su mundo solitario, y se había enamorado de él sin apenas oponer resistencia. Debía de considerarla la tonta más ingenua del mundo. Lo peor es que era una tonta mayor de lo que incluso él creía, porque estaba embarazada de su hijo.

Lo miró del otro lado del campo, de pie, alto bajo los focos mientras hablaba con otro hombre alto y poderoso que irradiaba el aire más mortífero que jamás había visto, y el dolor en su interior se extendió hasta que apenas pudo contenerlo.

Su brillante luz se había extinguido.

Chance buscó a Sunny con la vista, tal como había hecho de forma periódica desde el momento en que ella se dejó caer sobre el cubo invertido y se arrebujó en la manta que alguien le había llevado. Tenía el rostro pálido, contraído y perdido. En ese momento no disponía de tiempo para consolarla. Había demasiadas cosas que hacer, autoridades locales que apaciguar al tiempo que les comunicaba que él estaba al mando, no ellos; ocuparse de los cadáveres; iniciar investigaciones en las agencias donde Mel había mencionado que Hauer tenía introducidos topos.

Sunny no era estúpida, ni mucho menos. La había observado estudiar la actividad a su alrededor y visto cómo su expresión se retraía aún más al llegar a la inevitable conclusión. Había notado cuando los agentes lo llamaron Mackenzie y no McCall.

Sus miradas se encontraron. Lo miró desde los diez metros que los separaban, una distancia que parecía un abismo insalvable. Él mantuvo la expresión impasible. No había ninguna excusa que pudiera darle y que ella no hubiera considerado. Sus motivos eran buenos; lo sabía. Pero la había utilizado y puesto en peligro su vida. No le costaría perdonarlo por eso; era lo demás, el modo en que la había usado, lo que le dolería hasta el alma.

Mientras la miraba, vio que la luz en sus ojos moría como si nunca hubiera estado allí. Sunny desvió la cabeza...

Y lo destrozó con el gesto.

Aturdido y dominado por el pesar, volvió a hablar con Zane y descubrió que su hermano lo contemplaba con un mundo de percepción en sus ojos claros.

—Si la quieres —dijo—, entonces no dejes que se vaya.

Era así de simple y así de difícil. «No la dejes ir». ¿Cómo iba a conseguirlo cuando ella merecía a alguien mucho mejor que él?

Pero Zane ya había implantado la idea. «No la dejes ir». No pudo resistir volver a mirarla, para comprobar si aún lo observaba.

No estaba allí. El cubo seguía en su sitio, pero Sunny se había ido.

Se dirigió hacia allí a grandes zancadas, sin apartar la vista del grupo de hombres que había alrededor, algunos de los cuales trabajaban, otros sólo miraban. No vio su pelo brillante. «Maldita sea, hace un momento estaba aquí; ¿cómo pudo desaparecer tan deprisa?».

Había dedicado una vida entera a practicar.

Zane se hallaba a su lado, alerta. Los malditos focos les impedían ver cualquier cosa que hubiera detrás de ellos. Podría haberse ido en cualquier dirección, sin que fueran capaces de verla.

Bajó la vista con la intención de captar alguna huella, aunque la hierba ya se hallaba tan pisoteada que dudó de que pudiera encontrar algo. A la luz de los focos el cubo brillaba con algo oscuro y húmedo.

Se inclinó y pasó la mano por su superficie. Miró fijamente la mancha rojo oscura en sus dedos. Sangre. La sangre de Sunny.

Sintió como si hubiera perdido su propia sangre. «Dios mío», pensó. Le habían disparado y no había dicho nada. En la oscuridad, la sangre había pasado desapercibida en su ropa mojada. Pero de eso hacía mucho rato. Había permanecido sentada allí, sangrando, sin decírselo a nadie.

«¿Por qué?».

Porque quería alejarse de él. De haber sabido que se encontraba herida, la tendrían que haber llevado al hospital y no habría podido escapar sin tener que volver a verlo. Cuando Sunny se iba, lo hacía sin escenas, excusas ni explicaciones. Simplemente desaparecía.

Si cuando ella apartó la vista le había dolido, no se parecía en nada a lo que sentía en ese momento. Un miedo desesperado se apoderó de su corazón y le heló la sangre.

–¡Escuchad! –bramó y los rostros entrenados para obedecer sus órdenes se volvieron hacia él–. ¿Alguien ha visto marcharse a Sunny?

Con gestos todos indicaron que no y se pusieron a mirar en derredor. No se la veía por ninguna parte.

Chance se puso a escupir órdenes.

–Que todo el mundo deje lo que esté haciendo y se ponga a buscarla. Quiero que la encontréis. Está herida. Recibió un disparo y no se lo comunicó a nadie –mientras hablaba, se alejaba del centro de los focos con el corazón en un puño. No habría podido ir muy lejos, no en tan breve espacio de tiempo. La encontraría. No soportaba pensar en la alternativa.

14

Chance iba ciegamente de un lado a otro del pasillo en el exterior de la sala de espera del quirófano. No podía sentarse, aunque la sala se hallaba vacía. Si dejaba de caminar, podría derrumbarse y no ser capaz de volver a levantarse. Nunca había sabido que existía un temor tan mutilador. Jamás lo había experimentado por sí mismo, ni siquiera cuando miraba el cañón de un arma que le apuntaba a la cara, pero Sunny se lo inspiraba. Lo había atenazado desde el momento en que la encontró boca abajo en la hierba, inconsciente, con el pulso débil por la pérdida de sangre.

Menos mal que había enfermeros cerca, o habría muerto antes de que hubiera podido trasladarla a un hospital. No habían conseguido detener la hemorragia, pero la habían frenado con un goteo salino para elevarle la presión sanguínea y llevarla al hospital viva.

Entonces un equipo de urgencias lo había apartado de en medio.

—¿Es familiar de ella, señor? —había preguntado una enfermera antes de expulsarlo de la sala.

—Soy su marido —se había oído decir. Bajo ningún concepto iba a permitir que le quitaran las decisiones de su cuidado. Zane, que en ningún momento se había apartado de su lado, no había mostrado ni un destello de sorpresa.

—¿Conoce su grupo sanguíneo, señor?

Por supuesto que no. Ni ninguna de las respuestas a las otras preguntas que le había formulado, pero se hallaba tan aturdido, su atención tan centrada en el cubículo donde unas diez personas se ocupaban de Sunny, que apenas fue consciente de que se las hacían, y la mujer no había insistido. A cambio, le había palmeado la mano, diciendo que volvería dentro de un rato, cuando su mujer quedara estabilizada. Se había sentido agradecido por su optimismo. Mientras tanto, Zane, tan competente como de costumbre, había solicitado que una copia del historial de Sunny le fuera transmitida a su ordenador portátil, para que Chance pudiera disponer de toda la información necesaria cuando la mujer regresara con su millón de preguntas. Él era indiferente al ajetreo burocrático que estaba causando; la organización pagaría todo.

Pero las sorpresas no habían dejado de producirse. El cirujano salió del cubículo con la bata verde manchada de sangre.

—Su esposa recuperó brevemente la conciencia —había dicho—. No estaba completamente lúcida, pero preguntó por el bebé. ¿Sabe de cuánto tiempo está embarazada?

Chance había trastabillado y buscado el apoyo de la pared.

—¿Está embarazada? —preguntó conmocionado.

—Comprendo. Creo que ella misma debió de enterarse hace poco. Le haremos algunas pruebas y tomaremos todas las precauciones que podamos. Ahora vamos a llevarla al quirófano. Una enfermera le enseñará dónde puede esperar —y se marchó.

Zane se había vuelto hacia Chance con mirada inquisitiva.

—¿Es tuyo?

—Sí.

Su hermano no le preguntó en qué basaba su certeza, algo

que Chance agradeció. Daba por hecho que no se equivocaría en algo tan importante.

¿Embarazada? ¿Cómo? Se frotó el puente de la nariz. Él lo sabía. Recordó con absoluta claridad lo que sintió al alcanzar el clímax dentro de ella sin la protección del preservativo para mitigar las sensaciones. Había sucedido dos veces, pero con una bastó.

Unos pequeños detalles encajaron en su sitio. Había estado cerca de mujeres embarazadas casi toda la vida, con una cuñada tras otra trayendo a pequeños Mackenzie al mundo. Conocía muy bien los síntomas. Recordó el cansancio de Sunny aquella misma tarde. Supo con precisión el día en que la había dejado embarazada. Fue la segunda vez que le hizo el amor, tumbados en la manta bajo el calor de la tarde. El bebé nacería a mediados de mayo... si Sunny sobrevivía.

Tenía que vivir. No era capaz de enfrentarse a la alternativa. La amaba demasiado como para pensar en ello. Pero había visto la herida de bala en su costado, y se sentía aterrado.

–¿Quieres que llamé a mamá y a papá? –preguntó Zane.

Supo que si respondía que sí, lo dejarían todo e irían de inmediato. Toda la familia lo haría; el hospital quedaría invadido de Mackenzies. Su apoyo era total y absoluto.

–No –movió la cabeza–. Todavía no –musitó con voz ronca, como si hubiera estado gritando. Si Sunny... si sucedía lo peor, entonces los necesitaría. En ese momento aún lograba mantener la serenidad.

Por lo que se puso a caminar, acompañado de Zane. Su hermano también había visto muchas heridas de bala; y había recibido las suyas. El afortunado era Chance; había sufrido algunos cortes, pero jamás un balazo.

Dios, había perdido tanta sangre. ¿Cómo había logrado mantenerse de pie? Había contestado preguntas, dicho que estaba bien, incluso caminado un rato antes de que uno de sus hombres le hubiera encontrado el cubo para sentarse. Estaba oscuro, y se hallaba envuelta en una manta... por eso nadie lo había notado. Pero tendría que haber estado tirada en el suelo, gritando de dolor.

Los pensamientos de Zane iban por el mismo sendero.

—Siempre me sorprende lo que algunas personas pueden hacer después de recibir un tiro —comentó.

En contra de lo que muchos pensaban, una herida de bala, incluso una fatal, no derribaba necesariamente a la víctima. Todos los policías sabían que incluso alguien cuyo corazón había sido prácticamente destruido por una bala, aún podía atacarlos y matarlos, para morir cuando su cerebro falto de oxígeno muriera. Alguien saturado de drogas podía absorber una cantidad increíble de daño y continuar peleando. Del otro lado del espectro se hallaban aquellos que sufrían unas heridas relativamente menores y caían como si hubieran recibido un mazazo, para gritar sin parar hasta llegar al hospital y recibir suficientes drogas que los calmaban. Era una simple cuestión de la mente sobre la materia, y Sunny poseía una voluntad como el titanio. Esperaba que aplicara esa misma voluntad a sobrevivir.

Pasaron casi seis horas hasta que el cansado cirujano apareció, las seis horas más largas de la vida de Chance.

—Creo que lo conseguirá —informó y esbozó una sonrisa de triunfo personal que le indicó a Chance que en la sala de operaciones se había producido una verdadera batalla—. Tuve que extraerle parte del hígado y reparar el intestino delgado. La herida en el hígado es lo que causó la hemorragia. Tuvimos que reponerle casi todo el volumen de sangre antes de tener la situación bajo control —se frotó la cara—. Durante un momento reinó una situación crítica. La presión sanguínea se desplomó y sufrió una parada cardíaca, pero la recuperamos. La respuesta de sus pupilas es normal y sus constantes vitales satisfactorias. Ha tenido suerte.

—Suerte —repitió Chance, aún aturdido por la mezcla de buenas noticias y la exposición de sus daños.

—Fue el fragmento de una bala lo que la hirió. Debió de producirse durante un rebote.

Chance sabía que no había recibido el impacto mientras la tuvo en la ribera. Tuvo que pasar cuando lo derribó para apartarlo del disparo de Darnell. Evidentemente éste falló, y la bala rebotó en una roca del arroyo y se fragmentó.

Lo había estado protegiendo. Otra vez.

—Permanecerá en la UCI al menos veinticuatro horas, quizá cuarenta y ocho, hasta que comprobemos si hay una infección secundaria. De verdad creo que ahora tenemos la situación bajo control —sonrió—. Saldrá de aquí en una semana.

Chance se apoyó contra la pared y se inclinó para sujetarse las rodillas. La cabeza le daba vueltas. La mano de Zane le aferró el hombro, prestándole su apoyo.

—Gracias —le dijo al cirujano, ladeando la cabeza para poder verlo.

—¿Necesita echarse? —preguntó el médico.

—No, estoy bien. ¡Dios! Me siento muy bien. ¡Va a recuperarse!

—Sí —corroboró el médico y volvió a sonreír.

Sunny no llegaba a recuperar totalmente la consciencia, como una boya que se sumergiera para volver a emerger a la superficie. Al principio estaba fragmentada. Podía oír voces en la distancia, aunque no era capaz de discernir ninguna palabra. Asimismo era consciente de algo en la garganta, pero no sabía que se trataba de un tubo. No tenía idea de dónde se hallaba, ni siquiera de que se encontrara tumbada.

Cuando volvió a emerger, pudo sentir el suave algodón de las sábanas.

La siguiente vez logró abrir un poco los ojos, pero tenía la visión borrosa y no le encontró sentido a lo que parecía una montaña de aparatos.

En algún punto se dio cuenta de que se hallaba en un hospital. Sentía dolor, pero desde lejos. El tubo ya había desaparecido de su garganta. De forma vaga recordaba que se lo habían quitado, lo cual fue desagradable, pero su sentido del tiempo se hallaba tan confuso que creía recordar que aún lo tenía incluso después de que se lo extrajeran. La gente no dejaba de aparecer en el pequeño espacio que era suyo, para encender luces brillantes, hablar, tocarla y hacerle cosas íntimas.

Poco a poco, al luchar contra el efecto de la anestesia y los medicamentos, comenzó a recuperar el dominio de su cuerpo. Logró hacer un gesto débil hacia su vientre y gemir una única palabra.

—¿Bebé?

—Está bien —fue la respuesta de la enfermera de la Unidad de Cuidados Intensivos, que la entendió y le dio una palmadita.

Eso la dejó satisfecha.

Tenía una sed horrible.

—Agua —fue su siguiente palabra, y le introdujeron fragmentos pequeños de hielo en la boca.

Sin embargo, con el retorno de la consciencia llegó el dolor. Se acercaba más a medida que el efecto de los medicamentos se mitigaba. El dolor era fuerte, pero casi le dio la bienvenida, porque significaba que estaba viva.

A la persona que más a menudo veía era al enfermero llamado Jerry. Entró en el cubículo, sonriendo como de costumbre, y dijo:

—Alguien quiere verla.

Sunny movió la cabeza con violencia, lo cual fue un error. Provocó oleadas de dolor que pudieron con los medicamentos que lo mantenían a raya.

—Ningún visitante —logró decir.

Daba la impresión de que llevaba días, siglos, en la UCI, pero cuando se lo preguntó a Jerry, éste repuso:

—Unas treinta y seis horas. Pronto la trasladaremos a una habitación privada.

Cuando lo hicieron, tenía la cabeza lo bastante despejada como para ver el techo y las luces. Captó un vistazo de un hombre alto de pelo negro y de inmediato apartó la vista.

Instalarla en la habitación privada fue toda una operación, que requirió la intervención de dos celadores, tres enfermeras y media hora. Cuando concluyó el traslado, estaba cansada de todo, incluida de sí misma. La cama era agradable y fresca; habían elevado el cabecero y colocado una almohada bajo su cabeza. Encontrarse un poco erguida hizo que se sintiera normal y controlada en un cien por cien.

Había flores en la habitación. Rosas claras que emitían un aroma algo picante que neutralizaba el olor antiséptico del hospital. Las observó pero no preguntó quién las había enviado.

—No quiero visitas —informó a las enfermeras—. Sólo deseo descansar.

Se le permitió comer algo gelatinoso y beber té suave. Al segundo día en la habitación privada, bebió un poco de caldo y durante quince minutos le permitieron estar sentada en una silla. Le agradó poder levantarse, aunque sólo fueran los pocos segundos que tardó en trasladarse de la cama a la silla. Le gustó aún más cuando la llevaron de vuelta a la cama.

Aquella noche, se levantó por sus propios medios de la cama, aunque el proceso fue lento y doloroso, y caminó la extensión de la cama. Tuvo que agarrarse a ésta para apoyarse, pero las piernas no le cedieron.

El tercer día recibió otra entrega de una floristería. Jamás había tenido plantas en su casa, por el mismo motivo por el que nunca había tenido una mascota, pues no paraba de trasladarse y no podría cuidar de ellas. Mientras contemplaba las hojas verdes, intentó reconciliarse con la idea de que a partir de ese momento podría tener las plantas que quisiera. Todo había cambiado. Crispin Hauer estaba muerto y Margreta y ella eran libres.

Pensar en su hermana despertó todas sus alarmas. ¿Qué día era? ¿Cuándo debía llamar Margreta? De hecho, ¿dónde estaba su teléfono móvil?

La tarde del cuarto día se abrió la puerta y entró Chance. Giró la cabeza para mirar por la ventana. La verdad era que la sorprendía que le hubiera concedido tanto tiempo para recuperarse. Lo había mantenido a distancia lo que había podido, pero suponía que debía de haber un último acto antes de que cayera el telón.

Hasta entonces había contenido el dolor interior concentrándose en el dolor físico; pero en ese momento cobró protagonismo. Luchó por recuperar el control. No ganaría nada montando una escena; sólo perder su autoestima.

—Me he quedado con tu teléfono móvil —dijo, situándose entre la ventana y ella, para que tuviera que mirarlo o volver a girar la cabeza. El modo en que abrió la conversación garantizó que no la desviara—. Margreta llamó ayer.

Sunny cerró los puños, luego relajó la mano derecha, ya que el movimiento había tensado la aguja del goteo pegada al dorso. Margreta habría experimentado pánico al oír que respondía la voz de un hombre.

—Hablé deprisa —continuó Chance—. Le indiqué que te habían disparado pero que te ibas a recuperar y que Hauer estaba muerto. Le dije que hoy te traería el teléfono y que podía llamarte esta noche para verificarlo todo. Ella no respondió nada, aunque tampoco me colgó.

—Gracias —musitó. Había manejado la situación de la mejor manera posible.

Se dio cuenta de que Chance mostraba una diferencia sutil. No sólo era por su ropa, aunque en ese momento lucía pantalones negros y una camisa blanca de seda. Toda su actitud era distinta. Desde luego, ya no interpretaba al encantador piloto privado. En ese instante era él mismo, y la realidad era la que siempre había percibido debajo de la superficie de su encanto. Era el hombre que lideraba una especie de comando, que ejercía una influencia enorme para que las cosas salieran a su manera. El leve peligro que antes sólo había vislumbrado, se manifestaba en su totalidad, en sus ojos y en la autoridad con la que hablaba.

Se acercó al costado de la cama, tanto que se apoyó en la barandilla. Con una suavidad exquisita, posó los dedos en su vientre.

—Nuestro bebé está bien —dijo.

Lo sabía. Aturdida, lo miró fijamente, aunque se daba cuenta de que debería de haber sabido que el cirujano se lo contaría.

—¿Me lo ibas a decir? —preguntó sin apartar los ojos de su cara, como si quisiera captar cada matiz de su expresión.

—No pensé en ello —repuso con sinceridad. Había estado en el proceso de reconciliarse ella misma con el hecho; aún no le había dado tiempo a formar ningún plan.

—Esto cambia las cosas.

—¿En serio? ¿Algo de lo que me dijiste era verdad?

—No —respondió tras un titubeo.

—La bomba de combustible no tenía nada.

—No.

—Podrías habernos sacado del desfiladero cuando hubieras querido.

—Sí.

—No te llamas Chance McCall.

—Mackenzie. Chance Mackenzie.

—Bueno, es algo —comentó con amargura—. Al menos tu nombre de pila era auténtico.

—Sunny... no.

—¿No qué? ¿Que no intente averiguar lo idiota que soy? ¿Estuviste alguna vez en los rangers del ejército?

—En la marina —suspiró—. En Inteligencia Naval.

—Aquel día arreglaste que todos mis vuelos se cancelaran —se encogió de hombros—. El cretino que me robó era uno de tus hombres.

—Uno bueno. La gente de seguridad del aeropuerto también trabajaba para mí.

—Sabías que mi padre estaría allí —apretó la sábana con fuerza—. Tú lo preparaste.

—Sabíamos que dos de sus hombres nos seguían desde que aparecimos en los noticiarios.

—También arreglaste eso —él no dijo nada—. ¿Por qué volamos por todo el país? ¿Por qué no nos quedamos en Seattle? Eso habría sido menos gravoso para el avión.

—Tenía que conseguir que pareciera auténtico.

—Aquel día... —tragó saliva—... el picnic. ¿Me habrías hecho el amor, quiero decir, habrías tenido sexo conmigo con todos tus hombres mirando? ¿Para que también pareciera auténtico?

—No. Tener una relación contigo era necesario, pero... privado.

—Imagino que debería darte las gracias por eso. Gracias. Y ahora lárgate.

—No pienso irme a ninguna parte —se sentó en la silla junto a la cama—. Si has terminado con tu disección, necesitamos tomar algunas decisiones.

—Yo ya he tomado una. No quiero volver a verte.

—Lo siento, pero tu deseo no se cumplirá. Me tendrás a tu lado, cariño, porque el bebé que llevas en tu interior es mío.

15

Ocho días después del tiroteo, Sunny recibió el alta médica del hospital. Podía caminar con cuidado, pero su fuerza era casi inexistente, y había tenido que ponerse el camisón y la bata que le había llevado Chance, ya que no podía soportar el roce de nada alrededor de la cintura. No tenía ni idea de lo que iba a hacer. No se hallaba en condiciones de tomar un vuelo para Atlanta, por no mencionar que tendría que viajar con el camisón; sin embargo, debía encontrar un lugar donde alojarse. En cuanto supo que le iban a dar el alta, abrió la guía y llamó a un hotel, se cercioró de que tenía servicio de habitaciones y reservó una habitación. Hasta que pudiera volver a cuidar de sí misma, era lo mejor que podía hacer.

Al principio, en el hospital había albergado la frágil esperanza de que Margreta pudiera ir a quedarse con ella y ayudarla hasta que se recuperara. Con su padre muerto, ya no tenían que seguir escondiéndose. Pero aunque Margreta había parecido aliviada y feliz, había rehusado la sugerencia de Sunny de que se trasladara a Des Moines. Intercambiaron sus números telefónicos, pero eso fue todo... y su hermana no volvió a llamar.

Sunny lo comprendía. Margreta siempre tendría problemas para relacionarse con las personas, para crear lazos. Probablemente se sentía muy cómoda con el contacto de larga distancia que tenía con Sunny y no deseara otra cosa. Intentó contener la tristeza al darse cuenta de que jamás tendría a la hermana que había deseado; la melancolía la dominaba con facilidad esos días.

Sabía que en parte se debía al caos hormonal del embarazo. Yacía en la cama del hospital y se ponía a pensar en cómo siempre había querido tener un jardín con flores, y de pronto sentía pena de sí misma y permanecía como una idiota con lágrimas en los ojos.

Una de las enfermeras la informó de que la depresión siempre acompañaba a la recuperación física. Pasaría a medida que se fortaleciera y pudiera hacer más cosas.

Pero la mayor parte de su depresión se debía a Chance. La visitaba a diario, y en una ocasión incluso llevó al hombre alto, de aspecto letal, con el que lo había visto hablar la noche que resultó herida. Para su sorpresa, lo presentó como su hermano Zane. Éste le había estrechado la mano con exquisita delicadeza, le había mostrado fotos de su bonita esposa y sus tres adorables hijos y dedicado media hora a hablar de las hazañas de su hija, Nick. Si la mitad de lo que contaba era verdad, más valía que el mundo empezara a prepararse para cuando la pequeña fuera mayor.

Después de que Zane se hubo marchado se quedó aún más deprimida. Zane tenía todo lo que ella siempre había anhelado: una familia a la que quería y que a su vez lo quería.

Cuando la visitaba, Chance evitaba tocar el tema que se interponía entre los dos como una serpiente enroscada. Había hecho lo que había hecho, y nada que pudieran decir modificaría la realidad. Debía respetar, aunque a regañadientes, que no intentara excusarse. A cambio, le hablaba de su familia en Wyoming y de la montaña a la que todavía llamaban hogar, aun cuando sólo sus padres vivían todavía allí. Tenía cuatro hermanos y una hermana, una docena de sobrinos... y una sobrina, la famosa Nick, a la que evidentemente adoraba. Su hermana era entrenadora de caballos y estaba casada con uno de sus agentes; un hermano era ranchero y se había casado con la nieta de una antigua familia enemiga; otro hermano era un ex piloto de combate casado con una cirujana ortopédica; Zane estaba casado con la hija de un embajador; y Joe, el hermano mayor, era el general Joseph Mackenzie, jefe del estado mayor conjunto.

Ella pensaba que todo eso no podía ser verdad; sin embargo, las historias vibraban con un deje de autenticidad. Entonces recordaba que Chance era un consumado actor y la amargura volvía a dominarla.

Le daba la impresión de que le resultaba imposible salir de su estado de ánimo. Siempre había sido capaz de reír, pero en ese momento incluso le costaba sonreír. Sin importar cuánto intentara distraerse, el conocimiento siempre estaba ahí, grabado en su corazón como una maldición que le robaba el gozo de vivir: Chance no la amaba. Todo había sido fingido.

Era como si una parte de ella hubiera muerto. Por dentro se sentía fría y vacía. Intentaba ocultarlo, trataba de decirse que la depresión desaparecería si no le prestaba atención y se concentraba en cosas mejores, pero cada día el gris que dominaba su ser parecía extenderse y ahondarse.

El día que le dieron de alta, la enfermera llegó con una silla de ruedas y Sunny llamó a un taxi para que se encontrara con ella quince minutos más tarde ante la entrada del hospital. Se sentó con cuidado y la enfermera depositó el neceser y la mochila en su regazo, luego la planta encima.

—Seguro que tendré que firmar algunos papeles antes de irme —comentó.

—No, creo que no —repuso la mujer mientras inspeccionaba sus órdenes–. Según esto, ya puede marcharse. Lo más probable es que su marido se haya ocupado de todo.

Sunny contuvo el deseo de soltar que no estaba casada. Él no lo había mencionado, y la verdad era que ella no había pensado cómo iba a pagar los cuidados hospitalarios, pero en ese momento se dio cuenta de que ciertamente Chance se había encargado de todo. Quizá consideraba que lo mínimo que podía hacer era pagar la factura.

Le sorprendía que no se hubiera presentado, después de lo pertinaz que se había mostrado en formar parte de la vida del bebé y en visitarla. Por lo que sabía, quizá hubiera tenido que irse a cumplir con alguna misión misteriosa.

Lo subestimó. Cuando la enfermera la llevó hasta la sala de altas, vio un Ford Explorer verde y familiar aparcado ante la entrada. Chance bajó del vehículo y fue a su encuentro.

–Ya he llamado a un taxi –dijo ella, aunque sabía que era una pérdida de aliento.

–Es una pena –le quitó las cosas y las metió en el Explorer, luego abrió la puerta del pasajero.

Sunny comenzó a adelantarse lentamente en la silla de ruedas, preparándose para ponerse de pie; había dominado el proceso en una silla normal, pero en una de ruedas era más complicado. Chance la miró exasperado, luego se inclinó y la tomó en sus poderosos brazos, manejando su peso con facilidad mientras la introducía en el vehículo.

–Gracias –repuso ella con cortesía. Al menos iba a mostrarse educada, aparte de que su método había sido menos doloroso y agotador que el suyo.

–De nada –le puso el cinturón de seguridad y se aseguró de que la correa no le rozara la cicatriz de la operación; luego cerró la puerta y rodeó el coche para sentarse ante el volante.

–He reservado una habitación en un hotel –explicó ella–.

Pero no sé dónde está, de modo que no puedo darte instrucciones sobre cómo llegar.

—No vas a ir a un hotel —gruñó él.

—He de ir a alguna parte —señaló—. No puedo conducir y tampoco moverme por un aeropuerto, de modo que la única solución lógica es un hotel con servicio de habitaciones.

—No. Te llevo a casa conmigo.

—¡No! —exclamó con vehemencia; todo en su ser rechazaba la idea de pasar días en su compañía.

—No tienes elección —afirmó con tono lóbrego—. Vas a venir... aunque grites y patalees todo el trayecto.

Era tentador. Pero la incisión hizo que descartara la idea. Calló hasta que se dio cuenta de que conducía al aeropuerto.

—¿Adónde vamos?

—Ya te lo he dicho —la miró con impaciencia—. Demonios, Sunny, sabes que no vivo en Des Moines.

—De acuerdo, sé dónde no vives. Pero no sé dónde vives —no pudo resistir añadir—: Y aunque me lo hubieras dicho, probablemente sería una mentira.

En esa ocasión su mirada fue incendiaria.

—Wyoming —soltó con los dientes apretados—. Te llevo a casa, a Wyoming.

Durante el vuelo ella guardó silencio, y sólo habló cuando fue necesario, y entonces únicamente con monosílabos. Chance la estudió cuando la atención de Sunny se concentraba en el paisaje, y las gafas escondían sus ojos. Habían volado tanto el tiempo que estuvieron juntos, que le parecía natural volver a estar en un avión a su lado, como si fuera su lugar natural. Ella apenas se había quejado, aunque él sabía que debía de sentirse agotada e incómoda.

Parecía tan frágil, como si una ráfaga fuerte de viento pudiera llevársela. Sus mejillas y labios no tenían color y había perdido unos cinco kilos que no le sobraban. El cirujano le había asegurado que se recuperaba con normalidad, y así como el embarazo era demasiado reciente para que alguna prueba les indicara algo sobre la condición del feto, habían tomado todas las precauciones y tenía absoluta seguridad de que el bebé progresaría bien.

A pesar de lo mucho que lo entusiasmaba el embarazo, lo preocupaba que le comiera todas las fuerzas y atrasara su recuperación. Sunny necesitaba todos los recursos de que disponía, pero la naturaleza se encargaría de que el bebé en desarrollo fuera el primero en recibir lo que necesitaba. El único modo en que podía estar seguro de que se recobrara era tenerla vigilada en todo momento. El mejor lugar para ello era la montaña Mackenzie.

Había llamado para informar de que llevaría allí a Sunny. Les había contado toda la situación, que estaba embarazada y que pensaba casarse con ella, pero que aún estaba furiosa con él y que no lo había perdonado. Sabía que recuperar sus favores era una misión difícil. Pero en cuanto la tuviera en la montaña, podría tomarse su tiempo para vencer las barreras que había erigido.

Mary se mostró complacida. Dio por hecho que Sunny lo perdonaría, y como había estado insistiéndole en que se casara y le diera nietos, probablemente pensaba que iba a recibir todo lo que quería.

Chance iba a hacer todo lo que estuviera a su alcance para que así fuera, porque ambos querían lo mismo. Había jurado que jamás se casaría ni tendría hijos, pero el destino había intervenido para que las cosas fueran diferentes. La idea de casarse lo asustaba, tanto que ni siquiera había sacado el tema con Sunny. No sabía cómo decirle lo que ella necesitaba conocer sobre él, y tampoco sabía qué haría ella una vez que lo averiguara, si aceptaría su proposición o le diría que desapareciera.

Lo único que le daba esperanza era que le había dicho que lo amaba. No lo había vuelto a mencionar desde que averiguó que todo había sido preparado, pero no era una mujer que amara a la ligera. Si en su interior quedaba una chispa de amor, si él no había conseguido extinguirla del todo, encontraría una manera de avivarla.

Aterrizó en la pista de la propiedad de Zane y el corazón le dio un vuelco al ver que él los esperaba. Hasta el interés de Sunny cobró vida. Se irguió en el asiento y, por primera vez desde que recibió el disparo, vio un destello de curiosidad en su rostro.

—¿Qué pasa? —preguntó.

—Parece una fiesta de bienvenida —repuso Chance con una sonrisa.

Todo el clan Mackenzie se hallaba reunido junto a la pista. Todos. Josh y Loren habían llegado desde Seattle con sus tres hijos. Mike y Shea y sus dos niños. Zane y Barrie, con los gemelos en brazos. Y Joe, enfundado en su uniforme de la Fuerzas Aéreas, con más condecoraciones en la pechera de las que debería estar permitido. Chance no supo cómo había sacado tiempo de su apretada agenda para presentarse... aunque prácticamente podía hacer lo que quisiera, ya que era el militar de más alto rango de la nación. Caroline, de pie a su lado, espléndida para su edad con un traje pantalón de color turquesa y sandalias blancas, probablemente había tenido más problemas para sacar tiempo libre. Era una de las mejores físicas del mundo. Sus cinco hijos los acompañaban, y John, el mayor, no era el único que en esa ocasión estaba con su novia. Mac rodeaba con gesto protector el hombro de Maris. Y los abuelos se hallaban en medio de todo el grupo, con Nick feliz en los brazos de Wolf.

Cada uno de ellos, hasta los pequeños, sostenían un globo en la mano.

—Santo cielo —murmuró Sunny. Esbozó una leve sonrisa, que él no había visto en ocho días.

Apagó el motor y bajó, luego se dirigió a la otra puerta y con cuidado la tomó en brazos. Estaba tan absorta por la reunión, que incluso le pasó el brazo por el cuello.

Ésa debió de ser la señal. Wolf se inclinó y dejó a Nick en el suelo. La pequeña corrió hacia Chance como una bala, gritando su nombre con la habitual letanía:

—¡Tío Dance, Tío Dance, Tío Dance! —el globo que sostenía se agitaba enloquecidamente. Toda la familia la siguió.

A los pocos segundos se vieron rodeados. Intentó presentar a Sunny, pero había demasiado alboroto para que pudiera acabar una frase. Sus cuñadas reían y charlaban como si la conocieran de años; los hombres sonreían; Mary irradiaba felicidad y la voz de Nick podía oírse por encima del ruido.

—Es un vestido muy, muy bonito —agarró un extremo de la bata de seda y le sonrió a Sunny.

Todo el mundo rió, incluida Sunny.

El corazón de Chance experimentó una oleada de gozo. Sintió un nudo en la garganta y cerró los ojos durante unos segundos. Cuando los abrió, Mary había tomado el control.

—Debes de estar cansada —le decía con su dulce acento del sur—. No has de preocuparte de nada, querida. Tengo una habitación preparada para ti en la casa y puedes dormir todo lo que desees. Chance, llévala hasta el coche, pero ten cuidado con ella.

—Sí, señora —aceptó.

—¡Espera! —gritó Nick de repente—. ¡Olvidé el cartel!

—¿Qué cartel? —inquirió Chance, moviendo con delicadeza a Sunny para que pudiera observar a su sobrina.

Metió la mano en el bolsillo de sus pantalones cortos rojos

y sacó un papel arrugado. Se puso de puntillas para entregárselo a Sunny

—Lo hice yo —anunció orgullosa—. La abuela me ayudó —Sunny lo desplegó—. Usé un rotulador rojo —informó Nick—. Porque es el más bonito.

—Desde luego que sí —convino Sunny. Tragó saliva. Chance bajó la vista para mirar el papel en sus manos temblorosas.

Las letras eran todas de diferentes tamaños. La pequeña debió afanarse con ellas bastante, con la paciente ayuda de Mary, porque las palabras resultaban legibles.

—«Bienvenida a Casa, Sunny» —leyó esta en voz alta—. Es el cartel más bonito que jamás he visto —dijo, luego enterró la cara en el cuello de Chance y se puso a llorar.

—Sí —comentó Michael—. Es evidente que está embarazada.

Era difícil decir quién se enamoró de quién, si Sunny de los Mackenzie o éstos de ella. Una vez que Chance la depositó en la cama de matrimonio que Mary le había preparado, sin decirle que era su viejo dormitorio, Sunny pareció una reina en su corte. En vez de ponerse a dormir, se reclinó sobre unos cojines y al rato se presentaron todas las mujeres y la mayoría de los niños pequeños, distribuidos en la cama, en el suelo y en sillas. Los gemelos jugaban a ir de un lado a otro de la cama. Shea y Benjy, en el suelo, gritaban «Más, más», cada vez que Sunny callaba. Nick, con las piernas cruzadas sobre la cama, se concentraba en preparar otro cartel con su rotulador rojo. Como el primero había sido un rotundo éxito, ése era para Barrie, y lo adornaba con estrellas. Loren, que era médico, quería conocer los detalles de la herida recibida y saber cómo se encontraba en ese momento. Caroline realizaba una sesión improvisada de belleza, cepillándole el cabello a Sunny para recogérselo y dejarle algunos mechones sexis alrededor de la cara. Maris, con sus brillantes ojos oscuros, le contaba cómo había ido su embarazo mientras Mary lo supervisaba todo.

Chance dejó a su familia para que hiciera lo que mejor sabía, urdir un hechizo de calidez y protección, y se dirigió al granero. Se sentía nervioso, preocupado y un poco asustado, y necesitaba un poco de paz y serenidad. Cuando esa noche se hubiera calmado la situación, tendría que hablar con Sunny. No podía postergarlo más tiempo. Rezaba para que lo perdonara, para que lo que pensaba decirle no la alejara de él, porque la amaba tanto que no sabía si podría vivir sin ella. Cuando hundió la cara en su cuello y lloró, el corazón se le detuvo, porque había recurrido a él en vez de apartarse.

Había vuelto a reír. Era el sonido más dulce que jamás había oído y casi lo había desarmado. No era capaz de imaginar su vida sin esa risa.

Cruzó los brazos sobre la puerta de un establo y apoyó la barbilla encima. Tenía que perdonarlo. Tenía que hacerlo.

—Es duro, ¿verdad? —comentó Wolf con su voz ronca, situándose junto a Chance en postura similar—. Amar a una mujer. Y es lo mejor del mundo.

—Pensé que jamás me pasaría —indicó—. Tuve tanto cuidado. Nada de matrimonio ni hijos. Pensé que acabaría conmigo. Pero ella me cegó. Me enamoré tan pronto, que no tuve ocasión de huir.

Wolf se irguió y entrecerró los ojos.

—¿A qué te refieres con «acabaría conmigo»? ¿Por qué no quieres hijos? Te encantan.

—Sí —musitó—. Pero son Mackenzie.

—Tú eres un Mackenzie —afirmó con voz acerada.

Cansado, Chance se frotó la nuca.

—Ése es el problema. No soy un verdadero Mackenzie.

—¿Quieres ir a la casa y decirle a esa pequeña mujer que no eres su hijo? —soltó Wolf.

—¡Diablos, no! —no era su intención herirla.

—Eres mi hijo. En todos los sentidos que de verdad cuentan, eres mío.

Esa verdad aquietó a Chance. Volvió a apoyar la cabeza en los brazos.

—Jamás entendí cómo pudiste aceptarme con tanta facilidad. Sabes qué clase de vida llevaba. Es posible que no conozcas los detalles, pero te haces una buena idea. Era poco más que un animal salvaje. Mamá no tenía idea, pero tú sí. Y aun así me aceptaste en tu casa, confiaste en mí para que estuviera junto a Mary y Maris...

—Y esa confianza estaba justificada, ¿no? —preguntó Wolf.

—Pero podría haber sido lo contrario. No disponías de manera alguna de saberlo —calló un momento y buceó en su oscuridad—. Cuando contaba unos diez años, quizá once, maté a un hombre —expuso sin rodeos—. Robaba, mentía, atacaba a los otros chicos y golpeaba, luego les arrebataba lo que quería. Ésa es la clase de persona que soy. Ese chico vivirá siempre en mí.

Wolf lo observó fijamente.

—Si tuviste que matar a un hombre a esa edad, sospecho que el canalla lo merecía.

—Sí, lo merecía. Los chicos que viven en la calle son presa fácil para esos pervertidos —apretó las manos—. He de decírselo a Sunny. No puedo pedirle que se case conmigo sin saber dónde se mete, qué clase de genes le pasaré a sus hijos —rió con aspereza—. Salvo que no sé qué clase de genes son. No sé qué hay en mi pasado. Puede que mi madre fuera una prostituta drogadicta y...

—Detente ahí mismo —cortó Wolf.

Chance miró al único padre que había conocido, al hombre que más respetaba en el mundo.

—No sé quién te dio a luz, pero conozco las razas, hijo, y tú eres un purasangre. ¿Sabes qué es lo que más lamento en la vida? No haberte encontrado hasta que tenías catorce años. No sentir tu mano agarrada a mi dedo al dar tu primer paso. No levantarme contigo por la noche cuando te salían los dientes o estabas enfermo. No haber sido capaz de abrazarte tal como necesitabas que te abrazaran, como lo necesitan todos los niños. Cuando te acogimos, no podía hacer nada de eso, porque eras tan nervioso como un potrillo salvaje. No te gustaba que te tocáramos y yo intenté respetar eso.

»Pero debes saber una cosa. Estoy más orgulloso de ti de lo que jamás lo he estado de algo en mi vida, porque eres uno de los mejores hombres que he conocido y tuviste que esforzarte más que la mayoría para llegar donde estás. Si hubiera podido elegir a un niño a quien adoptar, siempre habrías sido tú».

Chance observó a su padre con los ojos húmedos. Wolf Mackenzie le dio un abrazo a su hijo adulto, tal como había querido hacer todos esos años.

—Te habría elegido a ti —repitió.

Chance entró en el dormitorio y cerró la puerta a su espalda. Hacía tiempo que todos se habían marchado, la mayoría a sus respectivos hogares, aunque algunos iban a pasar la noche allí, o en la casa de Zane o de Michael. Sunny parecía agotada, pero había algo de color en sus mejillas.

—¿Cómo te sientes? —musitó.

—Extenuada —apartó la vista de él—. Mejor.

Se sentó a su lado en la cama.

—Tengo que contarte algunas cosas —comenzó.

—Si se trata de una explicación, no te molestes —repuso—. Me utilizaste. Perfecto. Pero, maldita sea, no tenías por qué haber ido tan lejos. ¿Sabes cómo hace que me sienta haber sido tan tonta de enamorarme de ti, cuando para ti sólo era un juego? ¿Le gustó a tu ego...?

Le tapó la boca con la mano. Por encima de sus dedos bronceados, los ojos de ella lo contemplaron con furia. Chance respiró hondo.

—Lo primero y más importante, te amo. No fue un juego. Empecé a enamorarme en cuanto te vi. Traté de impedirlo, pero... —se encogió de hombros y volvió a lo que contaba—. Te amo tanto que me duele por dentro. No soy bastante bueno para ti, y lo sé...

Ella le apartó la mano con el ceño fruncido.

—¿Qué? Quiero decir, estoy de acuerdo, después de lo que hiciste, pero... ¿a qué te refieres?

Le tomó la mano y se sintió aliviado cuando no la quitó.

—Soy adoptado —dijo—. Esa parte está bien. Es la mejor. Pero no sé quiénes son mis padres biológicos ni nada sobre ellos. Me arrojaron a la calle y se olvidaron de mí. Crecí en las calles. No recuerdo haber tenido jamás un hogar hasta aproximadamente los catorce años, cuando me adoptaron. Podría venir de la gente más horrenda del planeta, y lo más probable es que sea así, porque de lo contrario no me habrían dejado para que me muriera de hambre en la cuneta. Quiero pasar el resto de mi vida contigo, pero si te casas conmigo, debes saber lo que vas a recibir.

—¿Qué? —repitió, como si no pudiera entender lo que le decía.

—Tendría que haberte pedido antes que te casaras conmigo —continuó—. Pero... demonios, ¿cómo podía hacerlo? Soy una carta oculta. Conmigo no sabes lo que recibes. Iba a dejarte ir, pero me enteré de la existencia del bebé y no pude hacerlo. Soy egoísta, Sunny. Lo quiero todo, a ti y al bebé. Si crees que puedes correr el riesgo...

Ella se echó hacia atrás, con una expresión tan indignada e incrédula en la cara que Chance casi no pudo soportarlo.

—No me lo creo —dijo, y le dio una bofetada.

Aún no había recuperado las fuerzas, pero seguía teniendo un golpe duro. Chance permaneció sentado, sin siquiera frotarse la mejilla. El corazón se marchitaba en su interior. Si quería volver a abofetearlo, imaginaba que lo merecía.

—¡Tonto! —gritó—. ¡Por el amor de Dios, mi padre era un terrorista! Ésa es la herencia que llevo yo, ¿y a ti te preocupa no saber quiénes eran tus padres? ¡Ojalá yo jamás hubiera conocido a mi padre! ¡No me lo creo! ¡Pensaba que no me amabas! ¡Todo habría sido perfecto de haber sabido que me querías!

Chance pronunció un juramento sobresaltado, una de esas palabras feas que había oído Nick. Contempló su rostro indignado y hermoso y el peso que le oprimía el pecho desapareció como si nunca hubiera existido. De pronto quiso reír.

—Te amo tanto que me siento enloquecer. Y bien, ¿quieres casarte conmigo?

—Tendré que hacerlo —aceptó ella a regañadientes—. Te hace falta alguien que te vigile. Y deja que te diga una cosa, Chance Mackenzie, si piensas que vas a ir por el mundo dejando que te apuñalen y te disparen mientras te da un subidón de adrenalina, será mejor que recapacites. Te vas a quedar en casa conmigo y con este bebé. ¿Lo has entendido?

—Entendido —después de todo, los hombres Mackenzie siempre hacían lo necesario para mantener felices a sus mujeres.

Epílogo

Sunny dormía, extenuada por el prolongado parto y luego el susto y la tensión de haber tenido que ser sometida a una cesárea. Tenía los ojos sombreados por la fatiga, pero a Chance le parecía que nunca había estado más hermosa. Su cara, cuando depositó al bebé en sus brazos, se había iluminado. Jamás olvidaría ese momento. El personal médico había desaparecido de la habitación, y sólo habían estado su mujer y su hijo.

Bajó la vista a la carita arrugada y también cansada de su bebé. Dormía como si hubiera corrido una maratón, con las manitas regordetas apretadas con fuerza. Tenía el pelo negro y, aunque costaba identificar el color de ojos de un recién nacido, pensó que quizá terminaran por ser del mismo gris luminoso de Sunny.

Zane asomó la cabeza por la puerta.

—Hola —musitó—. Me han enviado a reconocer el terreno. Duerme aún, ¿no?

—Tuvo un parto complicado —explicó al observar el rostro dormido de su mujer.

—Diablos, si el pequeño pesa casi cinco kilos. No me extraña que necesitara ayuda —entró en la habitación y sonrió al examinar la carita quieta—. Deja que lo sostenga en brazos. Debe empezar a conocer a la familia –le quitó el bebé a su hermano y con habilidad lo acunó contra su pecho–. Soy tu tío Zane. Me verás bastante. Tengo dos hijos pequeños que se mueren por jugar contigo, y tu tía Maris, la conocerás en un minuto, uno un poco mayor que tú. No te faltarán compañeros de juego, si alguna vez abres los ojos.

Los párpados del bebé no se abrieron, ni siquiera cuando Zane lo meció. Movió los labios rosados en un inconsciente gesto de succión.

–Uno olvida lo pequeños que son –comentó en voz baja al apoyar la mano sobre la cabeza del pequeño. Miró a Chance y sonrió–. Parece que sigo siendo el único en saber cómo traer al mundo a una niña.

–Sí, bueno, es mi primer intento.

–Y también será el último, como todos pesen cinco kilos –sonó una voz desde la cama. Sunny suspiró y se apartó el pelo de los ojos; sonrió al ver a su hijo–. Deja que lo tenga –extendió los brazos.

Esas cosas tenían un protocolo. Zane le pasó el bebé a Chance y éste se lo llevó a Sunny. No importaba las veces que lo viera, siempre lo conmovía la comunión entre la madre y el recién nacido, esa expresión absorta, como si se reconocieran mutuamente en un sentido básico y primario.

–¿Te sientes bien como para tener compañía? –preguntó Zane–. Mamá está impaciente y se muere por tener al pequeño en brazos.

–Me siento bien –comentó, aunque Chance sabía que no era así. Le dio un beso, y a pesar de que el pequeño tenía unas horas de vida, lo invadió el deseo. Ella lo empujó con un poco de rubor–. Vete –bromeó.

–¿Cómo vais a llamarlo? –quiso saber Zane–. Llevamos

meses preguntándonoslo, pero no lo habéis dicho. No podréis guardar el secreto mucho más tiempo.

Chance pasó el dedo por la mejilla del bebé, luego rodeó a Sunny y a su hijo con un brazo. La vida no podía ser mejor.

—Wolf —dijo—. Es el pequeño Wolf.

*Títulos de Linda Howard
publicados en Top Novel*

―――――――――――――――――

Lecciones privadas

La misión más dulce

Placeres furtivos

Placeres culpables

Déjate llevar por la magia de la familia Mackenzie

www.ingramcontent.com/pod-product-compliance
Lightning Source LLC
LaVergne TN
LVHW030341070526
838199LV00067B/6388